KB055882

로크미디어가
유혹하는
재미있는 세상

ARK
THE LEGEND

아크 더 레전드 Ark the legend 25

2016년 8월 10일 초판 1쇄 인쇄
2016년 8월 16일 초판 1쇄 발행

지은이 유성
발행인 이종주

기획 팀 이기헌 송윤성
책임 편집 백승미

발행처 (주)로크미디어
출판등록 2003년 3월 24일
주소 서울시 마포구 성암로 330 DMC첨단산업센터 3층 314호
Tel (02)3273-5135 **Fax** (02)3273-5134
홈페이지 rokmedia.com **E-mail** rokmedia@empas.com

ⓒ 유성, 2014

값 8,000원

ISBN 979-11-5960-925-1 (25권)
ISBN 978-89-257-9880-6 04810 (세트)

이 책의 모든 내용에 대한 편집권은 저자와의 계약에 의해
(주)로크미디어에 있으므로 무단 복제, 수정, 배포 행위를 금합니다.

작가와의 협의에 의해 인지는 생략합니다.
잘못된 책은 구입처에서 바꾸어 드립니다.

ARK
THE LEGEND
아크 더 레전드

25

| 유성 게임 판타지 장편소설 |

ROK
MEDIA
로크미디어

차례

SPACE 1. 신의 정체

응응응응! 철컥!

검은 광택의 갑주가 몸을 덮어 갔다.

먼저 작은 조각으로 나뉜 파츠가 손과 발을 감싸자 처음에는 둔탁한 이질감이 느껴졌다.

그러나 그것도 잠시, 벌어진 파츠가 봉합되고 단단히 조여지자 마치 신경이 연결되는 것처럼 감각이 예민해졌다.

이것이 평범한 아머와 배틀슈트의 차이.

배틀슈트는 사용자와 모든 감각을 공유하는 것이다.

그러나 배틀슈트가 최강의 무구武具라 불리는 이유는 그게 아니다. 이 무구의 진정한 힘은 이계에서 축적한 에너지로 사용자의 능력을 증폭시키는 것!

그건 수십 개로 나뉜 파츠에 장착되는 부위에 따라 순차적으로 적용되었다.

가장 먼저 갑주의 형태가 완성된 부위는 팔과 다리.

여러 개로 나뉜 파츠가 팔과 다리를 완전히 뒤덮으며 연결되자 근육이 팽팽하게 당겨지는 느낌이 들었다.

—이동속도 : +15%   공격 속도 : +15%

폭발적으로 증가하는 팔과 다리의 속도!

—만복도의 감소 속도 : -30(60)%
환경 적응력 : +30(80)%   낙하 대미지 : -40%

—탄력도 : +15%   스킬 사용 보너스 : +20%

뒤이어 파츠가 복부와 가슴, 등을 감싸며 연결되자 각종 저항력이 증가했다.

그리고 30여 개의 작은 파츠가 마치 블록을 쌓아 올리는 것처럼 등의 중심, 척추를 따라 장착되자 양쪽으로 갈라져 있던 상체 갑주가 바짝 조였다.

—힘 : +45%   민첩 : +45%
체력 : +35%   지혜 : +10%
지능 : +30%   운 : +50%

그때마다 폭발적으로 증가하는 신체 능력!

그렇게 척추를 따라 연결되는 파츠가 목까지 도달하자 뒤로 젖혀 있던 늑대 형상의 헬멧이 튕겨 올라와 머리에 씌워졌다.

—배틀슈트 〈비스트 Lv.2〉를 장착했습니다!

퍼펑—!

모든 파츠가 장착되어 한 벌의 갑주가 완성되자 붉은 빛이 전신을 휘감으며 회전하다가 퍼져 나갔다. 이것이 배틀슈트를 장착할 때 발생하는 충격파!

"자아……."

충격파가 주위를 휩쓸며 퍼져 나가자 늑대 형상의 헬멧 위로 한 쌍의 붉은 눈동자가 떠올랐다. 그리고 아크의 입가에 맺혀 있던 미소는 그대로 늑대의 미소가 되었다.

이와 함께 자신감도 UP! UP! UP!

"기갑무장 완료!"

아크가 고개를 들어 올리며 씨익 웃었다.

그러나 정작 P-301은 다른 곳에 정신이 팔려 있었다.

—뭐냐? 대체 뭐냐고! 멍청한 놈들, 모르겠나? 나야말로 네 놈들의 창조주! 네놈들이 섬겨야 할 신이다! 네놈들의 존재 이유는 오직 그것! 내 명령을 따라야 한단 말이다!

아직 문어들에 대한 집착을 버리지 못하고 있는 것이다.

─우리의 삶은 우리가 정한다!

─그렇다! 우리는 그저 똥이나 받아먹는 똥돼지가 아니다!

─자유! 자유를 위해서!

그러나 그런 P-301의 태도는 문어들의 반항심(?)만 키울 뿐이었다. 그리고 계속해서 크랩, 크릴 따위의 몬스터들과 비린내 나는 싸움을 벌였다.

덕분에 P-301은 돌아 버릴 것 같은 표정이었다.

─저런 병신 같은 놈들이…… 음?

이를 박박 갈아붙이던 P-301이 비스트의 충격파를 감지하고 시선을 돌린 것은 그때였다. 그리고 뒤늦게 갑자기 검은 늑대의 모습으로 변한 아크를 발견했다.

그런 변화에 의문이 들 법도 하지만, 이미 뚜껑이 날아가 버린 P-301에게 그따위 것은 아무래도 상관없었다.

그냥 모든 상황이 다 짜증스러울 뿐이다.

─또 뭐냐? 네놈은! 대체 뭐냐고!

"아크다."

아크는 친절하게 대답해 주었다.

뭐 P-301이 딱히 이름이 궁금해서 소리친 것 같아 보이지는 않았지만 어쨌든, 아크는 백색 검광을 뿜어 올리는 이퀄라이저를 들어 올리며 부연 설명을 붙여 주었다.

"너를 박살 낼 사람이지."

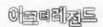

-감히…….

P-301의 얼굴이 일그러졌다.

-벌레나 다름없는 하찮은 놈이 누구 앞에서 그따위 소리를 지껄이는 것인가! 이 몸은 P-301! 곧 이 은하계를 지배하게 될 신세기의 신이다! 고작 그따위 짐승 가죽 하나 뒤집어썼다고 너 같은 하찮은 놈이 이 몸과 대적할 수 있다고 생각하는가!

"하지."

-이놈이 끝까지!

깔끔한 아크의 대답에 P-301의 얼굴이 일그러졌다.

덕분에 한층 더 악마 같은 형상이 되었다.

개인적인 감상을 말하자면 사실 처음의 맨들맨들한 얼굴보다는 그편이 훨씬 잘 어울린다. 특히 얼굴 주위에서 뻗어나와 있는 4개의 촉수와.

그때 수십 미터에 달하는 그 촉수들이 일제히 허공으로 솟아오르며 P-301의 성난 고함이 공간을 뒤흔들었다.

-네놈부터 죽여 주마!

텅-!

그러나 먼저 움직인 것은 아크였다.

발이 바닥을 내리찍자 눌려 있던 용수철이 튕기듯 아크의 몸이 폭발적인 속도로 뻗어 나갔다. 그 뒤로 백색 검광의 잔상이 길게 늘어지며 따라붙었다.

"소닉 소드!"

활처럼 휘어지며 날아가는 검기!

타깃은 당연히 딱 봐도 '여기가 약점!'이라고 적혀 있는 것과 같은 P-301의 얼굴! 그러나 검기는 근처에 도달하기도 전에 폭발을 일으키며 사라졌다.

－ **이따위 공격은 통하지 않는다!**

이런 대사를 나불대는 P-301의 앞을 가로막고 있는 것은 촉수. 두께가 수 미터에 달하는 촉수다.

그런 것이 얼굴 주위에 4개나 붙어 꾸물거리니 달리 방어 자세를 취하지 않아도 검기를 쑤셔 넣을 공간조차 찾기 힘들 정도였다.

"그렇다면 이거다!"

이퀄라이저가 포물선을 그리며 움직였다.

그 궤적을 따라 부챗살처럼 펼쳐지는 수십 개의 검영!

"카프레 검술 3식! 갤럭시 소드!"

그리고 무수한 검영을 만들어 내는 이퀄라이저가 P-301의 얼굴을 향하는 순간! 수십 개의 검영이 각기 다른 궤도로 움직이며 P-301을 향해 폭사되었다.

콰콰콰콰! 콰콰콰콰!

하나가 폭발하면 바로 뒤이은 검영이, 그리고 그 뒤를 이은 또 다른 검영!

상하좌우에서 동시다발적으로 폭광이 일어나자 거대한

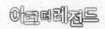

P-301의 얼굴이 보이지도 않을 정도였다. 아니, 일대를 뒤덮은 폭광이 흩어진 뒤에도 보이지 않았다.

"……칫!"

아크가 살짝 입술을 비틀었다.

그 앞으로 보이는 것은 촉수. 거대한 촉수 4개가 사선으로 얽히자 마치 성벽처럼 변해 P-301의 앞을 가로막고 있었다.

검영이 박힌 곳은 그 촉수.

뭐 그거야 새삼스러운 일도 아니지만.

'생각할 것도 없이 P-301의 약점은 저 재수 없는 대가리다.'

그러나 촉수의 반응 속도는 생각보다 빠르다.

P-301은 보는 바와 같이 약점을 대놓고 드러내고 있다. 게다가 벽에 박혀 있어 움직이지도 못한다. 때문에 그만큼 촉수를 이용한 방어 능력이 발달된 모양이다.

여기까지는 충분히 예상할 수 있었던 것이지만.

'하지만 촉수도 결국 P-301의 몸, 따지고 보면 팔과 같은 것이다. 당연히 얼굴보다는 단단하겠지만 그것도 몸의 일부인 이상 적든 많든 대미지는 받겠지.'

아크의 예상은 정확했다.

-P-301 생명력 : 99.7%

딱 0.3%만큼!

공격이 모두 적중한다는 가정하의 얘기지만, '갤럭시 소드'는 일격에 가장 많은 대미지를 뽑을 수 있는 스킬이다.

그리고 다 적중했다. 그런데 0.3%다.

다시 말해 $100 \div 0.3 = 333.333\cdots$.

촉수를 공격해 P-301을 쓰러뜨리려면 '갤럭시 소드'만 334번을 써야 한다는 말이다. 그것도 비스트에 의해 각종 능력치가 뻥튀기 된 상태에서!

뭐 그것도 P-301이 334번 두들겨 대는 동안 얌전히 있을 때의 얘기지만······.

- ······이제 알겠나?

좌우로 갈라지는 촉수 너머에서 P-301이 이를 드러내며 웃었다.

- 네놈과 나는 격이 다른 존재다. 나는 신! 벌레나 다름없는 네놈을 이 몸이 직접 상대하는 것 자체가 우스운 일이라 아랫것들에게 맡길 생각이었지만 이렇게 된 이상 할 수 없지. 영광으로 생각하며 뒈져라!

P-301의 고함과 함께 촉수가 돌풍을 일으키며 날아왔다.

'빌어먹을, 이건 좀 너무하잖아!'

아크는 뒤이어 벌어지는 장면이 이런 말이 목구멍까지 치밀었다.

대체로 특수 능력을 가진 몬스터는 그 특수 능력이 강하면

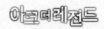

강할수록 본체는 약하다는 것이 정석이다.

그리고 P-301은 특수 능력만 놓고 보면 최상급!

다른 몬스터들과 패싸움을 벌이는 문어들 탓에 봉인된 셈—불러내는 족족 배신을 때리니까—이지만 엄청난 속도로 몬스터를 찍어 내는 P-301의 능력은 압도적!

아마도 P-301에게 디스트로이Destroy 등급이 붙어 있는 이유가 그 때문이리라.

디스트로이는 공격대 정도는 돼야 상대할 수 있는 보스라는 뜻. 그리고 실제로 P-301의 몬스터 생산 능력이 봉인되지 않았다면 공격대라도 상대하기 힘들 것이다.

아니, 뭐 어쨌든!

처음으로 돌아가서, 특수 능력이 그 정도로 강하면 본체는 좀 약한 것이 상식이다. 그러나 자칭 신이라고 주장하는 P-301은 그 정도 상식도 없었다.

'갤럭시 소드'를 334번이나 버티는 촉수의 무지막지한 방어력도 그렇지만 더 몰상식한 것은 공격력!

위이이잉! 콰콰쾅!

광장을 통째로 뒤흔드는 굉음!

촉수가 내리치자 돌로 된 바닥이 움푹 주저앉으며 균열이 벌어지는 것이다. 뭐 직접 맞아 본 적은 없으니 공격력이 얼마나 되는지는 모르겠지만.

'맞으면 골로 간다!'

이런 확신이 들게 해 주는 장면이었다.

그런 촉수가 하나도 아니다. 4개나 있는 것이다.

"몰상식한 놈!"

- 뭐라고 지껄이는 거냐?

콰쾅! 콰쾅! 콰쾅! 콰콰콰콰!

- 보아라, 어리석은 자여! 이것이 신의 힘이다!

P-301은 아크의 항의를 무시하며 연속적으로 촉수를 내리쳤다. 그때마다 광장이 흔들리고 바닥이 쩍쩍 갈라졌다.

P-301이 떠들어 대는 것처럼 신의 힘까지는 모르겠지만 거의 재해 수준의 파괴력이었다.

문제는 촉수만이 아니었다.

-대미지 16!

-대미지 19…….

"젠장, 이건 또 뭐야?"

아크가 자잘하게 들어오는 대미지에 인상을 찌푸렸다.

이 대미지는 탄환 같은 속도로 날아와 비스트의 갑주에 박히는 돌 파편이었다. 촉수가 내리칠 때마다 이런 돌 파편이 산탄처럼 터져 나오는 것이다.

뭐 걱정할 수준의 대미지는 아니지만.

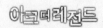

"영혼의 질주!"

아크가 촉수를 피해 몸을 굴리며 소리쳤다.

동시에 발에서 흘러나와 몸을 뒤덮는 검은 기운!

그 기운에 뒤덮이자 주르륵 떠오르던 붉은 메시지가 확연하게 줄어들었다.

바로 발사체의 공격을 50% 확률로 무시하는 신기 팬텀 슈즈의 옵션 스킬 '영혼의 질주' 효과였다.

'뭐 어차피 불평을 해 봐야 의미 없는 짓이고!'

아크가 쉬지 않고 몸을 날리며 머리 위에서 꾸물거리는 촉수를 바라보았다.

설마 레벨 200 대의 아크가 진짜 한 방에 골로 갈 리는 없지만, 단숨에 전황을 바꿔 놓을 만한 공격력을 가지고 있는 것만은 의심의 여지가 없다. 단 일격에!

한순간의 방심이나 실수로 퀘스트와 해저 신전에서 쌓은 경험치, 모든 것을 잃어버릴 수도 있는 것이다.

당연히 부담스럽기 짝이 없는 상황이지만.

'의욕이 생기는데?'

아크의 입가에는 미소가 번졌다.

여유가 있어서가 아니었다. 되레 그 반대였다.

100% 승리를 장담할 수 없는 적! 거기서 느껴지는 팽팽한 긴장감!

의자에 슬라임처럼 늘어져 마우스나 까딱거리던 유저 앞에 갑자기 강한 적이 나타나면 몸을 일으키고 의자를 바짝 당겨 앉는다. 그리고 온 신경을 집중하며 바쁘게 손을 움직인다.

이건 어찌 보면 귀찮은 일이지만 달리 말하면 그것이 바로 게임의 재미!

그리고 그것을 재미라고 말하기 위해서는…….

'이겨야지!'

"나와라, 샤이어! 룬 문자 각인술, 쿠엠라돈!"

빛에 물든 아크의 손이 허공에 기하학적인 문양을 새겨 넣었다. 그 문양이 완성되자 한 줄기 빛이 상공으로 솟아 폭죽처럼 터졌다.

그리고 떠오르는 빛나는 눈동자!

아크의 눈과 링크되어 주위를 한눈에 내려다볼 수 있게 해주는 천공의 눈! '쿠엠라돈'을 발동시키자 촉수의 움직임이 한눈에 들어왔다.

'동선만 파악할 수 있다면!'

사실 촉수는 채찍 같은 형태로 움직이는 것치고는 움직임이 둔했다. 그럼에도 아슬아슬한 장면을 연출하며 피해 왔던 이유는 '보이지 않기' 때문이었다.

길이가 수십 미터에 달하는 촉수다.

그런 것이 시야에 다 넣을 수도 없는 넓은 광장에서 종으로 횡으로, 심지어 천장에 닿을 정도의 높이에서 움직이니 동선을 제대로 파악할 수가 없었다.

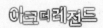

때문에 어느 정도 거리까지 접근한 뒤에야 대응이 가능했다. 뭐 그래도 어찌어찌 피할 수는 있었지만.

'쿠엠라돈'이 발동되자 상황이 완전히 달라졌다.

콰쾅! 사사삭!

이게 이전의 상황이라면.

사사삭! 콰쾅!

이게 '쿠엠라돈'이 발동된 뒤의 상황.

무슨 말이냐면, 이전에는 촉수가 내리치기 직전에야 몸을 날리며 피했지만, 지금은 이미 아크가 피하고 나서야 촉수가 떨어지고 있다는 말이다.

'쿠엠라돈' 덕분에 촉수가 공격 궤도로 들어서자마자 타격 위치를 예측하고 몸을 날릴 수 있게 되었기 때문이다.

그리고 촉수가 바닥을 내리쳤을 때는 이미 공격 범위를 한참 벗어나 있었다.

당연히 돌 파편에도 맞을 일이 없었다.

"소닉 소드!"

뿐만 아니라 틈틈이 반격할 여유도 생겼다.

그러나 P-301은 신이라고 떠들어 대는 것치고는 은근히 겁이 많은 놈이었다. 쉬지 않고 바닥을 내리치면서도 항상 촉수 1~2개는 얼굴 근처에 대기시켜 두고 있었다.

- **이따위 공격은 통하지 않는다고 했을 텐데?**

당연히 방어를 위해서였다.

P-301의 얼굴은 벽에 고정되어 움직이지 못한다. 그러니 공격하기는 쉬웠다. 그러나 그건 아크의 공격 궤도도 뻔해서 P-301이 막기도 쉽다는 뜻도 되었다.

그러나 P-301의 공격도 소득 없기는 마찬가지.

- 이런 벌레 같은 놈! 언제까지 도망만 다닐 생각이냐?

촉수가 번번이 애꿎은 바닥만 박살 내자 P-301이 짜증 섞인 목소리로 소리쳤다.

"도망만 다니지 않으면 뭐? 때려 달라는 거냐?"

- 뒈지라는 말이다!

P-301이 입술을 일그러뜨리며 촉수를 내리쳤다.

당연히 들어줄 수 없는 부탁이었다.

그러니 또다시 사사삭! 아크는 여유 넘치는 동작으로 피했지만 당연히! 아크 역시 도망만 다닐 생각은 없었다.

아니, 짜증은 P-301이 내고 있지만 사실 더 마음이 급한 사람은 아크였다. 그건 앞에서 이를 박박 갈아 대는 P-301보다 뒤쪽의 상황 때문이었다.

'아직은 그럭저럭 버티고 있지만…….'

'그럭저럭' 버티고 있다는 것은 아크를 두고 한 말이 아니었다. 그 뒤에서 대게나 새우 같은 해산물과 뒤엉켜 비린내 나는 패싸움을 벌이는 문어들을 두고 한 말이다.

이 문어들은 이전의 자렌족이 아니다.

이유는 알 수 없지만 갑자기 중무장(?) 상태가 돼 버린 것

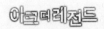

이다. 거기에 인심 후한 P-301이 그런 중무장 문어를 60마리나 만들어 주었다.

그때 남아 있던 크랩 등의 몬스터는 50마리.

덕분에 전투가 시작될 때는 크랩 등이 밀리는 분위기가 연출됐지만 지금은 문어들이 밀리고 있었다.

'대체 왜 저렇게 변했는지는 모르겠지만 자렌족은 적어도 R-14를 나서기 전까지는 평범한 문어였다. 갑자기 돌연변이를 일으켰어도 역시 알맹이는 문어. 그것도 몇 달 전까지는 R-14의 파이프를 기며 걸레질이나 하던 문어들이다.'

크랩 등과는 출신(?) 성분이 다른 것이다.

전투가 길어지자 그 출신 성분의 차이가 드러나기 시작했다…… 아크는 이 상황을 그렇게 해석하고 있었지만, 실은 다른 이유가 있었다.

-헉헉헉, 수, 숨차!

-젠장, 몸이 왜 이렇게 무거운 거야?

-정말 그걸 몰라서 묻냐? 네 몸을 봐라. 여기 올 때보다 3배는 커졌잖아. 이렇게 살이 붙었는데 힘들지 않을 리가 없잖아. 젠장, 이럴 줄 알았으면 다이어트를 해 두는 건데.

-헉헉! 젠장, 명색이 문어가 스테미너 부족이라니…….

이런 이유였다!

-우리는 똥돼지가 아니다!

이런 소리를 질러 댔던 주제에, 매일 고래의 똥(?)으로 배를 빵빵하게 채우며 빈둥거린 문어들은 하나같이 운동 부족과 영양 과다로 비만 문어가 돼 버린 것이다.

덕분에 자유를 외치며 파이팅 넘치게 싸움을 시작했지만 불과 몇 분 만에 스테미너가 급다운!

뭐 거기까지는 아크가 알 바 아니지만.

어쨌든 문어들이 그나마 '그럭저럭' 버티고 있을 수 있는 이유는 바사크 덕분이었다.

– **형님의 명령으로 내가 왔다! 돌진! 폭쇄! 폭쇄!**

헐떡거리는 문어들 사이를 질주하며 몸으로 크랩과 크릴을 들이받는 바사크!

그러나 바사크만으로 전황을 바꾸기는 무리였다.

그리고 바사크가 스킬을 발동시킬 때마다 줄어드는 것은 아크의 포스다.

–골렘이 '돌진'을 사용했습니다. (포스 –200)

–골렘이 '폭쇄'를 사용했습니다. (포스 –100)

덕분에 가만히 앉아만 있어도 포스가 뚝뚝 떨어지고 있는 것이다.

뭐 꼭 그래서는 아니지만…….

'시간을 끌어서 좋을 것은 없다. 그리고 시간을 끌 이유도

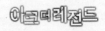

없지.'

시선을 돌린 아크가 씨익 웃으며 몸을 일으켰다.

이제 촉수의 움직임은 어느 정도 적응했다. 그렇다면 남은
것은…….

'반격이다!'

－**이 자식, 쥐새끼처럼 도망만 다니지 말고 덤비란 말이다!**

"그러지, 브레이크키네시스!"

아크가 꽥꽥대는 P-301을 돌아보며 소리쳤다.

순간 헬멧 위로 떠오른 붉은 늑대의 눈동자가 번뜩였다.

퍼펑-!

동시에 P-301은 눈앞에서 폭발이 일어났다.

단지 시선만으로 예비 동작도 없이 공간을 폭발시켜 스플
레시 대미지를 주는 엘림의 비기 '브레이크키네시스'! 아쉽게
도 공격력은 그리 강하지 않았지만.

－**큭! 뭐, 뭐냐?**

P-301이 당혹성을 터뜨리며 눈을 감았다.

동시에 쉬지 않고 바닥을 내리치던 촉수의 움직임이 순간
적으로 경직되었다. 말 그대로 눈 깜빡할 시간이었지만 아크
는 그 틈을 놓치지 않았다.

"룬 문자 각인술! 화이람! 이모탈!"

빠른 속도로 허공을 누비는 아크의 양손에서 기하학적인
문양이 새겨졌다. 그 문양이 중심으로 모여 겹치는 순간!

"어스퀘이크!"

쿠쿠쿠쿠! 콰콰콰쾅!

허공에서 거대한 다리가 나타나 촉수를 내리찍었다.

바닥을 내리치고 떠오르던 촉수는 그 발에 눌려 다시 바닥에 처박혔다. 그리고 거인의 발이 사라지기 직전, 아크는 짐승 같은 몸놀림으로 촉수 위로 올라탔다.

- 이, 이놈이 무슨? 떨어져라!

P-301이 인상을 쓰며 촉수를 흔들었다.

'집중이다!'

순간 아크가 이퀄라이저를 집어넣고 자세를 낮춰 진짜 늑대처럼 네 발로 촉수의 표피를 짚으며 엎드렸다.

순간 물결 모양으로 흔들리는 촉수!

촉수에 올라탄 아크는 그 움직임에 따라 아래로 확 떨어졌다가 튕겨 오르는 촉수에 떠밀려 허공으로 날아올랐다.

- 크크크, 멍청한 자식!

P-301의 얼굴에 비웃음이 번졌다.

그러나 그 웃음은 불과 1초도 되지 않아 당혹스러운 표정으로 변했다. 아크가 허공에서 고양이처럼 몸을 회전시키며 다시 촉수에 올라탔기 때문이다.

- 뭐 저런……

이에 P-301은 황당한 표정을 지었지만.

'확실히 다르다!'

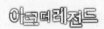

아크의 얼굴에는 자신만만한 미소가 번졌다.

아크는 하이퍼드론이 비스트로 바뀐 뒤부터 때때로 묘한 감각을 느낄 때가 있었다.

원래 몸이라는 건 뜻대로 움직여지는 것이 아니다.

이유는 여러 가지가 있지만 역시 가장 큰 이유는 몸의 무게, 그리고 중력이다. 이 때문에 누구라도 중심을 잃으면 넘어질 수밖에 없다. 훈련을 통해 어느 정도 컨트롤은 할 수 없지만 그 역시 한계가 있는 것이다.

그건 아크 역시 마찬가지.

그런데 비스트를 입고 있으면 몸을 컨트롤하기가 몇 배나 쉬워졌다. 당연히 바닥에 처박혀야 할 상황에서도 중심을 잡고 버틸 수 있었다.

그런 감각이 느껴진 적이 한두 번이 아니었다.

지금까지는 그 감각의 정체를 정확하게 알 수 없었지만, 이번의 곡예 같은 동작으로 명확하게 알 수 있었다.

'무게중심이 상황에 맞춰 이동하고 있다!'

몸을 컨트롤하는 데 가장 중요한 것은 무게중심의 이동.

이는 모든 사람이 본능적으로 익히고 있는 것이다. 그러나 덤블링 같은 고난이도 동작이 되면 얘기는 달라진다.

무게중심을 상황에 맞춰 빠르게 이동시키는 것은 생각만큼 쉬운 일이 아닌 것이다.

그런데 비스트를 입고 있으면 그게 자동으로 된다.

뛰어오르고 싶으면 무게중심이 위로, 자세를 안정시키고 싶으면 무게중심이 아래로. 아크가 '그런' 생각을 하면 비스트가 알아서 무게중심을 이동시켜 주는 것이다.

아크가 곡예 같은 동작을 펼칠 수 있었던 이유가 그것!

물론 그것도 운동으로 다져진 운동신경이 있었기에 효과를 발휘할 수 있지만, 비스트의 이런 기능은 아크의 운동 능력을 ×2, ×3으로 향상시켜 주는 것이다.

이게 정보창에 나와 있지 않은 비스트의 숨겨진 기능!

'뭐 오뚜기 장치라고 이름 붙이면 될라나?'

절망적인 작명 센스지만 어쨌든!

ㅡ뭐, 뭐야, 이 자식? 떨어져! 떨어지란 말이다!

아크의 움직임에 당황한 P-301이 고함을 질러 대며 촉수를 흔들었다.

그때마다 촉수가 상하좌우로 요동쳤지만 다년간의 무술 수련으로 단련된 운동신경에 '오뚜기 장치'가 더해지자 아크는 놀라운 균형 감각을 선보이며 버텨 냈다.

아니, 버티기만 하는 것이 아니라 요동치는 촉수 위를 질주했다. 촉수의 뿌리 쪽을 향해! 아니, P-301의 얼굴을 향해!

ㅡ이놈이!

쿠콰콰콰! 쿠콰콰콰!

아무리 흔들어도 떨어지지 않자 P-301은 다른 촉수로 아크가 뛰어오는 촉수를 휘감고 훑어 내리기 시작했다. 촉수의

표피를 긁으며 아크를 향해 밀려오는 또 다른 촉수!

그때 아크의 가슴을 덮고 있는 장갑이 좌우로 벌어졌다.

"무장 · 결박!"

동시에 뻗어 나오는 빛의 실, 광사光絲!

아크는 타고 있던 촉수에서 뛰어내리며 광사로 그 촉수를 휘감았다. 그러자 아크의 몸이 넝쿨을 잡으며 날아가는 타잔처럼 포물선을 그리는 광사를 따라 상승하더니 다시 촉수 위에 올라탔다. 그리고…….

- 이, 이런…….

당황한 P-301의 얼굴까지는 불과 수 미터!

"이제 반격의 시간이다."

아크가 허리에 차고 있던 이퀄라이저를 들어 올리며 음흉한 미소를 떠올렸다.

"소닉 소드!"

퍼펑-!

- 크아아아아!

폭발하는 검기! 터져 나오는 비명!

칼날 같은 섬광이 가로지르자 P-301의 얼굴에 붉은 선이 그어졌다.

-P-301 생명력 : 96.4%

'예상대로다.'

아크의 얼굴에 미소가 번졌다.

P-301은 레벨 160~170짜리 몬스터를 타스 단위로 찍어 내는 특수 능력에, 무지막지한 공격력과 방어력을 겸비한 촉수를 4개나 가지고 있었지만 세상에 완벽은 없다.

뭐라도 부족한 것이 있기 마련이고 P-301의 경우에는 그게 면상의 방어력이었다.

일격에 4%가 넘는 생명력이 깎여 나가는 것이다.

- 이, 이놈이 감히……!

얼굴에 칼자국이 그어져 한층 더 흉악하게 변한 P-301이 살벌한 눈으로 노려보며 이를 갈았다. 그래서 아크는 밉살스러운 표정으로 말해 주었다.

"원래 아픈 만큼 성숙해지는 거야. 봐, 한결 사나이다운 얼굴이 됐잖아. 아, 너는 몬스터를 쏨뿡쏨뿡 뽑아내는 재주가 있으니 여자인가? 그럼 미안하게 됐는걸. 뭐 그래도 팰 거지만."

- 죽여 버리겠다!

"아직 상황 파악이 안 되는 모양이군."

파직! 파지지지지!

아크가 피식 웃으며 대답하는 것과 동시에 다시 백색 검광이 번뜩였다. 바로 눈앞에서 날아오는 공격이었지만 P-301은 피할 수 없었다.

벽에 박혀 있으니까!

이퀄라이저 스파크를 일으키며 지나가자 '＼'의 흉터 위에 하나가 더해져 'X'가 되었다.

"이제 알겠냐?"

아크가 P-301을 향해 씨익 웃어 보였다.

"넌 이제 X 된 거야."

-크윽! 이, 이놈이 감히!

P-301이 격렬하게 촉수를 흔들어 대며 소리쳤다.

그러나 아크에게 그런 것은 아무런 위협이 되지 않았다.

촉수는 P-301의 얼굴을 둘러싸는 형태로 솟아 나와 있었다. 그리고 지금 아크는 벽에 고정되어 있는 부분을 밟고 서 있었다. 다시 말해 구조상 P-301이 아무리 촉수를 휘둘러 봤자 아크가 있는 자리는 거의 움직임이 없는 것이다.

뿐만 아니라 촉수가 직각으로 꺾이지 않는 이상 바로 앞에서 검을 휘둘러 대는 아크의 공격을 막을 수도 없었다.

'뭐 그래도 공격은 할 수 있겠지만…….'

- 버려지 같은 놈이!

위이이잉! 쾅쾅!

- 컥!

-P-301 생명력 : 72.3%

"진짜 공격할 줄은……."

아크가 황당한 표정으로 피멍 같은 자국이 새겨진 P-301을 바라보았다. 이건 아크가 한 짓이 아니다.

P-301의 자해다.

아크가 눈앞에 있다고 제 얼굴을 향해 촉수를 휘둘러 댄 것이다. 게다가 자기 힘도 모르고 완전 풀스윙! 넘치는 의욕으로 제 생명력을 25% 가까이 깎아 놓았다.

"생선을 데리고 은하계를 정복하겠다고 떠들어 댈 때부터 짐작은 했지만, 이건 뭐 코미디도 아니고……."

- 이, 이놈이 감히!

그래 놓고 아크를 노려본다.

"너, 뭐랄까…… 보기보다 재미있는 놈이지만……."

아크가 이퀄라이저를 고쳐 잡으며 씨익 웃었다.

"그래도 죽어 줘야겠다."

- 건방진 놈이…….

"무장·결박! 우라라라, 피어싱!"

P-301이 붉게 충혈된 눈으로 소리치는 순간, 아크는 맞은 편의 촉수를 광사로 휘감았다. 그리고 몸을 날려 째리는 P-301의 얼굴 앞을 스쳐 지나가며 검광을 뿜었다.

퍼펑! 파지지지지!

그 궤적을 따라 P-301의 얼굴을 가로지르는 스파크!

- 크아아아아! 이, 이놈! 이놈! 이놈!

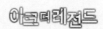

P-301은 비명을 터뜨리면서도 숨지도, 피하지도 못했다.

얼굴이 벽에 박혀 있는 신세라 이런 상황에서도 할 수 있는 것은 인상을 쓰고, 째리고, 이를 갈아붙이는 것뿐. 그러나 뭐 하나도 아크의 움직임을 막을 수는 없었다.

물론 나름대로 반항은 했다.

이미 쓴맛을 본 뒤라 무식하게 풀스윙으로 얼굴을 향해 휘두르지는 않았지만, 파리를 쫓듯이 얼굴 앞에서 촉수를 휘둘렀다. 그러나 그런 촉수에 맞을 아크였다면 여기까지 오지도 못했으리라.

아크는 번뜩이는 속도로 촉수 사이를 날아다니고.

퍼퍼퍼펑! 파직! 파지지지!

그때마다 P-301의 얼굴에서는 여지없이 스파크가 튀어오르며 새로운 상처가 더해졌다.

완전히 아크의 페이스!

아크는 꽥꽥 소리치는 P-301의 면상 앞을 왕복하며 인정사정없이 공격을 퍼부었다. 그때마다 푹푹 깎이는 P-301의 생명력은 순식간에 50% 밑으로 떨어졌다.

'낙승이다!'

아크가 승리를 확신할 때였다.

-이, 이놈! 용서하지 않겠다! 이로 인해 내 계획에 차질이 생긴다 해도! 아니, 설사 내 몸이 부서지는 한이 있어도 기필코 네놈의 살과 뼈! 영혼까지 씹어 삼키고야 말리라!

P-301이 누더기가 된 얼굴로 소리쳤다.

"이제 와서 새삼스럽게 뭘."

그러나 아크는 콧방귀도 뀌지 않았다.

억울하겠지. 장래 생선들을 앞세우고 은하계를 정복할 예정이지만, 아직은 아무 짓도 하지 않았는데 느닷없이 이리 얻어맞고 있으니, P-301 입장에서는 꽤 억울할 것이다.

그러나 몬스터의 입장 따위, 알 게 뭐냐?

그딴 것에 신경 쓴다고 경험치가 오르지는 않는 법.

안타깝지만 유저의 경험치는 폭력을 통해서만 올릴 수 있는 것이다.

"그러니까……."

……라는 생각으로 아크가 다시 이퀄라이저를 들어 올렸을 때였다.

생각지도 못했던 일이 벌어졌다.

쿠쿠쿠쿠! 쿠쿠쿠쿠!

돌연 P-301이 박혀 있는 벽에 균열이 번지기 시작했다.

그리고 서서히 앞으로 밀려 나오는 P-301의 얼굴! 아니, 밀려 나오는 것이 아니었다. 그 뒤를 따라 솟구쳐 나오는 것은 촉수! 다른 촉수의 2배는 되어 보이는 촉수였다.

"뭐, 뭐야? 저 얼굴도 촉수에 붙어 있는 거였어?"

벽에서 뽑혀 나와 멀어지는 P-301을 바라보는 아크의 얼굴이 당혹감에 물들었다. 그러나 그건 아직 상황을 제대로

파악하지 못한 것이었다.

콰쾅! 콰콰콰콰!

P-301의 얼굴이 쭉 뻗어 나가자 벽이 폭발하듯이 터져 나갔다. 그와 함께 촉수를 광사로 휘감고 매달려 있던 아크의 몸이 앞으로 확 이동했다.

아니, 정확히 말하면 아크가 이동한 것이 아니었다.

P-301의 몸!

벽을 허물며 광장으로 나오는 것은 거대한 구더기 같은 형태의 몬스터였다. 4개의 촉수도, 그리고 방금 전에 솟아난 P-301의 얼굴이 붙어 있는 새로운 촉수도, 모두 그 거대한 구더기 같은 몸에 붙어 있었다.

이게 P-301의 본체!

"컴퓨터 같은 것이…… 아니었던 거야?"

새로운 전투 생물을 만드는 시스템, 그리고 P-301이라는 이름. 이에 아크는 지금까지 P-301이 일종의 기계 생명체 비슷한 것이라고 생각하고 있었다.

벽에 붙어 있는 것도 대강 그런 이유. 그런데 이 무슨 황당한 시추에이션이란 말인가?

그때 앞쪽으로 뻗어 나간 촉수가 길게 휘어지며 P-301의 얼굴이 다가왔다.

- 버러지 같은 놈…….

낮게 울려 퍼지는 목소리.

순간 누더기처럼 변한 P-301의 얼굴에 쩍쩍 균열이 번지며 갈라졌다.

마치 가면 같은 얼굴이 떨어져 나가고 새로 나타난 붉은 얼굴은 수천수만 마리의 구더기가 붙어 있는 것처럼 꾸물거리고 있었다. 그 흉측한 얼굴의 아랫부분이 좌우로 갈라지며 쩍 벌어졌다.

톱니 같은 송곳니가 목구멍까지 돋아 있는 아가리였다.

-주제도 모르고 감히 신에게 대적한 죄! 감히 신의 몸에 상처를 입힌 죄! 네놈의 살과 피, 영혼으로 대가를 치러야 하리라!

씹어 삼키겠다는 말, 농담이 아니었던 것이다!

"빌어먹을, 소닉 소드!"

아크는 광사를 끊고 구더기 같은 몸으로 떨어지며 검기를 뿜었다.

그러나 상황이 달라졌다.

좀 전까지의 P-301은 칼로 죽죽 그어 대도 그냥 꽥꽥 비명을 지르며 맞아 주는 착한 놈(?)이었지만 지금 그 머리는 촉수 끝에 붙어 있는 것이다.

-후, 웃기는군.

P-301의 얼굴이 위로 상승했다.

단지 그것만으로도 아크는 공격할 방법이 없어졌다.

천장을 바라보듯이 머리를 수직으로 치켜 올리자 공격할

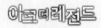

각도가 나오지 않는 것이다.

아크는 잠시 당황했지만 이내 입술을 추어올리며 이퀄라이저를 휘둘렀다.

"이건 네 몸이 아니냐? 갤럭시 소드!"

이퀄라이저의 궤적을 따라 떠오르는 수십 개의 검영이 소용돌이를 일으키며 퍼져 나갔다. 그 검영이 박히며 폭발하는 것은 아크가 올라타고 있는 P-301의 몸통!

콰콰콰콰! 콰콰콰콰!

작렬하는 섬광이 아크가 서 있는 자리를 중심으로 원을 그리며 퍼져 나갔다.

그러나 흩어지는 폭광 사이로 드러나는 P-301의 회색 몸통 위에는 살짝 긁힌 자국밖에 남아 있지 않았다.

깎여 나간 생명력은 불과 0.5%.

"몸 전체가……."

촉수와 같은 방어력을 가지고 있는 말이다. 그건 다시 말해…….

위이이잉! 콰콰콰쾅!

그때 바람을 가르며 날아와 내리치는 촉수!

아크가 얼굴에 붙어 있을 때는 자폭이었지만, 몸통도 촉수와 같은 표피로 덮여 있다면 얼마든지 공격할 수 있는 것이다. 덕분에 아크는 촉수를 피해 P-301의 몸통 위에서 뛰고 구르다가 결국 경사면으로 미끄러지며 떨어졌다.

"아스트랄의 비행!"

그리고 망토를 펼쳐 낙하 속도를 줄이며 바닥에 내려섰다.

아크는 지금까지 P-301로부터 직접 대미지를 받은 적이 단 한 번도 없었다. 대미지를 받은 것은 놈이 불러낸 졸개와 싸울 때, 그리고 돌 파편 정도였다.

덕분에 아직 생명력이 70%나 남아 있었다.

반면 P-301의 남은 생명력은 45% 정도. 생명력만 비교하면 아직 월등히 우세한 상황이었다. 그러나…….

"이, 이런 놈을 무슨 수로……."

P-301을 올려다보는 아크의 얼굴에 절망의 빛이 번졌다.

이길 수 있다는 생각이 들지 않는 것이다.

그거 아크 혼자만의 생각이 아니었다.

-포기하지 마라! 자렌족의 미래를 위해서! 포기…….

몬스터 무리와 싸우는 문어들을 향해 소리치던 부룸이 벽이 무너져 내리는 굉음이 화들짝 놀라 고개를 돌렸다.

그리고 밖으로 나온 P-301을 목격하는 순간, 흥분으로 붉게 상기되어 있던 머리통이 시커멓게 변하며 툭 튀어나온 주둥이로 먹물이 질질 흘러나왔다.

-뭐, 뭐야? 저게?

-구더기 괴물! 구, 구더기 괴물이다!

-끝장이다! 저런 괴물까지 나왔는데 무슨 수로 여기를 탈출해? 이제 우리는 죽었어! 다 죽었다고! 빌어먹을, 나오는 게 아니었어!

그냥 똥돼지로 살았어야 했어!

 -맞아, 그게 저런 괴물의 똥이 되는 것보다는 나아!

공황상태에 빠진 문어들이 머리통을 부여잡고 떠들어 댔다. 뭐 기분은 이해하지만, 그런 문어들의 행동은 사태를 악화시킬 뿐이었다.

 -그래, 네놈들…….

덕분에 P-301의 눈동자가 문어들을 향해 움직여 버린 것이다.

 -내가 준 생명과 힘으로 적을 돕는 멍청한 실패작들! 애초에 네놈들 같은 실패작만 나오지 않았어도 이 몸이 저따위 버려진 같은 놈에게 상처를 받을 일도 없었겠지. 그리고 그런 실패작들을 선동한 것은 바로 네놈!

P-301의 촉수가 부룸을 향해 뻗어 나갔다.

그러나 부룸은 여전히 얼빠진 표정으로 먹물만 질질 흘리고 있었다. 그리고 사실, 충격에 휩싸인 아크의 표정도 부룸과 큰 차이가 없었다.

그러나 촉수가 날아가는 장면이 눈에 들어오는 순간!

"헉! 안 돼! 비스트패스트!"

아크가 반사적으로 몸을 회전시키며 소리쳤다.

아크조차 감당하지 못해서 봉인시켜 놓은 비스트의 돌진 스킬 '비스트패스트'!

그 금기의 스킬을 발동시키자 바닥을 밟는 다리의 허벅지

근육이 풍선처럼 부풀었다. 그리고 다리를 펴는 순간, 허벅지에 응축되어 있던 힘이 발을 통해 뿜어지는 듯한 느낌과 함께 아크는 한 줄기 섬광으로 변해 부룸을 향해 날아갔다.

그러나 말했듯이, '비스트패스트'의 가속은 아직 아크조차 적응하지 못하는 속도였다. 그리하여 그대로 부룸과 충돌!

-컥! 뭐……!

부룸이 먹물을 토하며 날아갔다.

그와 함께 뚝 떨어지는 부룸의 생명력!

만약 부룸의 생명력이 얼마 남지 않은 상태였다면 이것으로 확실하게 저세상의 문어가 되었으리라.

그러나 부룸만큼은 아니라도 대미지를 받은 것은 아크도 마찬가지였다. 그리고 지상을 비행했다라는 표현을 써야 할 정도의 속도로 부룸과 충돌한 아크는 궤도가 꺾이며 반대쪽으로 튕겨 날아갔다.

그래도 일단 부룸을 구하는 데는 성공했지만.

쿠콰콰콰콰콰!

바닥을 긁으며 아크를 향해 날아오는 촉수!

아크가 부룸을 멀리 튕겨 내자 빈 공간을 내리친 P-301이 그대로 바닥을 휩쓸 듯이 촉수를 휘두르고 있는 것이다.

아직 몸도 일으키지 못한 아크를 향해서.

피하기는 무리다! 그렇다면 남은 방법은 하나!

'막는다!'

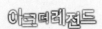

"무장 · 마인드 실드!"

앞쪽으로 작은 육각형 모양의 실드 2장이 떠올랐다.

몸 전체를 감싸는 마인드 실드가 응축되어 만들어진 이지스! 작아진 크기와 달리 방어력은 마인드 실드의 몇 배로 증폭된 실드였다. 그러나 촉수와 충돌하는 순간, 2장을 겹쳐놓은 이지스가 허무할 정도로 쉽게 부서지며 흩어졌다.

"아직이다! 돌아와라, 바사크!"

아크가 왼팔을 들어 올리며 소리쳤다.

순간 문어들이 모여 있는 곳에서 푸른빛이 날아와 손목에 휘감기며 펼쳐졌다. 바이우스 실드! 그 순간, 바닥을 긁으며 날아온 촉수가 실드와 충돌했다.

쩌쩌쩌쩡! 콰콰콰콰!

접점에서 파열음이 울리며 스파크가 터져 나왔다.

그와 동시에 아크를 덮친 촉수는 그대로 수십 미터를 더 날아가 맞은편 벽을 들이받았다.

그리고 아크는…….

SPACE 2. ¤∈◇? ¤∈϶?

'버텨 냈다!'

자신을 말하는 것이 아니다.

레벨 200 대의 아크다. 아직 생명력도 70%나 남아 있었다.

한 방만 제대로 맞아도 골로 간다는 확신이 팍팍 드는 P-301의 촉수지만 설마 진짜 한 방에 박살 나기야 하겠는가.

버텨 냈다는 것은 촉수를 막고 있는 바이우스 실드.

이전에는 그저 그런 공격도 서너 방을 버티지 못했다.

하물며 이런 무지막지한 공격!

촉수가 들이받는 순간, 아크의 머릿속에는 자연스럽게 실드가 부서지는 장면이 떠올랐다.

그런데 부서지지 않았다.

뿐만 아니라 지금도 압박을 가하는 촉수를 막아 내고 있었다. 이유는 말할 것도 없이…….

강해졌으니까!

아니, 강하게 만들었기 때문이다.

모르고 있었던 것은 아니다. 바사크의 성장은 곧 바이우스 실드의 성장. 그러나 지금까지는 항상 바사크를 소환하고 있어 실드를 사용할 기회가 없었다. 때문에 실감하지 못했는데 엄청난 위력의 촉수를 막아 보니 비로소 실감이 되었다.

'빡 세게 노가다한 보람이 있었다!'

……라는 것이!

그러나 기뻐할 때가 아니었다.

–대미지 549!

촉수에 떠밀리며 벽에 처박혔을 때 받은 대미지다.

이지스, 거기에 바이우스 실드까지 동원해 방어막을 펼쳤는데도 무시할 수 없는 대미지를 받은 것이다.

그러나 문제는 그 대미지가 아니었다.

지직! 지지지지!

–5,800…… 5,700…… 5,600…….

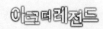

실드 표면에 굵은 균열이 번지며 에너지가 뚝뚝 떨어지고 있었다. 아크를 밀어붙여 벽에 처박은 촉수는 지금도 엄청난 힘으로 실드를 찍어 누르고 있는 것이다.

그래도 지금은 실드의 에너지가 대신해 주고 있지만 이마저 깨지면 다음은 아크다.

아마…… 아니, 확실히 토마토처럼 으깨지리라.

그러나 촉수와 벽 사이에 꽉 끼인 상태라 손가락 하나 움직여지지 않는다. 이런 여러 가지 상황을 종합해 보면 나오는 결론은 하나밖에 없었다.

'망했다!'

─훗, 그런 건가?

P-301의 목소리가 들려온 것은 그때였다.

─이제 좀 알 것 같군. 네놈, 저 실패작들과 뭔가 관련이 있었군. 아니, 정확히 말하면 그 재료가 된 것들과 관련이 있었다고 해야 맞겠지.

P-301이 문어들을 돌아보며 말했다.

─하지만 저놈들이 내게 저항하는 것은 역시 납득하기 힘들군. 녀와 관련이 있었다 해도 나를 통해 재창조되면 전생의 기억 따위는 남아 있지 않을 텐데…… 뭐, 그런 거야 일단 네놈을 으깨 버린 뒤에 저놈들을 해부해 보면 답이 나오겠지.

─해, 해부…….

이어지는 P-301의 말에 허옇게 질린 문어들의 주둥이에서 먹물이 주르륵 흘러내렸다.

아크에 이어 문어들에게도 사망 선고를 내린 P-301이 피식 웃으며 말을 이었다.

-그렇다고는 해도 실로 멍청하기 짝이 없는 놈이군. 결코 있을 수 없는 일이지만, 그래도 나를 쓰러뜨릴 가능성이 눈곱만큼이라도 있는 것은 네놈뿐이었다. 그런데 저따위 놈 하나 구하자고 스스로 죽음을 자초하다니.

-핫!

P-301의 말에 부룸이 퍼뜩 고개를 들었다.

그리고 황망한 표정으로 촉수에 눌려 있는 아크를 돌아보았다.

사실 느닷없이 아크에게 뒤통수를 얻어맞고 날아간 부룸은 이때까지도 상황을 제대로 파악하지 못하고 있었다.

그런데 P-301의 말을 듣고 나서야 무슨 일이 벌어졌는지 이해한 것이다. 아크가 아니었다면 저 촉수에 꾹꾹 눌리는 것은 바로 부룸, 자신이라는 사실을.

-아, 아크! 자네…….

부룸의 눈에 감동의 물결이 파도쳤다.

-부룸의 호감도가 300 상승했습니다!

동시에 수직선을 그리며 치솟는 부룸의 호감도! 그러

나…….

'아니야!'

아크는 속으로 부르짖었다.

물론 문어들의 목숨은 아크에게도 소중하다.

그러나 아크는 세상 무엇보다 자기 목숨을 소중하게 생각하는 사람이었다.

목숨을 걸고 부룸을 구한 이유가 그것!

'아직 P-301이 불러낸 몬스터들은 거의 그대로 남아 있다. 이런 상황에서 몬스터를 막아 주는 문어들이 당해 버리면 승산은 없어.'

그게 아크가 비스트를 입자마자 속공을 펼친 이유다.

이길 수 있다는 자신감이 있기도 했지만, 더 중요한 이유는 P-301의 이목이 문어들에게 향하는 것을 막기 위한 방편이었다.

부룸을 구한 이유 역시 같은 맥락.

힘들게나마 버티던 문어들도 장로 부룸이 죽어 버리면 한순간에 무너질 것이 뻔하기 때문이다.

'하지만 이래서야…….'

그러나 P-301의 말처럼 멍청한 짓이었다.

부룸을 구해도 정작 아크가 죽어 버리면 죽도 밥도 안 되는 것이다. 그건 P-301뿐만 아니라 문어들도 알고 있었다. 아크가 죽으면 그들도 끝. 해부되는 일만 남았다는 것을.

-끄, 끝장이야!

-역시 그냥 똥돼지로 만족했어야 했어!

그리고 일제히 OTL!

-무슨 소리를 하고 있는 거냐!

쩌렁쩌렁한 목소리가 터져 나온 것은 그때였다.

머리통을 시뻘겋게 물들이며 소리치는 문어는 부룸이었다.

-보아라! 저 괴물의 촉수에 잡혀 있는 사람을! 아크다! 그가 왜 이런 곳에서 저런 괴물의 촉수에 잡혀 있는가? 우리 때문이다! 우리를 구하기 위해 싸우다가 저리된 것이다! 그런 아크 앞에서 그런 말을 내뱉고 부끄럽지도 않은가!

-그, 그건…….

-말했을 것이다! 자유란 그냥 주어지는 것이 아니다! 싸워 쟁취하는 것이다! 그런 용기가 있는 자만이 자유를 입에 담을 자격이 있는 것이다! 바로 저 아크처럼! 하물며 자신을 돕기 위해 목숨을 거는 사람의 위기에도 나서지 못한다면 똥돼지! 아니, 똥돼지보다도 못한 문어가 되는 것이다! 정녕 너희들은 그렇게 살고 싶은가?

-아, 아닙니다!

-그래, 우리는 똥돼지가 아니다! 문어, 아니, 자렌족이다! 비록 모성을 잃고 천대받는 부랑자 신세가 되었지만 그래서 더 필요한 것이다! 긍지! 그리고 그것을 지킬 용기! 아크는 지금 우리에게 그것을 보여 주고 있는 것이다! 다름 아닌 우리를 위해서!

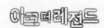

부룸이 이글거리는 눈으로 아크를 돌아보았다.

그러자 모든 문어가 그 눈길을 따라 고개를 돌리며 아크를 바라보았다.

자잘한 상처 위에 흙먼지가 뒤덮인 처참한 몰골로 촉수에 짓눌리며 신음하는 아크!

이제 문어들의 눈에 그 장면은 자신들을 구원하기 위해 희생을 아끼지 않는 거룩한 존재로 비쳤다. 심지어 후광이 비치는 착각을 불러일으킬 정도!

-그 우정에 보답하기 위해서라면!

부룸이 송곳이 돋아난 문어 다리를 치켜세우며 P-301을 향해 돌진했다.

-내 인생, 여기서 끝난다 해도 후회는 없다!

-그래! 어차피 이판사판이다!

-어차피 죽어야 한다면 긍지를 위해! 친구를 위해!

-아크를 구하라!

아크의 희생(?)에 UP돼 버린 부룸이 괴성을 질러 대며 돌진하자 덩달아 UP돼 버린 문어들이 함성을 터뜨리며 뒤따르기 시작했다. 이에 아크는…….

'이런 멍청한! 뭐 하자는 거야?'

울화통이 터졌다.

물론 지금 아크는 토마토 주스가 되기 일보 직전의 상황이다. 도움을 준다면, 당연히 환영이다.

그러나 기왕 도와줄 거라면 좀 생각이라도 하고 도와줘야 할 것이 아닌가? UP돼 버린 기분은 이해하지만 그런 닥돌, 통할 리가 없는 것이다.

아니나 다를까.

- 하찮은 놈들이 주제도 모르고!

위이이잉! 콰콰콰콰!

폭풍을 일으키며 날아와 내리꽂히는 촉수!

무턱대고 돌진하던 문어 서너 마리가 일격에 떡이 되었다.

그리고 문어를 내리찍은 촉수 아래로 터져 나오는 참혹한 (?) 먹물! 그건 시작에 불과했다.

P-301은 연이어 촉수를 휘둘렀고 그때마다 문어들은 떡이 되며 먹물을 튀겼다.

촉수에 눌려 움직이지도 못하는 아크는 그저 절망스러운 눈으로 그 장면을 지켜볼 수밖에 없었다.

'망했다! 이제 끝장이야!'

그리고 절망했지만, 뜻밖의 장면이 벌어졌다.

뽕! 뽕! 뽕! 뽕!

촉수가 지나간 직후, 떡이 되었던 문어들이 다시 탱탱해지며 튀어 오르는 것이다.

- 뭐야? 이 자식 별거 아니잖아?

- 완전 물 펀치야!

뿐만 아니라 이런 말까지 서슴지 않았다.

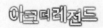

그러나 P-301은 결코 물 펀치(?)가 아니다. 그건 이지스와 바이우스 실드를 동원하고도 500 대의 대미지를 입은 아크가 누구보다 잘 알고 있었다.

그러나 아크도, P-301도, 심지어 문어들도 미처 깨닫지 못하고 있었던 것이 있었다.

사실 문어들은…….

-물리 저항		
Slash : 0%	Pierce : 0%	Blow : 100%

이런 몸을 가지고 있었다!

쫀득쫀득, 말랑말랑한 식감! 아니, 몸뚱아리!

문어를 요리해 본 사람이면 알 것이다. Slash와 Pierce, 말하자면 식칼로 썰거나 푹푹 찌르면 쉽게 토막 낼 수 있지만 Blow, 몽둥이 같은 것으로는 아무리 내리쳐 봤자 상처 하나 내기 힘들다는 것을 말이다.

아크의 눈앞에서 벌어지는 장면이 그것이었다.

P-301의 촉수도 기본적으로는 둔기. 문어는 이런 공격에 100%의 저항력을 가지고 있는 것이다.

뭐 그래도 어느 정도 대미지는 있겠지만 UP된 문어들에게 그 정도는 무시해도 좋은 수준!

그것만이 아니었다.

-공격! 공격!

콕콕콕! 딱딱딱! 쿡쿡쿡!

촉수 공격을 돌파한 문어들이 P-301을 향해 다리를 휘둘렀다. 그러나 아크의 공격에도 끄떡없던 P-301이다. 고작 송곳이나 집게발 따위는 표피에 흠집조차 내지 못했다.

그러나 다음 순간!

- 이, 이놈들이!

P-301이 당혹성을 터뜨렸다.

-몸은 공격해 봐야 소용없다! 놈의 약점은 저 얼굴! 자렌족이여, 올라가라!

부룸의 외침에 P-301의 몸을 기어 올라가는 문어들!

그렇다! 문어들은 어디든 척척, 달라붙을 수 있는 빨판을 가지고 있는 것이다.

- 떨어지지 못할까!

P-301이 촉수를 휘두르고 몸을 흔들었지만 소용없었다.

체중의 수십 배에 달하는 흡착력을 가진 문어의 빨판! 몸을 흔들어 댄다고 떨어질 리가 없었다. 그리고 촉수로 두들겨 뭉개 놔도 금세 다시 탱탱! 끄떡없었다.

'이건…….'

아크도 상상하지 못했던 장면!

P-301이 약해서도, 문어들이 강해서도 아니었다.

상성! 특성만 놓고 보면 문어는 P-301의 천적이나 다름없

는 것이다.

그러나 역시 문어와 P-301은 스케일의 차이가 너무 컸다. 그리고 P-301은 '적어도' 문어들보다는 머리가 좋았다.

ㅡ몽땅 갈아 주마!

콰쾅! 콰콰콰콰! 콰콰콰콰!

의외의 상황에 처음에는 좀 당황했지만 P-301은 곧 문어가 붙어 있는 몸을 벽에 긁어 대기 시작했다. 동시에 강판에 갈린 것처럼 너덜너덜하게 변해 떨어져 나가는 문어들!

그러나 문어들의 분투가 무의미한 짓은 아니었다.

P-301이 정신없이 몸을 긁어 대는 사이, 아크를 누르고 있던 촉수의 힘이 약해진 것이다.

'……지금이다!'

"나와라, 샤이어! 룬 문자 각인술, 화이람!"

순간 아크가 온힘을 다해 촉수를 밀어내며 오른팔을 밖으로 빼내며 허공에 빛의 문자를 새겨 넣었다.

뒤이어 떨어지는 거인의 발!

쿠쿵! 콰콰콰콰!

굉음이 울리며 촉수가 푹 꺼져 들어갔다.

"나와라, 바사크! 폭쇄!"

ㅡ우오오오!

동시에 골렘으로 변하며 '폭쇄'를 날리는 바사크!

송곳처럼 변해 뿜어지는 '폭쇄'가 들이받자 거인의 발에 찍혀 힘이 약해졌던 촉수는 그대로 수 미터 밖으로 밀려났다.

아크가 몸을 날려 밖으로 뛰어나온 것은 그때였다.

'지금 시급한 것은……'

낙법으로 몸을 굴리던 아크가 고개를 돌렸다.

P-301이 몸을 벽에 비벼 대자 촉수에도 끄떡없던 문어들도 적지 않은 대미지를 받으며 떨어지고 있었다. 그러나 지금 문어들에게 더 위협적인 것은 몬스터!

크랩, 크릴 따위의 몬스터였다.

P-301이 본모습을 드러내며 이러쿵저러쿵 떠드는 동안 이 몬스터들은 잠시 물러나 있었다.

그러나 문어들이 P-301에 달라붙자 바로 진격해 오고 있었다. 그리고 이 몬스터들은 P-301과 달리 문어를 베고, 찌를 수 있는 무기를 가지고 있는 것이다.

이런 상황에서 몬스터들까지 더해지면 문어들은 순식간에 멸종되고 말리라.

'일단 놈들부터 막아야 한다!'

"돌아와라, 바사크!"

아크가 왼팔을 들어 올리자 촉수를 밀어내던 바사크가 빛으로 변해 손목에 휘감겼다. 순간, 아크는 다시 팔을 앞으로 뻗으며 소리쳤다.

"나와라, 돌진!"

-우오오오! 덤벼라! 돌진!!

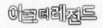

동시에 손목에서 탄환처럼 쏘아지는 바사크!

바사크가 들이받자 한데 뭉쳐 뛰어오던 몬스터들이 도미노처럼 와르르 넘어졌다.

"카프레 검술 3식, 갤럭시 소드!"

콰콰콰콰! 콰콰콰콰!

그 위로 소나기처럼 쏟아지는 무수한 검영!

벌러덩 넘어져 버둥거리는 크랩과 크릴, 모레이의 몸에 검영이 박히며 폭발하자 갑각이 부서져 나가며 속살이 터져 나왔다. 그러나 그건 시작에 불과했다.

"피어싱!"

한 줄기 섬광이 되어 몬스터를 꿰뚫는 아크!

몬스터들도 바로 반격을 가해 왔지만 크랩의 집게발, 크릴의 송곳, 모레이의 송곳니는 번뜩이는 속도로 움직이는 아크의 몸에 닿지도 못했다.

유적을 돌아다니며 몸에 비린내가 밸 정도로 싸워 본 몬스터들이다. 공격 범위와 패턴, 스킬까지 모두 파악이 끝난 것이다. 하물며 지금은 수중 페널티도 없는 상황!

퍼펑! 파직, 파지지지!

광풍처럼 몬스터를 몰아치는 백색 검광!

그때마다 쉴 새 없이 스파크가 터지며 몬스터들이 해체되었다.

촉수에서 해방된 아크는 그야말로 사슬 풀린 맹수!

처음은 문어들이 몬스터를, 아크가 P-301을 맡는 형태로 전투가 시작되었다. 그게 본의 아니게 반대가 되었지만 막상 싸워 보니 이편이 나았다.

문어가 P-301을, 아크가 크랩 등을 상대하는 편이 상성으로 보면 더 유리한 것이다.

'하지만……'

양쪽 모두 전력 차이가 너무 컸다.

일단 아크만 봐도, 아무리 만만한 몬스터라도 50여 마리나 된다. 압도적으로 강하다고는 해도 역시 혼자—바사크도 있지만—, 그것도 한꺼번에 50여 마리를 상대하기는 무리. 알게 모르게 대미지가 쌓여 가고 있는 것이다.

문어들의 상황은 더 신가했다.

-큭! 물러나지 마라!

-그래, 물러나지 마라! 몽땅 갈아 줄 테니!

P-301이 벽에 비벼 대자 몸에 붙어 있던 문어들은 순식간에 미트볼처럼 뭉개졌다.

그래도 흥분에 휩싸인 문어들은 용기를 잃지 않았다.

그러나 용기만으로 P-301을 무찌를 수는 없었다. 먹물을 토하며 돌진하는 문어들의 분투도 P-301에게는 그저 귀찮은 수준. 이미 10여 마리의 문어가 갈리고, 뭉개져, 미트볼이 되었지만 P-301이 받은 대미지는 1도 없었다.

'이대로 가면 전멸이다!'

이 싸움의 결과는 이미 나와 있다.

그건 P-301이 벽을 뚫고 나왔을 때부터 정해져 있는 것이나 다름없었다.

천장에 닿을 정도의 높이에서 내려다보는 P-301의 유일한 약점인 얼굴. 그러나 처음처럼 벽에 붙어 있다면 모를까, 이런 상황에서는 현실적으로 얼굴을 공격할 방법이 없었다.

갑자기 하늘을 나는 재주가 생기지 않는 한 말이다.

아크가 거기까지 생각했을 때였다.

'……어? 뭐지?'

문득 머릿속에 뭔가가 떠올랐다.

아니, 뭔가 떠올랐다기보다는 뭔가를 잊어먹고 있다는 느낌에 가까웠다. 그러나 평소에 많이 쓰던 단어가 갑자기 떠오르지 않는 것처럼, 머릿속에 '그' 뭔가가 맴돌기는 하는데 그게 뭔지 좀처럼 생각이 나지 않았다.

- 혀, 형님!

그때 바사크의 다급한 목소리가 들려왔다. 그리고…….

-모레이의 '상태 이상 : 고통 증가'에 걸렸습니다!
《3분간 적에게 받는 공격의 모든 대미지가 50% 상승합니다.》

느닷없이 떠오르는 메시지!

"이, 이런!"

아크가 화들짝 놀라 물러났다.

이에 고개를 숙인 아크의 얼굴이 일그러졌다.

수중 몬스터는 물 밖에 나오면 상당한 페널티를 받는다.

그중에서도 가장 치명적인 페널티를 받는 몬스터가 모레이. 크랩이나 크릴과 달리 모레이는 말 그대로 생선. 물이 없으면 그냥 바닥에서 펄떡거릴 수밖에 없는 것이다.

"이런 놈에게……."

발치에서 펄떡거리는 모레이를 보고 있자니 새삼 울컥 치밀었다. 그리고 곧바로 이퀄라이저를 휘두르며 문자 그대로 도마 위의 생선 신세가 된 모레이를 회 치다가 갑자기 퍼뜩 고개를 들어 올렸다.

모레이를 회 치던 도중에 갑자기 뭔가, 도무지 생각이 나지 않던 그 뭔가가 떠올랐기 때문이다. 그리고…….

'맙소사! 내가 지금 뭘 하고 있는 거야?'

생각이 난 뒤에야 알았다.

지금까지 자신이 한 짓은 모두 삽질이었다는 것을!

아크가 난공불락이라고 생각하는 P-301. 놈을 공략할 방법은 사실, 이 해저 유적에 들어올 때부터 존재했었다.

그걸 없애 버린 사람은 다름 아닌 아크!

'만약 그때 그냥 놔뒀다면…….'

처음부터 이런 고생, 할 필요도 없었던 것이다.

그것도 모르고 지금까지 뛰고, 구르고, 박박 기고…… 머

리가 나쁘면 몸이 고생한다더니 딱 그 짝이다.

그러나 이제 와서 그런 생각을 해 봐야 소용없는 짓.

그리고 다행히 아직! 아크는 살아 있었다. 그리고 또 아직! 문어들도 살아 있었다. 다시 말해…….

'아직 늦지는 않았다!'

"토리!"

아크는 공격을 피해 물러나며 님프에 대고 소리쳤다.

–…….

대답이 없었다.

"1초 내로 대답하지 않으면 가죽을 벗겨 버릴 테다!"

–힉! 무리예요! 무리라고요!

와락 인상을 쓰며 말한 뒤에야 토리의 대답이 들려왔다.

"무리는 뭐가 무리야?"

–뭐든! 뭐든 무리라고요! 제가 할 수 있는 게 있을 리가 없잖아요! 저는 그냥 작고 힘없는 햄스터라고요! 그리고 전리품! 맞아! 형님의 전리품을 지켜야 하는 중대한 임무를 맡고 있잖아요! 실버스타도! 그러니까 죽더라도 형님 혼자 죽어 주세요! 저까지 끌어들이지 말고! 형님이 죽더라도 전리품과 실버스타는 제가 챙길게요! 안심하고 그냥 혼자 죽어 주세요!

'이 자식이…….'

그렇지 않아도 짜증 나 죽겠는데 아주 불을 질러 댄다.

뭐 새삼스러운 일도 아니지만, 토리는 이 와중에도 혼자

살겠다고 꼬리털 하나 보이지 않고 있는 것이다.

거기다 아크가 통신을 연결하자마자 지레 겁먹고 이딴 소리까지 떠들어 댄다.

울컥 치밀어 오르지만! 확 패 주고 싶지만!

'시간이 없다!'

치미는 욕을 꿀꺽 삼킨 아크가 다시 입을 열었다.

"너에게 그딴 건 기대하지도 않아! 네가 할 일은 하나, 지금 바로 도망쳐라!"

―네? 아, 네! 그거라면 당장…….

"내 말을 끝까지 들어! 그냥 도망가라는 게 아니야! 해야 할 일이 있다. 이 상층의 입구! 기억하지? 하층과 상층 사이에 있던 수직 통로. 그 통로 옆에 붙어 있는 레버! 네가 해야 할 일은 그 레버를 원래 위치로 돌려놓는 것이다."

―네? 하지만 그건…….

"서둘러!"

―네! 네! 갑니다! 가요!

아크의 불호령에 토리가 허둥지둥―몬스터에 둘러싸인 아크에게는 보이지 않았지만 아마도― 두툼한 뱃살을 출렁이며 뛰어갔다. 그리고 잠시 후.

쿠쿠쿠쿠! 쿠쿠쿠쿠! 쿠쿠쿠쿠!

갑자기 어딘가에서 굉음이 울리며 광장이 흔들렸다.

동시에 상황이 급변했다. 여기서, 저기서 정신없이 전투가

벌어지는 광장에 엄청난 속도로 물이 차오르기 시작하는 것
이다. 토리가 레버를 작동시켰기 때문이다.

그 레버는 바로…….

－◎◇▽▽○.

상층 입구에 이런 문자와 함께 붙어 있던 레버!

해저 유적을 채우고 있던 물을 순식간에 사라지게 만든 레
버였다. 그건 다시 물을 채울 수도 있다는 뜻!

그게 레버를 작동시킨 이유였다.

'이제…….'

딱! 딱딱딱! 따다다닥!

그때 엄청난 속도로 날아드는 크랩의 집게발!

수중이다. 그리고 크랩은 수중 몬스터. 광장이 수중으로
변하자 크랩과 크릴 등은 문자 그대로 물 만난 고기처럼 움
직임이 빨라졌다. 반면 아무리 숙달되었다고 해도 아크는 사
람. 상대적으로 움직임이 확 느려지기 시작했다.

파직! 파지지직!

'칫, 갑자기 빨라지니 적응이 안 되는군.'

아크가 이퀄라이저로 크랩의 공격을 받아 내며 미간을 찡
그렸다.

방금 전까지는 한꺼번에 10마리도 상대할 수 있었지만 수

중전이 되자 5마리를 상대하기도 힘들었다. 여기까지만 보면 그저 자살행위나 다름없었지만!

'수중 몬스터(?)가 저놈들만 있는 것은 아니지.'

-오! 이, 이것은?

-물이다!

-힘이! 힘이 솟는다!

뒤쪽에서 들려오는 문어들의 환호성!

이거다! 문어들도 수중 몬스터(?)! 광장에 물이 차오르자 문어들도 물 만난 고기! 아니, 문어가 되었다. 그리고 문어들의 변화는 몬스터들보다 극적이었다.

하나같이 비만이 되어 버린 문어들.

덕분에 문어들은 의욕과 달리 움직임은 굼뜨기 짝이 없었다. P-301이 몸을 벽에 긁어 댈 때마다 변변히 피하지도 못하고 미트볼처럼 다져지는 이유가 그 때문이었다.

그러나 수중이라면 얘기가 달라진다.

체중 따위는 더 이상 문제가 되지 않는 것이다.

뿐만 아니라 이제 빨판을 붙여 가며 P-301의 몸을 기어 올라갈 이유도 없었다.

-오오! 역시 하늘! 아니, 바다는 우리 편이다! 모두 놈의 몸에서 떨어져라!

뿅! 뿅! 뿅! 뿅!

부름의 고함에 P-301의 몸에서 떨어져 나오는 60마리의

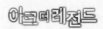

문어! 그리고 8개의 다리를 오므렸다가 펴는, 문어 특유의 수영법을 선보이며 P-301의 촉수를 피하며 얼굴로 돌진!

송곳과 집게발을 휘두르며 공세를 펼치기 시작했다. 뭐 그렇다고 P-301이 갑자기 수세에 몰린 것은 아니었지만.

'일단 이놈들부터!'

"나와라, 샤이어! 룬 문자 각인술……."

아크가 분사 장치를 사용해 뒤로 물러나며 빛을 뿜어내는 양손을 휘저었다. 융합기를 사용하기 위해서가 아니다. 양손은 동시에 같은 룬 문자를 그리고 있었다. 바로!

"이크람! 이크람! 이크람! 이크람!"

연속적으로 떠오르는 룬 문자는 이크람!

그때마다 주위에 널브러져 있던 크랩과 크릴, 모레이의 사체가 연이어 폭발하며 대게, 새우, 곰치의 머리가 붙어 있는 지옥의 개! 헬 하운드가 10여 마리나 쏟아져 나왔다.

물론 헬 하운드는 제물로 삼은 몬스터 능력치의 20~30% 수준밖에 되지 않는다. 10마리라도 시간 벌이밖에 되지 않으리라. 그러나 상관없다.

그게 목적이니까!

"바사크, 여기는 네게 맡긴다! 최대한 버텨라!"

-네, 맡겨 주십시오! 자, 멍멍이들아, 나를 따라라! 돌진! 폭쇄!

바사크가 10여 마리의 헬 하운드를 이끌고 몬스터들을 향해 돌진했다. 그리고 다시 비린내 나는 싸움이 시작됐지만 이 전투의 승패 따위는 아무래도 상관없었다.

중요한 것은 P-301과의 전투!

"부룸, 여기입니다!"

-오! 아크!

아크가 P-301 쪽으로 뛰어가며 소리치자 부룸이 물살을 가로지르며 날아왔다. 그리고 부룸이 내미는 문어 다리를 잡고 뛰어오른 아크는 커다란 머리통에 탑승!

"이제부터 제 지시에 따라 주실 수 있겠습니까?"

-그런 말을 할 필요 없네. 자네는 누구도 거들떠보지 않는 우리를 구하기 위해 이런 혹성까지 찾아와 준 단 한 사람. 자네와 함께라면 물속, 아니, 불속이라도 망설임 없이 뛰어들 각오가 되어 있네. 그러니 말만 하게. 아크, 자렌족의 친구여!

이미 호감도는 만땅!

부룸은 일말의 망설임도 없이 대답했다.

"제각각 움직여서는 아무것도 하지 못합니다. 그러니 먼저 부대 편성을 하겠습니다. 각각 10명으로 나뉘어 5개 부대로!"

-들었지? 헤쳐 모여!

-헤쳐 모여!

뿡! 뿡! 뿡! 뿡!

물 만난 문어들의 움직임은 감탄할 만한 속도였다.

그러나 움직임이 빨라진 것과 조직력은 별개의 문제. 그리

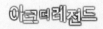

고 자렌족은 얼마 전까지만 해도 전투는커녕 훈련조차 받아
본 적이 없는 문어들이었다.

때문에 잠시 헤매기는 했지만 의외로 빨리 적응하며 다섯
무리로 나누어졌다.

문어들이 똑똑해서가 아니다.

-현 부대에 '통솔'이 적용되고 있습니다.
《부대장 아크(통솔 227) : 명령 수행률 +45.4%, 부상 회복 속도 +45.4%》

이스타나에서 꾸준히 올린 통솔 스텟!

혼자 싸울 때는 아무런 의미도 없지만 일단 부대 단위가
되면, 특히 NPC의 경우에는 통솔 수치에 따라 천양지차의
조직력을 보여 주는 것이다. 거기에 하나 더!

"룬 문자 각인술, 쿠온!"

-룬 문자 각인술 : 쿠온이 발동 중입니다.
《100미터 범위 내의 모든 아군에게 30분간 최대 생명력과 방어력이 20%
증가합니다.》

퍼져 나가는 빛과 함께 발동되는 룬 문자 '쿠온'!

동시에 P-301의 몸에 붙은 채 갈리며 너덜너덜해졌던 문
어들의 생명력이 쭉쭉 올라갔다.

"4, 5번 부대는 뒤쪽의 몬스터를, 나머지는 P-301을 포위합니다!"

바사크가 이끄는 헬 하운드 부대는 이미 괴멸 직전이었다. 이에 아크는 20여 마리를 급파! 때문에 P-301과 싸울 문어는 30마리밖에 남지 않았지만.

'충분하지!'

더 이상 P-301은 난공불락의 보스가 아니었다.

P-301은 수중 몬스터를 만들어 내는 재주가 있었지만, 그 자신이 수중 몬스터는 아닌 것이다. 그러니 당연히 촉수의 속도도 반감. 그런 촉수 따위!

뽕! 뽕! 콰콰콰쾅!

물살을 가르며 날아오는 촉수 사이로 확 퍼지는 문어 떼!

일격에 벽을 허무는 촉수도 더 이상 위협이 되지 않는 것이다. 그리고 천장에 닿을 정도의 높이로 치솟은 얼굴도 문제가 되지 않았다. 거기도 결국 수중이니까.

그리하여…….

"2부대, 우회하며 요격하십시오!"

촉수를 피해 흩어졌던 문어 떼가 물살을 가르며 P-301의 얼굴을 횡단, 송곳과 집게발을 박아 넣었다.

마치 폭격기가 융단 폭격을 쏟아붓는 듯한 장면!

-큭! 저 버러지 같은 놈도 모자라 이제 이런 놈들까지!

"3부대, 먹물 분사!"

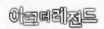

푸화아아아! 푸화아아아!

뒤이어 이를 갈며 고개를 돌리던 P-301의 얼굴이 먹물에 뒤덮였다. 그러자 2부대를 향해 휘두르던 촉수는 방향을 잃고 엉뚱한 곳으로 날아가 벽을 들이받았다.

그리고 P-301이 먹물 밖으로 얼굴을 내미는 순간!

"기다리고 있었지! 소닉 소드!"

번뜩이는 속도로 P-301의 얼굴을 스쳐 지나가는 부름! 아니, 아크!

굳이 말할 필요도 없지만 아크의 검기는 문어들의 송곳 따위와는 수준이 달랐다. 검기가 폭발하자 P-301의 얼굴에 굵은 검상이 새겨지며 생명력이 뚝 떨어졌다.

이쯤 되니 P-301도 앓는 소리를 할 수밖에 없었다.

- 이 쓸모없는 놈들, 네놈들은 뭐 하는 거냐? 어서 이놈들을 죽이란 말이다!

그러나 P-301이 욕을 퍼붓는 크랩과 크릴 등도 놀고 있는 것은 아니었다. 바사크와 헬 하운드, 거기에 4, 5부대의 문어들과 격전을 벌이고 있는 것이다.

뭐 그래도 충성심 강한 몬스터 몇 마리는 전장을 뚫고 돌진해 오기도 했지만, 무리한 돌파로 부상을 입은 몬스터는 1, 2, 3부대 문어들에게 순식간에 격추당했다.

"1부대, 우회! 먹물 분사!"

푸화아아아!

"2부대, 돌격! 난사!"

뿡! 뿡! 뿡! 뿡! 쿡! 쿡! 쿡! 쿡!

그러는 사이에도 아크는 문어들을 지휘하며 쉬지 않고 P-301의 얼굴을 난타했다.

P-301은 그때마다 괴성을 지르며 촉수를 휘둘러 댔지만 그것도 잠시, 생명력이 10% 대까지 내려가자 체력마저 바닥 난 듯 촉수의 속도는 한층 더 둔해졌다.

-으아아아! 이놈들! 물러가라! 버러지 같은 네놈들에게 당할 내가 아니다! 나는 신! 이 은하계를 정복할 신이란 말이다! 나는…… 나는…….

그래도 끝까지 발악하며 소리쳤지만!

"부룸, 이제 끝낼 때입니다!"

-알겠네.

아크의 말에 P-301의 얼굴로 돌진하는 부룸!

-네놈! 모두 네놈 때문이다!

그 모습에 발광하던 P-301이 아가리를 벌리며 마주쳐 왔다. 순간 아크는 부룸의 몸에서 떨어져 나와 분사 장치를 발동시키며 이퀄라이저를 꽉 움켜쥐었다.

"각성 스킬, 귀영!"

동시에 P-301을 향해 날아가는 아크의 몸이 2개, 4개, 8개…… 기하급수적으로 늘어나기 시작했다. 그리고 P-301의 얼굴을 뒤덮으며 폭발하는 수십 개의 검기!

퍼퍼퍼펑! 퍼퍼퍼펑! 퍼퍼퍼펑!

'귀영'이 휩쓸고 지나가자 P-301의 얼굴은 본래 형태조차 알아볼 수 없을 정도로 무참하게 찢겨 나갔다. 그리고 0%를 향해 수직선을 그리며 떨어지는 생명력!

-이, 이럴 수는 없어…… 나는 신…… 네놈 따위에게…….

"위안이 될지는 모르겠지만……."

떠듬거리는 P-301의 얼굴 위에서 하나로 합쳐진 아크가 씨익 웃어 보였다.

"다른 세계에서는 나도 신이라 불리던 사람이다."

콰직! 파지지지-!

뒤이어 P-301의 이마에 박히는 백색 검광!

검광이 박힌 부분에서 시작된 균열이 얼굴을 뒤덮고 목을 따라 내려가 몸 전체로 퍼졌다.

-크아아아아! 네, 네놈! 네놈도 결코 살아서 이곳을 나가지 는 못하리라!

그리고 P-301은 이런 3류 악당 같은 진부한 대사를 마지 막으로 펑! 쩍쩍 갈라지는 몸속에서부터 폭발이 일어나며 산 산이 부서져 흩어졌다.

-레벨이 올랐습니다!

-레벨이 올랐습니다!

─레벨이 올랐습니다…….

잔해와 함께 떨어지는 아크의 눈앞에 메시지가 주르륵 떠올랐다.

공격대용 보스 몬스터 P-301!

물론 혼자 처리했다고는 할 수 없지만 70% 이상이 아크가 입힌 대미지였다. 그리고 막타를 먹인 사람 역시 아크!

"신이라고 떠들어 대더니……!"

다른 건 몰라도 경험치만은 확실히 신급!

바사크를 소환해 놓은 상태라 경험치가 반으로 나뉘었는데도 단숨에 6레벨이나 상승한 것이다. 당연히 바사크의 레벨은 폭발적으로 상승!

─이, 이겼다!

─오오! 승리다! 우리 자렌족이 일궈 낸 첫 승리다!

기쁨의 먹물을 뿜어내는 문어들의 머리 위에도 레벨 업을 알리는 십자 문양이 정신없이 떠오르고 있었다. 뭐 아직 뒤에는 크랩이나 크릴 따위가 남아 있었지만.

"일단 저것부터 정리하죠."

콰직! 퍽! 쿵쿵쿵!

레벨이 오른 아크와 문어들의 손에 순식간에 괴멸되었다.

그러나 아직 가장 중요한 행사(?)가 남아 있었다. 몬스터를 쓰러뜨린 유저의 당연한 권리이자 가장 기대되는 시간,

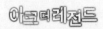

바로 전리품 확인이었다.

"어마어마하군."

아크가 P-301의 잔해를 돌아보며 중얼거렸다.

수십 미터에 달하는 거대한 몸집의 P-301은 당연히 잔해
도 엄청난 양이었다.

산처럼 쌓여 광장 한쪽을 꽉 채우고 있는 것이다.

그런 잔해 속에서 전리품을 수거하는 일도 보통 일이 아니
었다. 그러나 전리품을 수거하는 일이다.

그것도 공격대용 보스 몬스터의 전리품!

그런 전리품을 앞에 두고 수고를 마다할 아크가 아니었다.
게다가 수십 마리의 문어들도 함께 있으니 몽땅 수거 작업에
동원하면 오래 걸리지는 않으리라.

아크가 그런 생각을 하고 있을 때였다.

-엇? 가만? 그러고 보니 이러고 있을 때가 아니었어!

머리 위에 빙글빙글 회전하는 십자 문양을 달고 기쁨의 춤
을 추고 있던 부룸이 퍼뜩 고개를 돌리며 소리쳤다.

"네? 뭐가요?"

-아이들이 보이지 않아!

"아이들이라면……."

-실은 우리들은 지금까지 이 유적 어딘가에 갇혀 있었네. 그
러다가 탈출하기 위해 저장고 같은 곳에 있는 파이프를 타고 올라
오던 중이었어. 그런 우리가 왜 이런 모습으로 이곳에 나오게 됐

는지는 모르겠지만 여기에 있는 것은 60명. 뒤에서 따라오던 40여 명의 아이들이 보이지 않아.

'아직 나도 모르는 장소가 있다는 말인가?'

아크는 이 해저 유적에서 닷새가 넘은 시간을 보냈다.

뭐 대부분은 같은 곳을 돌며 사냥하는 데 보낸 시간이지만, 갈 수 있는 곳은 모두 돌아다녀 보았다. 그러나 문어들이 갇혀 있었다는 장소가 어디인지는 짐작도 되지 않았다.

"갇혀 있었다는 곳은 어떤 구조로 되어 있습니까?"

-여기보다는 좀 작은 곳이었네. 좀 이상하게 생긴 석상 같은 것들이 늘어서 있었지. 뭔가 알 수 없는 글자가 빼곡히 적힌 석판도 몇 개 있었어.

'석상과 석판이라…… 어쩌면 P-301을 만들었다는 신이라는 것들의 정보를 얻을 수 있을지도 모르겠군.'

아크는 그 부분에 호기심을 느끼고 있었다.

P-301의 말에서 뭔가 아크가 알고 있는 다른 내용과 겹치는 부분이 있었기 때문이다.

아니, 뭐 그렇다고 이제 와서 새삼 P-301의 정체를 확인하고 싶은 생각은 없다. 그러니 모르면 모르는 대로 넘어가도 그만이지만, 아직 이 유적에 숨겨진 장소가 남아 있다.

아크의 경험상, 그런 것들은 뜻하지 않았던 행운을 가져다 주는 경우가 많은 것이다.

새로운 던전에 대한 정보나 숨겨진 보물 같은!

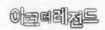

'후후후, 좋은 정보를 얻었어. 이것도 문어들이 아니었으면 모르고 지나쳤겠지. 뭐 보스도 해치웠으니 전리품을 챙긴 뒤에 관광하는 기분으로 찾아보면 되겠지.'

부룸의 말이 이어졌다.

-하지만 아까도 말했듯이 우리는 저장고 같은 곳에 숨겨져 있던 파이프를 타고 꽤 많이 올라왔네. 아이들도 우리 바로 뒤에 따라오고 있었으니…….

-자, 장로님!

그때 뒤쪽에서 한 문어가 소리쳤다.

-저기 보십시오! 그 괴물의 사체가 움직이고 있습니다!

이에 아크와 부룸이 고개를 돌리자 문어의 말대로 P-301의 잔해가 들썩거리고 있었다. 그러자 사체 주위의 문어들이 불안한 표정으로 물러나며 웅성거렸다.

-뭐, 뭐지? 왜?

-아, 아직 뭐가 남은 거야?

"그건 아닐 겁니다. 어쩌면…… 일단 잔해를 걷어 내 보죠."

아크가 앞장서 다가가자 문어들도 뒤따라 잔해를 걷어 내기 시작했다. 그러자 안쪽에서 검붉은 창자 같은 것과 연결되어 있는 거대한 주머니 같은 물체가 나타났다.

잔해 속에서 들썩거리던 것은 바로 그것!

아니, 좀 더 정확히 말하면 그 주머니 같은 물체 속에 있는 뭔가였다. 아크의 짐작대로라면 아마도 그것은…….

위이이잉!

아크는 망설임 없이 이퀄라이저로 주머니를 그었다.

그러자 검붉은 주머니가 검광의 궤적을 따라 쩍 벌어지더니 수십 마리의 작은 문어들이 와르르 쏟아져 나왔다.

'역시 짐작대로였어.'

아크가 작은 문어들을 바라보며 씨익 웃었다.

뭐가 어떤 구조로 되어 있는지는 모르겠지만 문어들은 P-301의 촉수에서 나왔다. 그렇다면 그들과 함께 있던 문어들도 P-301의 몸 속 어딘가, 다시 말해 잔해 속에 있을 확률이 높지 않겠는가? 그리고 결과는 역시나!

-너, 너희들!

-어? 누구? 괴물? 괴물이다!

뭐 어린 문어들은 몬스터(?)로 변한 부룸을 보고 기겁했지만 그런 자잘한 문제까지는 아크가 알 바 아니고! 이로써 일단 《사라진 자렌족》 퀘스트는 완료!

기대하던 전리품 수거 작업도 착수할 수 있게 되었다.

'어라? 저건?'

그리고 시작하자마자 바로 눈에 들어오는 것이 있었다.

어린 문어들이 들어 있던 거대한 주머니, 그 위에 마치 구멍이 숭숭 뚫린 계란 같은 물체가 있었는데, 거기에서 옅은 빛이 흘러나오고 있는 것이다.

'도무지 아이템 같은 것으로 보이지는 않지만……'

몬스터의 사체에서 이런 빛을 발하는 물체는 십중팔구 획득 가능한 아이템이다.

역시나, 아크가 손을 가져가자 정보창이 떠올랐다.

정체불명의 물체(???)

아이템 타입 : ???
P-301의 몸속에서 찾은 기이한 형상의 물체입니다.
P-301은 죽었지만 이 물체 내부에서는 마치 심장박동 같은 울림이 전해지고 있습니다. 당신은 그 울림에서 이 세계와는 뭔가 다른, 미지의 힘 같은 것을 느꼈습니다. 그러나 그 힘이 당신에게 과연 행운을 가져올지, 불길함을 가져올지는 현재로서 알 방법이 없습니다. 이 물체에 대해 알기 위해서는 전문적인 연구가 필요할 것 같습니다.
《※연구가 필요합니다.》

'어째 살짝 찜찜하지만…….'

깊게 생각할 이유는 없었다. 뭐가 됐든 전리품은 전리품, 그리고 지금 아크는 '고작' 아이템 하나 들고 이런저런 생각할 시간이 없었다.

'저게 모두!'

P-301의 잔해 곳곳에서 반짝이는 빛!

말했듯이 그건 모두 획득 가능한 아이템이라는 표시였다.

그게 수십 개!

P-301은 신이라고 떠들어 대던 몬스터답게 몸 바쳐 아크에게 아이템의 축복을 내려 준 것이다. 물론 그게 모두 레어

템은 아니겠지만 2~3개만 건져도 대박!

"모두 저 좀 도와주십시오."

－물론이지! 맡겨 주게!

어린 문어들과 무사히 재회까지 마친 부름이 문어 다리를 건어붙이며 대답했다. 그리고 느긋하게 노동의 대가가 120% 보장된 전리품 수거 작업에 돌입했을 때였다.

－형님, 이것 좀 보십시오!

몇몇 문어들과 반대쪽에서 작업을 진행하던 바사크가 소리쳤다. 아크가 고개를 돌리자 바사크는 잔해에 반쯤 묻혀 있는 시커먼 구체를 가리키며 말했다.

－여기 뭔가가 깜빡거리는데요.

"응? 깜빡?"

아크가 뭔가 하고 구체를 바라보자 표면에 떠오른 문자가 깜빡일 때마다 다른 문자로 바뀌고 있었다.

－¤∈◇······ ¤∈ㅋ······ ¤∈§······.

레버 옆에 적혀 있던 것처럼 알아먹을 수 없는 글자였다. 당연히 무슨 의미인지도 모른다.

'그런데 뭐지? 이 찜찜한 기분은? 어째 깜빡거리며 바뀌는 모양새가 어디서 많이 보던······.'

그때 불쑥 P-301의 마지막 말이 떠올랐다.

-네놈도 결코 살아서 이곳을 나가지는 못하리라!

"서, 설마!"
생각났다! 이런 걸 어디서 봤는지!
아크의 짐작이 맞다면 구체 위에서 깜빡거리며 떠오르는
것은 아마도 숫자! 그리고 이런 상황에서 저렇게 찜찜하게
숫자를 떠올리는 것은 하나밖에 없다.
시한폭탄!
그것도 P-301의 말로 미루어 짐작건대 이 유적을 통째로
날릴 만한 위력의 폭탄!
망할 P-301은 폭탄을 까 놓고 죽어 버린 것이다.
당연히 마음이 급해졌지만!
'안 돼! 디스트로이 등급의 보스가 떨군 전리품이다! 숫자
만 수십 개! 아무리 급해도 이걸 포기하고 도망갈 수는 없어!
죽어도 못해!'
차라리 보이지 않는다면 모를까, 수십 개의 아이템이 잔해
곳곳에서 반짝이고 있다. 이걸 포기하고 도망치면 유적을 탈
출해도 화병에 죽어 버리고 말리라.
그러나 알아보지도 못하는 숫자로 작동하는 시한폭탄을
옆에 두고 아이템이나 줍는 것은 자살행위……라고 생각
했지만 위기에 순간에 빛을 발하는 아크의 잔머리!
'지금 구체에 떠올라 있는 문자는 3개. 그게 숫자라면 세

자리 숫자라는 뜻이다. 다시 말해 아직 최소 백몇 초는 남아 있는 거야. 마침 유적은 다시 수중이 됐으니 문어들을 타고 이동하면 100초 안에 실버스타까지 돌아갈 수 있다!'

"바사크, 너는 이제부터 그 구체 옆에서 대기해라! 그리고 구체에서 비치는 문자가 2개로 줄어들기 시작하면 알려! 여러분, 시간이 없습니다! 서둘러 주십시오!"

–음? 왜 그러나 갑자기?

"설명할 시간이 없습니다! 그냥 서둘러요!"

아크는 아예 삽까지 꺼내 들고 P-301의 잔해를 파내며 소리쳤다.

무슨 일인지는 모르지만, 아크가 갑자기 분주해지자 부룸과 문어들도 덩달아 8개의 다리를 움직이며 잔해를 걷어 내고 눈에 보이는 아이템을 닥치는 대로 주워 담기 시작했다.

파파파파! 파파파파!

–〈P-301의 표피〉, 〈P-301의 살점〉, 〈마정〉…….

삽이 움직일 때마다 정신없이 쌓이는 P-301의 부속품(?)! 파파파파! 파파파파!

–〈포식의 검〉, 〈화려한 어깨 장식〉…….

장비품!

이런 건 좀 제대로 살펴보고 싶지만!

그럴 시간 따위는 없다. 아크는 나오는 족족 뭔지도 모르고 그냥 닥치는 대로 백팩에 쑤셔 넣었다. 그렇게 수십 년과 같은 수십 초가 지났을 때였다.

- 형님, 문자가 2개로 줄었습니다!

"오케이!"

바사크의 말에 아크가 경쾌한 동작으로 몸을 돌렸다.

그 뒤로 보이는 것은 완전히 파헤쳐진 P-301의 잔해! 역시 뭐든 하면 되는 것이다!

그러나 아직 긴장을 풀 때가 아니다. 아니, 이제부터가 진짜 필사적인 마음가짐이 필요하다.

"바사크, 돌아와라! 자, 모두 저를 따르십시오! 이제 최대한 빨리 이 유적을 탈출해야 합니다! 이 유적은 100초 후에 폭발합니다!"

-에? 포, 폭발?

-뭐, 뭐야? 다 끝난 게 아니었어?

"서두르라고요!"

아크가 부룸의 몸에 올라타며 소리쳤다.

그리고 영문도 모르고 비명을 질러 대는 문어들과 함께 수중을 질주!

사실 아크가 아이템에 목을 매기는 하지만 무모한 성격은 아니었다. 말했듯이 아크는 닷새 동안 이 해저 유적에서 살다시피 한 덕분에 어디가 어디로 연결되어 있는지, 손바닥 보듯이 훤히 알고 있는 것이다.

그리하여 바로 머릿속에서 최단 코스를 잡아 돌진! 단숨에 유적을 되돌아 나와 실버스타로 뛰어 들어갔다.

"핫! 혀, 형님, 살아 있었…… 아, 아니, 무사해서 다행입니다! 실은 아까 한 말은 그냥! 네, 그게 다 형님을 걱정해서 한 말이었습니다! 부디 오해 없으시길……."

실버스타로 뛰어 들어가자 아크가 P-301에게 당하고 있을 때 잽싸게 도망쳐 온 토리가 화들짝 놀라며 떠들어 댔다. 그러나 햄스터 따위나 상대하고 있을 시간이 없다.

"비켜!"

-이런, 너! 아크! 대체 이런 곳에서 며칠이나 처박혀 있는 거냐? 나도 웬만하면 잔소리를 줄일 생각이었지만…… 어라? 저 문어들은 뭐냐? 어디서…….

퍼펑! 퍼펑! 쿠콰콰콰콰!

토리를 걷어차고 함교로 들어오자 토트가 구시렁거릴 때였다. 엄청난 폭음과 함께 해저 유적이 쩍쩍 갈라지며 전자기를 일으키는 붉은 폭광이 뿜어져 나오기 시작했다.

-뭐냐, 저게? 아크, 저기서 무슨 짓을 하고 온 거냐?

"실버스타 기동! 선회! 발진!"

선장석에 앉은 아크가 계기판을 조작하며 소리쳤다.

그와 함께 기음을 발하며 떠올라 출구 쪽으로 기수를 돌리는 실버스타! 그때 폭음에 놀라 함교로 뛰어 들어온 토리가 밀려오는 붉은 폭광을 목격하고 비명을 질러 대며 조종석으로 뛰어갔다.

"무, 무, 무슨 일인지는 모르겠지만……."

"그래, 닥치고 튀어!"

"넵!"

토리가 닥치고 실버스타를 조종하기 시작했다.

아크도 그렇지만, 살고 싶다는 의지로 똘똘 뭉친 이 햄스터도 위기의 순간에 제 능력을 200% 발휘하는 타입이었다. 이에 토리는 몇 분 동안 눈 한번 깜빡이지 않는 집중력을 발휘하며 무너지는 해저 동굴을 엄청난 속도로 돌파!

퍼퍼펑-!

수직으로 솟아 수면 밖으로 날아올랐다.

실버스타를 삼킬 기세로 추격하던 불길도 거기까지는 따라오지 못했다.

아래에서 수면을 따라 붉은 폭광이 퍼져 나가며 수십 킬로미터에 달하는 구멍이 뻥 뚫렸다가 다시 바닷물로 채워진 것은 그 직후였다.

SPACE 3. 젝슨의 어마어마한 보상

"좋았어!"

아크는 주먹을 꽉 움켜쥐었다.

P-301이 떨궈 놓은 폭탄의 위력은 상상 이상이었다.

집어삼킬 기세로 실버스타의 꼬리를 따라붙던 붉은 폭광!

아크도 이번만큼은 정말 똥줄이 찌릿찌릿해지는 기분이었다.

그러나 무사히 탈출했다.

아크도, 자렌족도, 실버스타도, 뿐만 아니라 그 와중에도 전리품까지 모두 챙겼다. 퍼펙트! 위기의 시간이 지나자 짜릿한 성취감이 밀려들었다.

-좋긴 뭐가 좋냐? 이 멍청아!

그때 바로 옆에서 발끈한 목소리가 터져 나왔다.

-무슨 짓을 한 거냐? 대체 무슨 짓을 하면 멀쩡하던 유적이 한순간에 사라지는 건데?

모처럼 좋은 기분에 찬물을 끼얹는 것은 토트였다.

"아니, 어울리지도 않게 왜 갑자기 자연보호 주의자 같은……."

-자연보호는 무슨 얼어 죽을 자연보호야? 누가 유적이 문제래? 까딱하면 나까지 죽을 뻔했잖아! 죽을 뻔했다고! 내가!

"나 참, 혼자만 죽을 뻔했어요? 같이 죽을 뻔했잖아요."

-바보 자식, 내가 너하고 같냐?

"에?"

-나는 네 스승이다! 그것도 아득한 시간 동안 엘림을 인도해 온 위대한 스승! 엘림 따위, 여의치 않으면 얼마든지 갈아치울 수 있지만 나는 유일무이! 단 하나의 존재라는 말이다! 그러니까 좀 더 소중히 생각하란 말이다! 내 목숨을!

느닷없이 밝히는 토트의 속내!

뭐 따지고 보면 틀린 말도 아니지만…….

이게 자칭 스승이라는 사람의 입에서 나올 말인가?

"쳇, 죽는 게 그렇게 무서우면 그냥 성소에 있었으면 되잖아요. 내가 언제 같이 와 달라고 부탁했어요? 제 발로 따라와서 뭔 불평불만이 그리 많아요?"

-누, 누가 무서워서 그러냐?

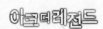

토트가 울컥한 목소리로 소리쳤다.

-말했듯이 나는 엘림의 스승! 나는 후계자를 진정한 엘림의 길로 인도하는 사명이 있다. 그런데 죽어 버리기라도 하면 내가 입이 닳도록 떠들어도 딴 데 정신이 팔려 있는 너를 누가 진정한 엘림으로 인도한다는 말이냐? 그래, 그거다! 그래서다! 아직 턱없이 부족한 너를 놔두고 내가 맘 편히 눈을 감을 수 있을 리가 없잖아!

방금 전에는 언제든지 갈아치울 수 있는 건전지처럼 취급하더니 이제 아크 때문에 편히 죽지도 못한단다.

-뭣보다, 너는 목숨이 여러 개잖아! 돈만 있으면 몇 번이고 되살아나는 인스턴트 같은 몸이 아니냐? 하지만 난 아니야! 내 목숨은 1회용이라고! 자칫 실버스타가 펑, 하면 나도 펑, 달랑 하나밖에 없는 목숨이 날아간다고!

'어? 그러고 보니……'

아크도 미처 생각하지 못했던 문제였다.

'정말 실버스타가 격침당하기라도 하면 토트는 어떻게 되는 거지?'

바로 이 부분이다.

설사 그런 사태가 발생해도 우주선은 보험 처리하면 그만이다. 때는 바야흐로 우주 개척 시대. 은하연방은 유저의 우주 개척을 장려하기 위해 매우 좋은 조건의 보험 상품을 만들어 두었다.

우주선 가격의 80%를 보상해 주는.

이건 현찰로 받을 수도 있지만 나머지 20%의 금액을 지불하면 완전히 똑같은 우주선을 만들어 준다. 그게 설사 현재 은하연방의 기술력으로 만들 수 없는 우주선이라도.

대체 어떻게?

뭐 이런 의문이 들겠지만 게임이니 그냥 넘어가자.

어쨌든, 여기서 중요한 부분은 보험 회사가 재생시켜 주는 것은 우주선뿐이라는 점이다. 화물이나 유저가 추가로 장착한 장비품 따위는 재생되지 않는 것이다.

바로 이 부분이 문제다.

지금 옆에서 떠들어 대는 아크의 스승은 엄밀히 따지면 실버스타의 장비품. 토트의 주장과는 달리 아크가 아닌 본인이야말로 언제든지 갈아치울 수 있는 부속품인 것이다.

당연히 보험 약관에 해당되지 않는 상품(?).

그러니 당연히…….

'그러네? 실버스타가 폭발하기라도 하면 토트도 그냥 죽는 거네?'

막상 생각해 보니 가볍게 넘어갈 문제는 아니었다.

매번 시시콜콜 간섭하는 토트. 아크에게는 정말 귀찮기 짝이 없는 존재다. 그러나! 그럼에도 불구하고!

토트는 중요한 NPC다.

뭐 영혼체가 되면서 치매 증상이 생겼는지 기억에 구멍이 숭숭 뚫렸지만—심지어 바사크도 알아보지 못했다— 그래

도 일단은 엘림의 스승이자 인도자다.

직업 퀘스트도 모두 토트가 주는 것이다. 그런 토트가 갑자기 사라지기라도 하면 대략 난감.

'이건 생각했던 것보다⋯⋯.'

혹!

실버스타에 붙어 버린 토트는 생각했던 것보다 더 큰 혹이었던 것이다.

－그러니까 앞으로는 더 멀리. 그래, 또 저런 던전 같은 곳에 들어갈 일이 있으면 한 10킬로미터, 아니, 30킬로미터는 떨어진 곳에 주차시켜 뒤라, 이 몸의 안전을 위해서.

"그랬다가 이런 일이 생기면 전 죽는데요?"

－상관없잖아. 부활하면 되니까.

토트가 딱 잘라 말했다.

정말이지 제자의 목숨을 파리똥처럼 생각하는 스승이었다.

그러나 울컥울컥 치미는 것은 둘째치고, 그것으로 모든 문제가 해결되는 것은 아니었다.

우주선은 단순히 이동수단이 아니다.

그리고 아크도 돈이 남아돌아서 실버스타를 업그레이드한 것이 아니다. 전투는 피할 수 없는 숙명이기 때문이다.

그리고 전투를 하는 이상 격추당할 위험은 항상 도사리고 있는 것이다.

덤으로 토트의 1회용 생명이 사라지는 위험도!

'이건 좀 고민해 볼 필요가 있겠어.'

그러나 당장 할 수 있는 일은 아니었다.

그리고 지금 아크에게는 그런 사소한(?) 것보다 더 시급한 일이 있었다.

바로 전리품 확인! 폭탄 때문에 주워 담는 데 급급해 정작 어떤 아이템인지 아직 확인도 못 해 본 것이다.

그러나 그 와중에도 확실하게 보았다.

'있었다. 레어 아이템이!'

뭐 공격대용 보스 몬스터였으니 당연하다.

그런 보스는 최소한 레어 아이템 하나 정도는 떨구는 것이 상식이다. 유저들이 보스 몬스터에 목을 매는 이유가 그것! 그러니 새삼 기뻐할 일은 아니지만.

'그 형태는 분명 검이었어!'

P-301의 생체 조직에 뒤엉켜 있었지만 아크가 잘못 봤을 리가 없다.

그 형태는 분명 검. 아크가 애용하는 무기이자 가장 고가에 거래되는 아이템이었다. 이에 아크가 기대감이 넘치는 표정으로 백팩을 열었을 때였다.

–〈포식의 검〉이 〈수상한 구체(1)〉을 먹었습니다!

–〈포식의 검〉이 〈수상한 구체(1)〉을 먹었습니다!

–〈포식의 검〉이 〈수상한 구체(1)〉을 먹었습니다…….

이런 메시지가 눈앞에 주르륵 떠올랐다.

"에? 뭐, 뭐야?"

이게 무슨 뚱딴지같은 메시지란 말인가?

아크는 대체 뭐가 뭔지 이해하지 못했다. 그러나 곧 이해하게 되었다.

아크가 황당한 눈으로 들여다보는 백팩 속에서 생체 조직에 뒤엉킨, 아크가 검이라고 생각했던 물체의 끝 부분이 검은 구슬을 와작와작 씹어 먹는 장면이 눈에 들어온 것이다.

아직 그 검은 구슬도 뭔지 모른다. 모르지만!

"이, 이 자식은 뭐야!"

아크가 검—처럼 생긴—을 움켜쥐었다.

포식의 검(레어)

아이템 타입 : 생물형 검　　　　　**착용 제한 :** 레벨 180, 봉인 해제 시 귀속
공격력 : 60~70　　　　　　　　　　**내구도 :** 80/80
P-301의 몸속에서 나온 특수한 생물 형태의 검입니다.
검은 고대부터 현재에 이르기까지 은하계의 모든 종족이 애용해 온 무기입니다. 한때 편리한 총기에 밀려 침체기에 접어든 적도 있었지만 아머의 대탄환(帶彈丸) 기술의 발달로 이런 전통적인 무기도 다시 부흥기를 맞이하게 되었습니다.

이에 수많은 형태의 검이 개발되었는데, 그중에서도 가장 특이하고, 또한 개체수가 적은 것이 바로 이런 생물형 검입니다.

생물형 검은 대부분 언제, 누가 만들었는지 밝혀지지 않았습니다. 고대 비술을 이용해 생물을 제물로 삼아 만들었다는 얘기가 떠돌지만 그 역시 확인된 바는 없습니다.

생물형 검에 대해 그런 괴담 같은 말이 떠도는 이유는 이 검의 특수한 성능 때문입니다.

대부분의 생물형 검은 다른 종류의 검과 전혀 다른, 이질적인 능력을 가지고 있습니다. 그중 대표적인 것이 바로 '포식'입니다. 생물형 검은 특별한 힘이 담긴 아이템을 먹고 성장하는 기괴한 능력을 가지고 있는 것입니다.

전해져 오는 얘기에 따르면 병장기 수집을 좋아하는 어떤 상인은 생물형 검을 창고에 보관하다가 전 재산을 투자해 구입한 상품을 몽땅 먹고 알거지가 됐다고 합니다. 보관에 각별한 주의를 기울이지 않으면 당신도⋯⋯.

《체력 +15, 힘 +10》

《특수 옵션(포식(飽食) : 이 장비품은 특별한 힘을 가진 아이템을 먹고 성장합니다.》

※다음 성장까지 필요한 포식 : 15/100%

떠오르는 정보창!

"뭐, 뭐야? 생물형 검? 이게?"

아크가 황당한 표정으로 '포식의 검'을 바라보았다.

정신없이 백팩에 챙겨 넣을 때 아크는 이 검이 P-301의 생체 조직에 뒤엉켜 이런, 핏줄 같은 것에 뒤덮인 기분 나쁜 모습을 하고 있다고 생각했다.

아니었다.

이 징그러운 형상이 이 검의 본래 모습!

아크가 생물형 검에 대해 알게 된 것은 불과 며칠 전, 검술이 Lv.5에 도달해 특화 기술로 진화할 때였다.

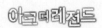

그때 검의 특성에 따라 검파를 선택하는 항목 중에 '생물형 검파'라는 이름이 있었다. 들어 본 적이 없어서 궁금해하고 있었는데…….

"이딴 게 검이라고?"

아크는 단숨에 정나미가 떨어졌다.

몬스터의 몸에서 갓 뽑아낸 척추 뼈 같은 형상도 그렇지만, 피 같은 아이템을 씹어 먹는 검이라니! 그딴 검에 정이 갈 리가 없지 않은가.

"게다가 뭐야? 이 허접한 능력치는?"

착용 제한이 레벨 180, 이퀄라이저보다 무려 60이나 높다.

그러나 이퀄라이저의 공격력은 75~80, 반면 '포식의 검'은 60~70이었다. 거기에 레어임에도 옵션은 매직 템 수준.

물론 거기에는 이유가 있었다.

'아마도…….'

성장형 아이템은 같은 등급의 다른 아이템보다 초기 능력치가 낮게 설정되어 있다는 것은 상식.

'바이우스 실드'처럼 대기만성형 아이템인 것이다.

그러나 '바이우스 실드'와 '포식의 검'은 결정적인 차이가 있었다. '바이우스 실드'는 아크의 노력을 먹고 성장하지만 '포식의 검'은 아이템을 먹고 성장한다는 것!

'이게 생물형 검의 정체…… 이건…… 이건…….'

"그냥 돈 잡아먹는 기계잖아!"

아크가 와락 인상을 구기며 소리쳤다.

사실 따지고 보면 성장이라는 측면에서는 '포식의 검'이 '바이우스 실드'보다 편한 면도 있었다. 경험치를 먹이겠다고 해저 유적 같은 던전에서 며칠이나 보낼 이유가 없으니까.

반면 '포식의 검'은 그냥 아이템만 먹이면 된다.

그러나 아이템이다. 그러니까…… 돈이다!

물론 해저 유적 같은 곳에서 며칠을 보내는 것이나, 그 시간에 앵벌이를 해서 아이템을 먹이는 것이나 별 차이가 없을지도 모른다.

그러나 그건 다른 유저들이나 할 수 있는 생각이다.

처음부터 없었다면 모를까, 일단 손에 들어온 아이템은 목숨보다 아끼는 아크다.

그런 아크가 눈앞에서 아이템이 사라지는 것을 묵묵히 지켜볼 수 있을 리가 없지 않은가?

아마도 '포식의 검'이 성장하기 전에 아크는 속이 시커멓게 타서 죽어 버리리라.

아니, 이미 시커멓게 탔다.

아직 뭔지는 모르지만 '포식의 검'은 이미 '수상한 구체'를 몇 개나 집어먹었다. 맘먹고 키울 생각이 없는 아크 입장에서는 멀쩡한 아이템만 날린 것이다.

"젠장, 정보창을 한 번만 확인했어도…… 빌어먹을, P-301 자식! 생긴 것도 변태 같더니 아이템도 꼭 제 같은 것만 떨구

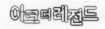

는군."

전리품을 확인하면서 이렇게까지 열 받아 보기는 또 처음이다. 그러나 이런 불쾌한 검이라도 일단은 레어 아이템이다. 그리고 세상은 참으로 넓어서 이런 변태 같은 검을 좋아하는 유저도 있다.

아니, 의외로 많다.

아크에게는 그냥 열 받는 검이지만 경매장에 올리면 의외로 비싼 가격에 팔릴지도 모른다.

"그래도 내 가방에 넣어 둘 수는 없으니."

아크는 일단 실버스타의 창고에서 빈 보관함을 찾아 처박아 두었다.

"건진 건 이거 하나인가?"

아크가 한숨을 불어 내며 다음 아이템을 바라보았다.

P-301이 떨군 장비품은 '포식의 검'만이 아니었다. 그러나 아무리 디스트로이 등급의 보스라도 레어 템을 우수수 떨굴리는 없었다. 장비품은 2개가 더 있었지만 모두 일반 템. 다행이라고 해야 할지는 모르겠지만…….

화려한 어깨 장식

아이템 타입 : 라이트 아머(견갑)　　**착용 제한** : 레벨 100
방어력 : 10　　　　　　　　　　　**내구도** : 100/100
뛰어난 장인이 심혈을 기울여 만든 것으로 보이는 견갑입니다. 그러나 장인의 그런 노력은 방어구로써의 성능보다 오직 화려하게 만드는 데 집중되

> 었던 모양입니다. 이 견갑은 엄청나게 화려하지만 방어구로써의 기능은 기대하지 않는 편이 좋습니다. 중심에 보란 듯이 인장이 찍혀 있는 것으로 짐작건대 귀족이 장식용으로 사용하던 것 같습니다.

사실 이것도 꽤 기대했던 아이템이다.

정신없는 와중에도 눈에 확 들어올 정도로 화려했으니까.

그러나 그뿐이었다. 착용 레벨이 100인데도 방어력은 달랑 10. 그러나 아크는 아직 견갑이 없었다. 방어력 10짜리라도 없는 것보다는 나은 것이다.

'문제는 나머지 전리품인데…….'

말했듯이 P-301이 떨군 전리품은 수십 개였다.

그중에는 'P-301의 표피' 같은 재료 아이템도 몇 개 섞여 있었다. 그러나 3분의 2 이상은 같은 아이템이었다.

바로…….

> ### 수상한 구체×34(???)
> P-301의 내부 장기에 박혀 있던 원형 물체입니다. 손에 쥐면 찌릿한 감각이 전해지는 것으로 보아 뭔가 에너지를 발산하고 있는 것 같지만 현재로서는 그 에너지가 어떤 것인지, 어떤 용도로 사용해야 할지도 알 수 없습니다. 전문적인 연구가 필요할 것 같습니다.
> 《※연구가 필요합니다.》

검은 구슬이었다.

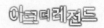

아크가 포식의 검에게 아이템을 먹히고도 대범하게 넘어갈 수 있었던 이유가 이것이다.

뭐 떡하니 '???'가 붙어 있는 것처럼 아직 뭔지는 모르지만 34개나 있다. '포식의 검'이 먹은 구슬은 고작 서너 개. 포식의 검이 특별한 힘이 담긴 아이템, 그러니까 매직 템 이상의 아이템만 먹는다니 매직 템이겠지만 한꺼번에 이 정도나 쏟아져 나왔다면…….

'뭐 이것도 재료 아이템이겠지.'

"이제 기대해 볼 만한 건 이것뿐인가?"

아크의 눈이 백팩의 절반 이상을 차지하고 있는, 구멍이 숭숭 뚫린 계란 같은 물체로 향했다. 가장 먼저 발견한 '정체불명의 물체'였다. 이 역시 '???'투성이였지만 수상한 구체와 달리 딱 하나! 아직 뭔지는 몰라도 확실히!

'뭔가 있다!'

그런 느낌이 강하게 들었다.

미지의 존재에 의해 만들어진 P-301의 몸속에서 나온 '정체불명의 물체'. 보통 이런 아이템은 그저 연구하는 것만으로도 엔지니어의 스킬 숙련도를 향상시켜 주는 효과가 있다.

그리고 연구 결과에 따라서는 컴퍼니에 상당히 도움이 되는 기술을 얻게 되는 경우도 있는 것이다.

뭐 그만한 가치가 있는 아이템이라면 말이지만.

'뭐 이러쿵저러쿵해도…….'

이번 모험은 성공적이라고 할 수 있었다.

애초에 이번 모험의 주목적은 자렌족의 구출과 바사크의 성장이었다.

전리품은 둘째치고 이 두 가지에 대해서는 대만족!

바사크는 해저 유적의 해산물(?)을 먹으며 무럭무럭 자라 117까지 성장했다가 P-301이 쓰러지자 11이 더 올라 128!

불과 닷새 만에 50레벨을 올린 것이다.

뿐만 아니라 아크도!

캐릭터 정보창

이름 : 아크(R-02788)　　　　　　**레벨** : 214
종족 : 인간　　　　　　　　　　**직업** : 엘림의 계승자
명성 : 73,430
생명력 : 4,255(+550)
정신력 : 1,330(+500)[마나 : 25 포스 : 1,825]
모험치 : 3,960
힘 : 546(+80)　　　　　　　　　　**민첩** : 616(+134)
체력 : 726(+115)　　　　　　　　**지혜** : 41(+30)
지능 : 506(+95)　　　　　　　　　**운** : 46(+25)
통솔 : 227
공훈 수치 : 은하연방 70,000

※칭호 : 피스메이커(힘, 민첩, 체력, 지혜, 지능, 운 +5)
　　　　시공간 돌파자(힘, 민첩, 체력, 지혜, 지능, 운 +10)
　　　　기간틱 슬레이어(기계 생명체에 15%, 기간틱에 30% 추가 대미지)
　　　　아타마스의 영웅(힘, 민첩, 체력, 지혜, 지능, 운 +5)
　　　　히어로 슬레이어(힘, 민첩, 체력, 지혜, 지능, 운 +5)

※**세트 아이템 효과** : (힘, 민첩, 체력 +10, 방어력 +20)
※**공헌도** : 은하연방 35,020, 아슐라트 2,500
※**소속** : 다크에덴(CEO)
※**신체 코팅** : 서바이버
+서바이버 코팅으로 환경 적응력이 50% 상승했습니다.
+서바이버 코팅으로 만복도의 감소 속도가 30% 낮아졌습니다.
+서바이버 코팅으로 낙하 대미지를 50% 경감시킬 수 있습니다.
+서바이버 코팅으로 '투시' 효과가 적용되었습니다.

P-301 덕분에 6이 올라 214!

상상 이상으로 힘든 전투였지만 경험치만으로도 그만한 보람은 충분했다.

'하지만 성장이라면 역시…….'

아크는 새삼스러운 눈으로 문어들을 돌아보았다.

문어들이 갇혀 있었다는 장소를 조사했다면 좀 더 자세히 알 수 있었겠지만, 그게 아니라도 대강은 짐작할 수 있다.

평범한 문어를 전투 문어로 바꿔 놓은 것은 P-301이 떠들어 대던 신의 힘. 이로 인한 문어들의 변화는 실로 극적이었다. 걸레질밖에 못하던 문어들이 레벨 160~170의 몬스터들과 맞장을 뜰 정도로 강해진 것이다. 그건 아크에게도 좋은 일이다.

왜냐하면…….

-이제 우리는 자유다!

-그래, 우리는 더 이상 파이프나 닦던 자렌족이 아니야. 몬스터와도 싸울 수 있는 힘이 생겼어. 진정한 의미의 자유를 얻은 거라고.

-어디든 무섭지 않다고!

문어들은 이렇게 떠들어 대고 있었지만……

-이, 이럴 수가…….

라바란스를 나와 워프에 돌입, 불과 2분도 되지 않아 R-14에 도착한 실버스타.

그 내부에서 문어들이 망연자실한 표정을 짓고 있었다.

그들만이 아니었다.

"젠장."

아크도 주둥이를 댓 발이나 내밀고 있었다.

이유는 방금 전의 소동 때문이다.

-오, R-14다!

-저기서 파이프나 닦던 때가 엊그제 같은데…….

-그때는 매일이 지옥 같다고 생각했는데 막상 그런 일을 겪고 몇 달 만에 돌아오니 뭐랄까, 이런 게 감회가 새롭다는 건가? 왠지 고향에 돌아온 느낌마저 드는군.

-뭐 그때로 다시 돌아가고 싶은 생각은 없지만.

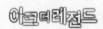

–젝슨 님은 잘 있나 모르겠군.

문어들이 창가에 다닥다닥 붙어 떠들었다.

–후후후, 젝슨 님도 지금의 우리를 보면 깜짝 놀라겠지. 그래, 아마도 R-14에 오는 것은 이번이 마지막. 얼른 젝슨 님을 만나러 가자.

"네? 아니, 그건 그만두는 편이……."

이어지는 문어들의 말에 아크가 깜짝 놀라 고개를 저었다.

그러자 부룸이 고개를 갸웃거리며 되물었다.

–그게 무슨 말인가? 그만두라니? 자네에게 우리를 찾아 달라고 부탁한 사람이 젝슨이라고 말하지 않았나? 그렇다면 당연히 젝슨에게 우리가 무사하다는 것을 보여 주고 감사의 말을 전해야 마땅하지 않나?

뭐 그야 부룸의 말처럼 당연하지만.

애초에 '자렌 1호'의 사고는 젝슨 탓이었다. '자렌 1호'를 수리하면서 엔진을 고정시키는 나사를 빼먹어 펑! 문어들이 라바란스에 불시착하게 된 것이다.

그러나 아직 아크는 그런 사정을 말해 주지 않았다.

이미 모든 일이 잘 해결됐는데 굳이 그런 말을 꺼내 문제를 일으킬 이유가 없었기 때문이다. 그러나 아크가 문어들을 만류하는 이유는 따로 있었다. 바로…….

–후후후, 젝슨 님을 깜짝 놀라게 해 주자!

그때 몇몇 문어가 그새를 참지 못하고 실버스타 밖으로 뛰어나갔다.

그리고…… 놀랐다.

"헉! 저, 저것들은 뭐야?"

R-14의 광장에 새까맣게 모여 있는 유저들이.

당연하다. 문어들은 모두 이전과 비교도 할 수 없을 정도로 비대해진 상태였다.

거기에 몸은 군데군데 게 껍질 같은 갑각이 붙어 있었고, 그 아래에서 꾸물거리는 다리에는 송곳처럼 날카롭게 벼린 조개껍데기나 크랩의 집게발 따위가 붙어 있다.

문어들은 제대로 자각하지 못하고 있었지만 이 모습은 누가 봐도…….

"헉! 모, 몬스터다!"

"문어를 닮은 몬스터가 나타났다!"

……이미 훌륭한 몬스터!

아니, 겉모습만이 아니었다. 머리 위에 떠 있는 이름표도 붉은색으로 물들어 있었다. P-301에 의해 개조된 문어들은 머리끝부터 발끝까지 완전한 몬스터인 것이다.

"왜 초보존에 저런 몬스터가 나타난 거지?"

이에 유저들은 당황했지만…….

"이벤트다! 저건 이벤트 몬스터가 분명해!"

"맞아. 그러지 않고서야 저런 몬스터가 초보존에 나타날 리가 없잖아! 뭣보다 저 대가리가 증거다! 저 빵빵한 대가리!

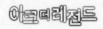

분명 각종 이벤트 상품으로 꽉 채워져 있을 거야!"

"시즌Ⅲ이 시작됐다더니 이런 기회가!"

"먼저 잡는 놈이 임자다!"

곧바로 탐욕의 눈빛을 번뜩이며 벌 떼처럼 몰려들었다.

그러나 아크가 문어들을 만류한 이유는 그들을 걱정해서가 아니었다.

R-14는 레벨 10이면 졸업이다.

그러니 고렙이라 봐야 8~9레벨. 반면 문어들은 P-301에 의해 만들어진 다른 몬스터들처럼 160~170이 되어 있었다. 아무리 검 공격에 약한 문어들이라고 해도 8~9레벨의 유저가 휘둘러 대는 단검이 박힐 리가 없는 것이다.

아크가 걱정하는 것은 유저. 그리고…….

-왜, 왜 이래?

-때리지 마! 우린 몬스터가 아니야! 때리지 말라고!

"컥!"

……사건이 벌어졌다.

문어가 휘두른 다리에 맞은 유저가 데굴데굴 털썩!

일격에 저세상으로 가 버린 것이다.

물론 이건 의도적인 '살인'이 아니었다. 문어는 그저 뿌리치기 위해 다리를 휘둘렀을 뿐이다.

그러나 장난으로 던진 돌에도 개구리는 죽는 법. 문어의 다리는 이미 R-14의 쫄쫄이 유저들에게는 살인 병기였다.

뭐 상황만 놓고 보면 과실치사지만.

"주, 죽였어! 내 친구를!"

-아, 아니야! 나는…… 나는 그냥…….

"닥쳐라! 이 흉악한 몬스터야!"

이미 퍼펙트한 몬스터가 돼 버린 문어의 변명이 통할 리가 없었다. 그리하여 유저들은 대동단결해 파티를 결성하고, 나아가 공격대를 편성하며 문어들을 에워쌌다.

물론 통하지 않았다.

통하지 않을 뿐만 아니라 문어들이 피하기 위해 움직이는 다리에 맞고서도 펑펑 날아가 바닥에 처박혔다.

"저게 뭐야? 막아라!"

사태가 심각해지자 R-14의 경비대가 움직였다.

그러나 이들 역시 초보존의 NPC. 유저들보다야 강하지만 그래 봐야 레벨 50 수준. 문어들의 상대가 아니었다.

이제 문어들은 맘만 먹으면 1마리만 나서도 R-14의 경비대까지 전멸시킬 수 있을 정도의 괴수로 변해 버린 것이다.

"모두 비켜라! 내가 나서겠다!"

결국 R-14의 관리자, 뷰라드까지 나서게 되었다.

"흉악한 우주 괴물! 멋대로 설치는 것도 여기까지다! 내 비록 지금은 애송이들의 뒤치다꺼리나 하고 있지만 한때는 최전선에서 라마와 싸우던 몸! 저 많은 몬스터들을 나 혼자 상대하기는 무리겠지만 나도 연방군의 군인! 설사 죽더라도

갓 우주로 나온 애송들에게 자랑스러운 은하연방의 군인이
어떤 것인지 보여 주리라! 영웅의 일격!"

그리고 죽음을 각오한 돌격!

쩌쩡-!

그러나 뷰라드의 검을 막은 것은 문어가 아니었다.

문어들은 슬쩍 움직이는 것만으로도 유저들이 펑펑 죽어
나가자 아예 머리를 감싸 쥐고 바닥에 엎드려 있었다.

뷰라드의 검을 막은 것은 아크!

"자, 자네는?"

"멈춰 주십시오. 저 문어들은…….."

아크가 잠시 말을 멈추고 문어들을 돌아보았다.

막상 설명하려니 어디서부터 뭐라고 말을 해야 할지 답이
나오지 않았다. 그렇다고 이대로 놔둘 수도 없는 일. 결국 아
크가 한숨을 불어 내며 말했다.

"제가 잡아 두고 있던 몬스터들입니다. 저 몬스터들은 모
두 이스타나에서 현상금이 걸려 있는 놈들입니다. 그걸 제가
추격해서 포획한 것입니다. 그게 마침 이 근처라 지나는 길
에 잠시 들렀는데 잠시 방심한 틈에 놈들이 탈주해 이런 소
동이 벌어진 것입니다."

"이, 이런…….

뷰라드가 와락 인상을 구기며 소리쳤다.

"대체 관리를 어떻게 하는 건가!"

"죄송합니다. 보다시피 저놈들은 더 이상 반항 같은 것은 할 생각도 못 하는 상태라 제가 너무 방심했나 봅니다. 제 얼굴을 봐서 그냥 넘어가 주시면 안 되겠습니까?"

"사정은 알겠고, 나야 그래도 상관없지만……."

뷰라드가 광장에 널브러져 있는 유저들을 돌아보며 머리를 긁적였다.

그냥 넘어가기에는 이미 너무 많은 사상자가 생겨 버린 것이다. 그러나 아크는 이런 문제를 가장 쉽게 해결하는 방법을 알고 있었다.

"좀 봐주십시오."

짤랑, 짤랑, 짤랑, 짤랑.

경쾌한 소리를 내며 떨어지는 무수한 동전!

자본주의에서 돈만큼 강한 설득력을 가진 것은 없다.

뭐 이런 상황에서도 쏟아지는 동전이 모두 1쿠퍼짜리라는 부분은 실로 아크답다고 할 수 있지만 어쨌든, R-14의 유저에게는 1쿠퍼도 큰돈!

쪼렙 유저들은 쏟아지는 동전에 상처의 아픔 따위는 말끔히 잊어 주었다. 물론 유저들만 이해하고 넘어간다고 되는 것은 아니었지만……

"부탁드립니다."

슬쩍 뷰라드의 품에 찔러 주는 10골드!

"음? 아, 흠! 할 수 없지. 다른 사람도 아니고 자네의 부탁

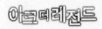

이니. 다음부터는 관리에 각별히 신경 써 주게. 저런 무시무시한 몬스터, 이제 자네에게는 아무것도 아니겠지만 우리 같은 사람에게는 1마리만 난동을 피워도 피해가 이만저만이 아니니까."

그 역시 깔끔하게 해결되었다.

'젠장, 이런 일로 돈을 쓰게 될 줄은……'

아크의 주둥이가 댓 발이나 튀어나와 있는 이유가 그것이다. 상황 파악도 못 하는 문어들 때문에 엉뚱하게 10골드 47실버—유저들에게 뿌린 돈은 1골드도 되지 않았다!—나날아 버린 것이다.

'하지만……'

문어들의 충격은 그 정도가 아니었다.

―이, 이게 뭐야! 뭐냐고!

―아빠, 저 아저씨들이 왜 아빠를 때려? 아빠, 나쁜 놈이야?

―아니야! 나는…… 나는…….

―크흑! 이제 어디든 갈 수 있다고 생각했는데 이래서야…….

문어들이 닭똥 같은 눈물을 떨구며 울부짖었다.

이제야 현실을 깨달은 것이다. 물론 이제 문어들은 자유, 어디든 갈 수 있었다. 그리고…….

'사냥당하겠지, 유저들에게. 몬스터니까, 어디를 봐도 몬스터니까.'

그때 아크가 문어들에게 다가갔다.

"너무 낙담할 필요 없습니다."

－낙담할 필요가 없다니? 자네도 저들이 다짜고짜 우리를 찌르고 패는 것을 보고서도 그런 말이 나오는가? 우리는 이제 망했어! 몬스터라니? 몬스터라니! 자유는커녕 이 넓은 은하계 어디로 가든 목숨을 위협받아야 하는 신세가 된 거야!

"아니, 여러분이 평화롭게 살 수 있는 장소가 있습니다."

－뭐? 거, 거기가 어디인가?

"제 영지입니다."

아크가 씨익 웃으며 대답했다.

"경황이 없어 아직 말하지 못했지만 이미 제 영지에는 250여 자렌족이 모여 살고 있습니다. 그들이라면 여러분이 어떤 모습이든 따뜻하게 맞아 주겠죠. 물론 저 역시, 여러분 이라면 기쁜 마음으로 받아들이는 것은 물론, 숙식도 제공하 겠습니다. 여기서 먹던 허접한 우주 식량이 아니라 원한다면 신선한 생선도 얼마든지 먹을 수 있습니다."

－그, 그게 정말인가?

물론이다.

아니, 강제로라도 잡아갈 생각이다.

처음부터 그럴 생각으로 《사라진 자렌족》 퀘스트를 시작 했으니까.

이번 일은 기본적으로 젝슨의 보상이 따라붙게 되어 있다.

그러나 보상은 그것만이 아니다. R－14의 문어는 100여 마

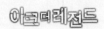

리. 이 정도의 문어를 데려가면 자렌족의 대장로 바쿰은 또다시 기꺼이 다리를 하나를 떼어 '자렌족의 증표'를 업그레이드시켜 주리라.

'하지만 이제 그것만이 아니지.'

레벨 160~170 대의 몬스터로 변해 버린 문어들.

이들은 이미 전투 병력이다. 그것도 공짜로 부릴 수 있는 전투 병력. 따지고 보면 그런 문어 100마리를 10골드 47실버로 구입(?)한 셈이니 엄청 남는 장사였다.

뭐 그래도 공짜로 얻을 수 있는 문어를 돈 주고 산 셈이니 그 역시 손해라면 손해지만.

'그것도 젝슨에게 받을 보상으로 벌충하면 OK!'

—고맙네! 고마워!

—역시 자네는 진정한 자렌족의 친구야!

그러나 아크가 무슨 꿍꿍이를 가지고 있든 문어들 입장에서는 절망 속에서 찾은 한 줄기 구원의 빛! 문어들은 감격한 표정으로 연신 아크를 칭송했다.

'이제 보상만 받으면 끝이다.'

"토리, 따라와라."

아크는 한결 가벼워진 기분으로 몸을 돌리며 말했다.

그러자 조종석에 앉아 혀를 차며 '멍청한 녀석들, 니들도 이제 엿 된 거야.'라는 표정으로 문어들을 바라보던 토리가 화들짝 놀라며 되물었다.

"네? 저, 저요? 저는 왜요?"

"왜 놀라? 또 뭔가 음흉한 생각이라도 하고 있었어?"

"아, 아니요! 아닙니다! 그보다 저는 왜……."

"너 젝슨하고 친구라며? R-14에 올 일은 또 없으니 이참에 얼굴이라도 보면 좋잖아."

아크라고 밑의 사람을 항상 잡기만 하는 것은 아니었다.

밑의 사람을 부릴 때는 채찍과 당근을 고루 써야 한다. 물론 P-301과 싸울 때 맘 편히 죽으라는 둥 되도 않는 소리를 지껄인 적도 있지만, 여러모로 도움이 됐던 것은 사실.

칭찬할 부분이 있을 때는 나름 세심하게 챙겨 주는 모습도 필요한 것이다.

그러나 토리는 당황한 표정을 숨기지 못하며 대답했다.

"저, 저는 괜찮습니다. 혼자 다녀오십시오. 그러니까……저 문어들이 또 엉뚱한 짓을 하지 못하게 감시도 해야 하고…… 혹시 모르니 실버스타도 점검해야 하고…… 지금 저는 형님의 충직한 햄스터! 형님을 위해 땀 흘릴 때가 가장 행복한 햄스터입니다!"

'뭐야, 이 자식? 모처럼 신경 써 주는데?'

아크가 눈살을 찌푸렸다.

이제 아크도 토리에 대해서는 훤하다. 보통 이 햄스터가 이런 식으로 떠들어 대면 둘 중 하나. 뭔가 맞을 만한 행동을 했거나, 맞을 만한 꿍꿍이를 꾸미고 있다는 뜻이다.

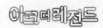

'뭐 상관없지.'

그러나 이제 일일이 대응하기도 귀찮다.

어차피 토리가 무슨 생각을 하든, 결국 손바닥 안의 햄스터다. 아크도 가끔 깜빡할 때가 있지만 이 햄스터는 아직 범죄자. 마틴 후작 덕분에 감방에 처박히지는 않고 있지만 여전히 탈옥수 신분인 것이다.

그런 토리가 꾸미는 꿍꿍이라 봐야 고작 아크 몰래 도토리나 챙기는 수준이겠지……라고 생각했지만…….

거기에는 다른 이유가 있었다.

아크가 그 사실을 알게 된 것은 젝슨을 만난 직후였다.

"오! 아크, 돌아왔군! 그래, 어찌 되었나? 자렌족은? 살아 있는 건가?"

"네, 모두 무사히 구출했습니다."

"저, 정말인가! 고맙네! 고마워! 역시 자네에게 부탁하기를 잘했어! 이제야…… 이제야 다리를 뻗고 잘 수 있겠어! 아, 그런데 자렌족은 왜 같이 오지 않은 건가?"

"그건 좀 사정이 있어서…….."

"그래, 그렇겠지. 결국 그들이 그 고생을 한 이유는 모두 나 때문이니까. 무사히 구조됐다고는 하지만 상상할 수 없는 고생을 했을 테니 내 얼굴 따위는 보고 싶지 않겠지."

"아니, 그런 건 아니지만…….."

"됐네. 위로는 필요 없네. 당연한 거니까."

뭔가 단단히 착각한 젝슨은 씁쓸한 목소리로 손사래 치며 대답했다. 그러나 그것도 잠시, 짐짓 밝은 표정을 지어 보이며 말을 이었다.

"어쨌든 좋은 소식을 가지고 와 줘서 얼마나 기쁜지 모르겠네. 음! 자네라면 할 수 있을 거라고 생각했지. 그래서 이미 자네에게 줄 보상을 생각해 뒀지. 그것도 어마어마한 선물을!"

"어마어마한 선물요?"

"그래, 듣고 놀라지나 말게. 자네의 노고에 보답할 선물은…….."

젝슨이 씨익 웃으며 말했다.

"기어의 지분이네!"

"네?"

아크는 젝슨이 무슨 말을 하는지 이해하지 못했다.

"뭐야? 혹시 아직 만나 보지 않은 건가? 기어! 그건 바로 자네가 R-14를 떠날 때 내가 소개장을 써 줬던 토리라는 친구가 운영하는 회사네. 나도 한동안 잊고 있었는데 자네에게 무슨 보상을 해 주면 좋을지 고민하다가 생각났네."

젝슨이 씨익 웃으며 말을 이었다.

"토리 녀석이 회사를 차릴 때 자금이 부족하다고 해서 내가 모험자 생활을 할 때 모아 둔 300골드를 꿔 준 적이 있었지. 그때 기어의 지분을 30% 받은 적이 있었어. 토리 말로

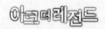

는 그 회사가 부쩍 커졌다더군."

그제야 아크는 알 수 있었다.

토리가 왜 젝슨을 만나러 가자는 말에 화들짝 놀랐는지.

"한 달 전에는 시작할 때의 10배 이상으로 커졌다는 편지를 받은 적도 있네. 뭐 그 녀석은 허풍이 좀 있는 편이니 액면 그대로 믿을 수는 없지만 그래도 번창하고 있는 건 사실인 모양이야. 당연히 내 지분의 가치도 몇 배로 불어났겠지."

"한 달 전이라고요?"

아크의 입술이 실룩거리며 치켜 올라갔다.

젝슨의 말로 대강 돌아가는 분위기를 감지했기 때문이다. 아니나 다를까.

"그래, 그중 10%를 자네에게 주겠네. 그리고 나머지 20%는 자네가 부룸에게 전해 주게. 자네 입장에서는 섭섭할지도 모르지만 나로서도 그들에게 사죄를 해야 하니, 그리고 우주선까지 잃은 자렌족도 어딘가에 정착할 자금 정도는 있어야 하지 않겠나?"

눈곱만큼도 섭섭하지 않다.

토리의 회사, 아니, 고물상 기어. 이미 그딴 것은 없다.

토리가 아크를 꼬드겨 박물관을 털다가 잡혔을 때, 그 고물상도 몰수당했으니까. 그런데 불과 한 달 전에 사업이 번창하고 있다는 편지를 보내왔다니?

이건 허풍 정도가 아니지 않은가!

아니, 토리가 어디서 무슨 허풍을 치고 다니는지는 아무래도 상관없다.

그리고 그런 말을 믿고 행복했던 젝슨도 불쌍하지만 가장 심각한 문제는 덕분에 아크의 보상과 문어들의 정착 자금도 몽땅 공수표가 돼 버렸다는 것!

―《사라진 자렌족》 퀘스트가 완료되었습니다.
《보상으로 젝슨에게 〈기어의 지분 권리 양도 증서(30%)〉를 받았습니다.》

젝슨이 흐뭇한 표정으로 찔러 주는 증서.

이건 그냥 쓰레기인 것이다!

뭐 애초에 박봉의 공무원인 젝슨에게 뭔가 굉장한 보상을 기대했던 것도 아니지만 이건 정말이지…… 그러나 아크도 할 말은 없었다. 어찌 됐든 아크도 공범자였으니까.

이에 아크가 OTL 모드로 접어들려는 찰나!

'가만? 생각해 보니……'

어두워지던 아크의 눈동자에서 희망의 빛이 반짝였다.

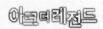

SPACE 4. 영혼의 심장

한 치 앞도 보이지 않는 어둠 속.

옅은 빛이 퍼지며 한 무리의 사람들이 떠올랐다.

남자 셋, 여자 둘, 이들은 바로 파크와 사다인, 카야, 제피. 그리고 플래시 스틱을 들고 주위를 살피는 레피드까지.

바로 《영혼석의 비밀?》 퀘스트를 위해 우주 개척지 북부의 소혹성대로 날아온 파티였다.

그리고 지금 이 파티의 리더 레피드는…….

"돌겠군."

잔뜩 짜증이 나 있었다.

레피드를 짜증 나게 만드는 것은 한두 가지가 아니었다.

그러나 일일이 열거하자면 한도 끝도 없으니 건너뛰고, 지금 가장 짜증 나는 것을 딱 하나만 고르자면 지금 자신이 있는 곳이 어디인지도 모른다는 것이었다.

자, 그렇다면 왜 레피드가 어디인지도 모르는 곳에서 짜증을 내고 있느냐, 그 이유를 설명하자면 일단 닷새 전으로 거슬러 올라가야 한다.

……닷새 전.

그러니까 카야와 제피가 눈만 마주치면 파직파직, 숨 막히는 긴장감을 연출하던 때였다.

그러나 레피드와 두 남자는 그 와중에도 꿋꿋하게 견뎌 내며 성실하게 퀘스트를 진행하고 있었다.

사명감 때문이 아니다. 이런 숨 막히는 상황, 1분 1초라도 빨리 벗어나고 싶었기 때문이다.

"뭐, 뭐야, 저 함대는?"

"저 많은 우주선이 언제 이렇게까지 가까이 접근했지?"

그런데 어느 순간, 갑자기 파티가 타고 있는 파크 함이 20여 척의 우주선에 포위당했다. 레이더에 아무런 반응도 없이 20여 척이 우주선이 불쑥 나타나 포위한 것이다.

당연히 놀랐지만 레피드 일행을 더 당황하게 만든 것은 그다음의 일이었다.

"먼저 선빵 때리고 탈출하자!"

뒤이어 파크가 뿜어낸 스톰 메이커의 포탄!

그 포탄이 적 함대를 그냥 통과하며 날아가 버린 것이다. 그리고 기다렸다는 듯이 함포와 기관포를 뿜어 대는 20여 척의 함대.

"끄, 끝장이다!"

레피드 일행의 머릿속에 GAME OVER라는 단어가 선명하게 떠올랐다.

그러나 레피드 일행은 죽지 않았다. 뭐 죽지 않았으니 지금 이런 짜증 나는 장소를 헤매기라도 하는 것이지만, 죽지 않은 이유는 레피드 일행이 잘나서가 아니다.

"어? 뭐, 뭐지? 분명 맞았는데……."

"우리가 공격했을 때처럼 포탄이 그냥 통과하고 있어!"

"뭔지 모르겠지만 기회다! 탈출이다!"

"아니, 잠깐 기다려!"

레피드가 파닥거리는 파크를 저지하며 눈매를 좁혔다.

"아무래도 저 우주선들은 실체가 아닌 것 같아."

"실체가 아니라니? 그럼 뭐야? 저게 진짜 유령선이라도 된다는 거야?"

"유령선인지는 모르겠지만…… 어쨌든 저 우주선들의 공격은 우리에게 아무런 대미지도 주지 못하고 있어. 아니, 애초에 우리를 공격하고 있는 것도 아니야. 자세히 봐. 희미하지만 저 우주선의 포탄이 향하는 곳에 뭔가 있어."

"그러고 보니……."

레피드의 말대로였다.

흥분을 가라앉히고 레피드처럼 눈매를 좁히며 바라보자 포탄 사이로 날아다니는 흐릿한 형체가 떠올랐다.

크기는 소형 전투기 정도. 형태는 명확하지 않지만 박쥐와 닮은 것 같았다.

"저건 뭐지? 우주선인가? 아니면 우주 몬스터?"

"분명한 건 저것도 실체는 아니라는 거야. 선명한 우주선들에 비해 잘 보이지는 않지만 저 물체들도 반격을 하고 있어. 그중 우리 우주선을 통과한 공격도 있고."

"일단 위험한 상황은 아니라는 말이군."

고개를 끄덕인 사다인이 레피드를 돌아보며 물었다.

"그럼 이제 어쩌지? 그렇다고 이대로 구경만 하고 있을 수도 없잖아."

"아니, 구경만 하고 있어야겠다."

"에?"

"퀘스트 목적지에서 이런 기괴한 일이 벌어지고 있다. 우연일 리가 없어. 분명 저 우주선들의 전투는 우리가 찾는 영혼석과 어떤 식으로든 관련이 있을 거야. 어쩌면 저 전투가 우리가 찾는 뭔가에 대한 힌트가 될지도 몰라."

"그건 그렇군."

그리하여 지긋~ 지긋~ 지긋~.

레피드와 사다인, 파크, 카야, 제피는 눈매를 잔뜩 좁히고

창밖을 바라보았다.

처음에는 같은 장면만 재생되고 있는 것 같았다.

그러나 어느 정도 시간이 지나자 치열한 공방전을 펼치던 우주선이 하나씩 불길을 뿜으며 격침되었다. 그에 비하면 잘 보이지는 않지만 희끗한 형상들도 빠르게 숫자가 줄어들기 시작했다. 그리고 우주선이 3척밖에 남지 않았을 때, 갑자기 기수를 돌리며 날아갔다.

"도망가는 건가?"

"아니야. 잘 봐. 희끗한 형체들이 모두 사라졌어. 저 함대가 이긴 거야."

"그럼 어디로 가는 거지?"

"그거야 따라가 보면 알게 되겠지. 파크, 추격하자."

"어쩐 좀 불안한데…… 할 수 없지."

파크가 찜찜한 표정으로 우주선을 추격하기 시작했다.

그리고 잠시 후, 레피드 일행은 3척의 우주선이 한 소혹성에 착륙하는 장면을 목격할 수 있었다. 이어 우주선에서 수십 명의 사람들이 쏟아져 나왔다.

멀리서 보기에도 한눈에 배틀슈트로 무장한 기갑 전사들이라는 것을 알 수 있었다. 이 수십 명의 기갑 전사들은 각자 무기를 뽑아 들고 소혹성 안쪽으로 뛰어갔다.

그리고…….

"사, 사라졌다."

"우주선도 사라졌어."

"이거야 원, 정말 유령이라도 본 건가?"

레피드 일행이 홀린 표정으로 서로의 얼굴을 보며 중얼거렸다. 소혹성 안쪽의 계곡으로 뛰어가는 기갑 전사들이 점점 투명해지는가 싶더니 갑자기 우주선과 함께 안개처럼 흔적도 없이 사라져 버린 것이다. 대체 뭐가 뭔지 알 수 없지만!

'저기에 뭔가가 있다!'

그 순간 레피드는 확신했고.

"던전이다!"

확신은 사실로 드러났다.

소혹성에 착륙해 기갑 전사들이 이동한 방향으로 따라가자 계곡 사이에 숨겨진 던전이 모습을 드러낸 것이다.

그러나 레피드가 지금 있는 곳이 어딘지 모르겠다고 한 이유는 그 던전이 뭔지 모르겠다는 의미가 아니었다.

┿┿던전 정보 : 영혼의 심장┿┿

당신은 은하계 북부의 소혹성대에서 신비한 광경을 목격했습니다.
마치 유령과도 같은 존재들이 전투를 벌이는 장면이었습니다. 이에 당신은
개척자의 탐구심을 발휘해 그 신비한 존재들을 추격해 이 소혹성에 도착했
습니다. 그리고 계곡 사이에 숨겨져 있는 던전을 발견할 수 있었습니다.
대체 당신을 이 던전으로 이끈 존재들은 누구일까요?
당신은 의문에 사로잡혔고, 그 의문의 답은 아마도 이 던전 어딘가에 있을
것입니다.

그러나 그 의문의 답을 찾는 여정이 안전하다는 보장은 없습니다. 이 던전에는 생명의 기운이 느껴지지 않지만, 그게 위험하지 않다는 의미는 아닙니다. 이 은하계에는 생명을 가진 존재만이 위험한 것은 아니니까요.
이 던전은 틀림없이 위험합니다. 그럼에도 당신이 이 던전에 대한 탐구심을 억제하기 힘들다면, 먼저 목숨을 맡길 수 있는 믿을 만한 동료를 찾으십시오. 그리고 동료보다 믿을 수 있는 무기와 아머를 갖춰야 할 것입니다.
※모험치 +500(모든 파티원)

이렇게 친절하게 정보창이 떠올라 주었으니까.

"이건…… 공략하기가 쉽지 않겠군."

정보창을 읽던 레피드의 미간에 살짝 주름이 잡혔다.

던전 정보창, 보통 유저들은 이걸 제대로 읽어 보지도 않지만 사실 여기에는 꽤 중요한 정보가 담겨 있었다.

바로 가장 아랫부분에.

예를 들어 여기에 '당신은 충분히 이 던전을 탐험할 역량을 갖춘 전사입니다.'라는 식으로 적혀 있으면 그 던전에서 나오는 몬스터 레벨이 유저와 비슷하거나 낮다는 말이다.

'위험조차 기회로 받아들이는 용기와 실력이 필요합니다.'라는 식이면 해볼 만한 정도. 그리고 이번처럼 '틀림없이 위험합니다.'는 상당히 빡 세다는 의미.

거기에 '믿을 만한 동료…….'라는 문구까지 붙어 있으면 파티가 아니면 힘들다는 말이다.

ㅡ그런 거였어?

-난 그런 의미가 있는 줄 처음 알았어.

레피드의 설명에 사다인과 파크가 새삼스러운 눈으로 정보창을 바라보며 말했다.

-그럼 여기는 파티로 도전해도 꽤 힘든 던전이라는 말이네? 어쩌지?

"뭐 그야……."

그때 카야가 가슴을 탕탕 치며 입을 열었다.

-뭐가 걱정이야? 정보창에 쓰여 있잖아. 믿을 만한 동료를 찾으라고. 그리고 여기! 믿을 만한 동료가 있잖아. 그러니 충분히 도전할 만하다는 뜻 아니겠어? 나만 믿어!

'네가 가장 불안하다고!'

이에 세 남자는 이런 눈으로 카야를 바라봤지만.

"여기까지 와서 정보창만 보고 돌아갈 수 없기는 하지. 도저히 안 되겠다 싶으면 그때 물러나도 되니까 일단 들어가 보기는 하자. 뭣보다……."

카야+제피가 쉴 새 없이 스파크를 일으키는 우주선을 타고 돌아갔다가 다시 오느니, 빡 세더라도 어찌어찌 될 것 같으면 그냥 밀어붙이는 편이 백배 나았다.

-좋아, 가자!

그리하여 던전 입성!

그러나 이건 레피드의 실수였다. 던전 정보에 분명히 적혀 있다. 믿을 만한 동료와 함께 들어와야 한다고.

그리고 쿠라칸―내내 선실에 처박혀 있다가 소혹성에 착

류한 뒤에야 나왔다.—은 몰라도 사다인과 파크는 믿을 수 있는 동료였다.

—잠시 여기서 멈춰. 이 지형, 어딘지 모르게 인위적인 느낌이 든다. 마치 누군가 일부러 막아 놓은 것 같아. 함정이 있을지도 모른다. 파크.

—음, 맡겨 줘. 디텍트 온!

뛰어난 직감으로 경고해 주는 사다인과 바로 탐지기를 작동시켜 주위를 살피는 파크, 적어도 이 둘은 각자의 역할을 충실하게 수행하고 있는 것이다.

그러나 그때!

—어머! 어어? 뭐, 뭐야?

갑자기 카야가 비명을 터뜨리며 앞으로 툭 튀어 나갔다.

그리고 발끈한 표정으로 고개를 돌리자 뒤에서 제피가 히죽 웃으며 말했다.

—어? 왜? 너만 믿으라며? 그래서 쩨쩨하게 탐지기 같은 것으로 시간 낭비하는 것보다 믿을 수 있는 네가 확인하는 편이 나을 것 같아서 그런 건데 왜? 식겁했어? 그럼 그런 말을 하지 말든가. 그래도 뭐 다행이네. 함정은 없는 것 같아서.

—너…… 죽을래?

—네가? 나를? 무리일걸. 난 말이야. 네가 생각하는 것처럼 허접한 엔지니어가 아니라고. 너처럼 드세지는 않지만 너와는 여기, 이 부분에 내장된 CPU의 성능이 다르다고나 할까? 네가 386이라면 나는 제논급이라는 말이지. 앗, 미안. 내가 너무 어렵게 말했지? 그냥 넌 바보고 난

천재라는 말이었어.

　-똥개가 되고도 그딴 말을 할 수 있는지 보자!

　-흥, 무리라니까 그러네.

　카야가 눈을 부라리며 팔을 들어 올리자 제피가 잽싸게 뒤로 물러나며 수상한 약병을 꺼내 들었다. 결국 참다 못한 레피드가 와락 인상을 구기며 소리치려는 순간!

　철컥!

　제피의 발치에서 들려오는 불길한 소리!

　동시에 레피드와 사다인, 파크, 심지어 눈치 없는 쿠라칸의 눈에도 'X 됐다!'라는 단어가 떠올랐다. 그리고 불행히도 그들의 예감은 적중했다.

　쿠쿠쿠쿠! 콰콰콰콰!

　굉음이 울리며 일행이 모여 있던 지면이 움푹 꺼지며 내려앉은 것이다. 그리고 그 아래의 경사면을 따라 엄청난 속도로 굴러떨어지기 시작했다.

　급경사! 좌로! 우로! 다시 급경사! 좌로! 우로!

　워낙 오래 떨어지다 보니 나중에는 익숙해진 나머지 굴러가면서도 하품이 나올 정도였다.

　그리고 어느 순간!

　"킥!"

　-우갸갸갸!

　-까악!

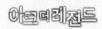

일행은 다채로운 비명을 터뜨리며 바닥에 처박혔다.

"여, 여기는 대체……?"

레피드가 황급히 몸을 일으키며 주위를 둘러보았다.

뿌옇게 번져 나가는 플래시 스틱의 빛에 윤곽을 드러내는 것은 거대한 동굴이었다. 마치 고통에 몸부림치는 사람 같은 섬뜩한 형상의 바위가 뒤엉켜 있는 동굴.

고개를 들어 보니 수십 미터 높이에 커다란 구멍이 뚫려 있었다. 아마도 저 동굴로 떨어진 것이리라.

'이 소혹성은 다른 소혹성과 달리 중력이 있지만 상당히 약하다. 그래서 저 높이에서 떨어지고도 대미지를 10%도 받지 않은 것이지만…….'

그래도 중력이 존재하기는 한다.

고압의 산소를 이용하는 우주복의 추진 장치로는 수십 미터 높이의 동굴을 되돌아 나갈 수가 없었다.

아니, 동굴까지는 어찌어찌 날아간다 해도 굴러떨어진 거리는 최소 수십 킬로미터. 동굴을 벗어나기 전에 산소가 떨어지리라.

'다행히 여분의 산소통은 넉넉하게 챙겨 나왔지만 비행 도중에 산소를 충전할 수는 없다. 그러니 떨어진 통로를 되짚어 나가는 것은 무리야.'

─이게 다 너 때문이야!

그때 뒤에서 카야가 이를 갈아붙이며 소리쳤다.

─이게 왜 나 때문이야? 네가 먼저 공격하려고 했잖아! 난 정당방위를 하려던 거라고! 그러니까 너 때문이지! 사실 애초에 네가…….

"작작 좀 해!"

레피드가 와락 고개를 돌리며 소리쳤다.

"사람이 가만있으니까 장난감으로 보이냐? 더 이상은 나도 한계다! 너! 제피, 다시 한 번만 내 남자니 해부니 하는 소리를 하면 카야보다 내가 먼저 머리에 구멍을 내 주겠어!"

─엣헹, 거 봐라. 레피드는 말이지…….

"카야, 너도 적당히 해! 난 아직 너와 사귀겠다고 대답한 적 없어! 아니, 설사 사귀는 중이라도 이런 식으로 네 것인 양 군다면 사절이다!"

─에에에?

이어지는 레피드의 말에 사다인과 파크, 쿠라칸의 눈이 이따만 해지며 입이 쩍 벌어졌다.

그러나 이미 꼭지가 돌아 버린 레피드는 그런 사내들의 반응 따위는 신경 쓰지 않았다. 그리고 입을 댓 발 내밀고 툴툴대는 제피나 당장 울 것 같은 표정의 카야도, 아니, 카야의 반응은 살짝 신경 쓰이지만 어쨌든!

'살아 나간다!'

레피드는 오직 거기에만 집중했다.

왜냐! 만의 하나 죽기라도 하면 아크 자식이 무슨 소리를 할지 뻔하니까! 적어도 지금의 레피드에게는 카야와 헤어지

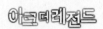

는 것—뭐 정식으로 사귀는 것도 아니었지만—보다 아크에게 갈굼당하는 것이 백 배! 아니, 천 배를 싫은 것이다.

"이제부터 모든 지시는 내가 내린다. 위에서처럼 내 지시 없이 엉뚱한 짓을 하는 것은 용서 못 해. 장담하건대 그만한 대가를 치르게 해 주겠다. 특히 거기 두 여자! 내가 무슨 말을 하는 건지 제대로 이해했겠지?"

─……네.

카야와 제피가 기어 들어가는 목소리로 대답했다.

이에 항해 내내 두 여자가 만들어 내는 숨 막히는 긴장감에 스트레스가 팍팍 쌓여 가던 사다인과 파크는 1.5리터짜리 사이다를 원샷한 표정을 지었지만, 잠깐이었다.

"……적이다."

플래시 스틱을 앞세우고 걷던 레피드가 걸음을 멈추며 낮은 목소리로 말했다.

그 앞에서 떠오르는 붉은 빛, 그 빛의 정체는 바로…….

─저건…… 나쿠마? 여기에 왜 나쿠마가?

"중요한 건 상대가 어떤 몬스터인가가 아니야. 얼마나 강한 놈이냐다."

레피드의 말대로였다.

넓은 지하 광장에 득실거리는 나쿠마의 레벨은 250 대!

그중 유난히 큰놈은 300이 넘었다. 반면 레피드 일행의 평균 레벨은 150 수준—쿠라칸이 평균을 왕창 깎아먹었다—.

던전 정보창에 적혀 있던 것처럼 확실히, 엄청 빡 센 몬스터가 득실거리고 있는 것이다.

그러나 두 여자 탓에 이미 퇴로는 사라졌다.

─……할 수밖에 없나?

"힘들겠지만 풀링으로 서너 마리씩만 유인하면 충분히 상대할 수 있어. 풀링은 내가 맡는다. 파크, 나쿠마를 유인하면 오토봇으로 탱킹해 줘. 그리고 사다인과 쿠라칸은 나쿠마가 오토봇에 붙으면 방어가 취약한 배후로 돌아가 딜링에 전념한다. 너희 둘은…… 방해만 말아 줘."

그렇게 전투가 시작되었다.

작전대로 레피드가 기회를 엿보다가 연사로 3~4마리의 나쿠마를 유인하면 파크가 공룡을 닮은 오토봇 쿰과 비행형 카를 진격시켜 탱커 역할을 수행했다.

그사이 사다인과 쿠라칸은 공격력을 높이기 위해 뒤로 돌아가 1마리씩 집중 공격했다.

─천광! 파쇄의 창!

푸른빛을 뿜어내는 창이 내리치자 나쿠마의 몸에 붙어 있던 기계 덩어리가 스파크를 일으키며 떨어져 나갔다. 뭐 사다인의 공격력이야 익히 알려진 바였지만.

─받아라! 개조에 개조를 거듭한 M-620!

퍼펑─! 퍼펑─!

의외인 것은 아무런 기대도 하지 않던 쿠라칸이었다.

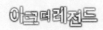

전투가 시작되자 그 말대로 개조에 개조를 거듭해 이제 총인지 대포인지도 알 수 없게 된 총을 꺼내 들자 일격에 수십 발의 탄환이 터져 나왔다.

이게 절망적인 사격 솜씨를 가지고 있는 쿠라칸이 선택한 최후의 방법!

총신을 아예 다발로 이어 붙여 산탄총을 만들어 버린 것이다. 이쯤 되니 이미 '헤비 거너—중화기 전문가—'인지 엔지니어인지 정체성마저 모호했지만 어쨌든! 덕분에 일단 꺼내 들면 움직이기도 힘들어 보였지만 위력은 확실했다.

그리고 뭣보다…… 빗나가지 않았다!

아니, 빗나갈 리가 없었다!

한번 방아쇠를 당기면 탄환이 아예 일대를 뒤덮어 버리니 빗나가고 싶어도 빗나갈 수도 없는 것이다.

또 하나의 의외는 제피였다.

-의문의 약품 TN-544!

제피가 녹색 액체가 든 약병을 던지자 나쿠마의 몸이 매캐한 연기를 뿜어 올리며 녹아내리는 것이다.

그와 함께 쭉쭉 빠져나가는 생명력!

제피가 꽤 고렙이기는 했지만 엔지니어라 전투에는 그냥 혹이라고만 생각했는데 엔지니어는 그 나름의 전투법이 있었던 것이다.

-에너지 블래스터!

거기에 DNA 조작 전문의 에스퍼지만 상당한 위력의 에너지 탄을 뿜어내는 카야! 그리고…….

"슬라이드! 속사! 연사!"

미끄러지듯이 이동하며 나쿠마의 급소에 엄청난 속도로 탄환을 박아 넣는 레피드까지!

전투는 예상했던 것보다 수월하게 진행되었다.

그러나 나쿠마는 엄청나게 많고 던전은 끝도 없이 넓었다.

그러나 뭣보다 답답한 것은 갑자기 수십 킬로미터를 굴러 떨어져 대체 여기가 어디인지, 어디로 가야 하는지, 얼마나 가야 하는지도 감을 잡을 수 없다는 것이었다.

그런 상황에서 닷새, 덕분에 몸도 마음도 지쳐 가는 레피드였지만.

-훗, 너 에스퍼라면서 할 줄 아는 게 그냥 반짝거리는 공 집어 던지는 것밖에 없냐? 그냥 차라리 이참에 직업을 바꾸지그래? 투수 같은 걸로.

-그것 말고도 많지. 예를 들면 너를 멍멍이로 바꿔 버리는 스킬이라든가. 한번 체험해 보면 그딴 소리는 두 번 다시 못 하게 될걸.

뒤에서 속닥거리는 카야와 제피.

뭐 이렇게 속닥거리니 대놓고 뭐라고 하기도 힘들지만 이건 뭐랄까…….

'젠장! 나쿠마! 나쿠마 어디 있어?'

차라리 피 튀기며 싸우는 편이 나은 레피드였다.

"음⋯⋯."

마틴 후작이 침음을 발하며 시선을 들었다.

그러자 맞은편에 앉은 사내가 눈에 들어왔다. 개구리처럼 입을 벌린 사내는 더 할 수 없이 밉살스러운 표정이었다.

마틴 후작은 살짝 미간을 찡그리고 다시 손에 들린 서류로 시선을 내리며 입을 열었다.

"이거, 위조는 아니겠지?"

"아니, 무슨 그런 벼락 맞아 죽을 소리를 하십니까? 서류 한두 번 보십니까? 딱 보면 알잖아요. 진퉁! 그것도 본인에게 받자마자 바로 가져온 따끈따끈한 진퉁이라고요."

"뭐 진짜 같아 보이기는 한다만."

"같아 보이는 게 아니라 진짜라니까요!"

"뭐 그래, 진짜라고 하지."

마틴 후작이 머리를 긁적이며 물었다.

"그래서? 하고 싶은 말이 뭐냐?"

"나 참, 굳이 그걸 제 입으로 말해야 합니까? 뻔하잖아요. 토리의 고물상 기어는 박물관 절도 사건으로 몰수당했지만 보다시피! 그 고물상은 모두 토리의 것은 아니었습니다. 그 고물상의 지분 중 30%는 젝슨, 아! 여기서 잠시 설명드리자면 젝슨이라는 사람은 R-14의 공기 순환 시설 관리자로 박봉에 시달리면서도 은하연방에 봉사한다는 긍지를 가지고 실로 근면 성실하게 근무해 온 공무원으로……."

"적어도 너보다는 훌륭한 사람이겠지. 그러니 그건 넘어가고. 그래서?"

"어쨌든 박물관 절도 사건과는 아무런 관련이 없는 사람이라는 말입니다. 다시 말해 당시 은하연방은 죄 없는 젝슨의 재산까지 몰수했다는 말입니다. 있을 수 없는, 아니, 있어서는 안 되는 일이 벌어진 거죠."

"결론은?"

"은하연방에 정식으로 재산 반환과 이로 인해 성실한 공무원인 젝슨이 받은 심적, 물적 피해에 대한 보상을 청구하는 바입니다!"

이렇게 소리치는 사람은…….

"바로 젝슨에게 지분을 위임받은 이 아크가!"

씨익 웃으며 말하는 사내!

뭐, 말할 필요도 없이 아크였다.

그리고 이게 바로 아크가 OTL 직전에 찾은 한 줄기 희망의 빛이었다. 아니, 찾았다고 할 것까지도 없었다.

이미 말한 것처럼 기어가 연방에 몰수당한 이유는 토리의 범죄 때문에. 그러나 애초에 기어는 토리만의 것이 아니었다. 기어의 30%는 선량한 공무원인 젝슨의 재산이었다.

당연히 돌려받을 자격이 있지 않은가!

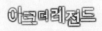

하물며 아크는 이제 은하연방의 실권자로 확실히 자리 잡은 마틴 후작과 매우 친한 사이다.

언제든지 1대1 독대가 가능할 정도로!

그리하여 이스타나로 돌아오자마자 마틴 후작에게 직행! 이렇게 장황하게 늘어놓고 있는 것이다.

"쳇, 귀찮게스리……."

뭐 마틴 후작 입장에서는 그리 달갑지 않겠지만.

"이미 1년이 다 되어 가는 일을 가지고 하필 이제 와서 이런 서류를 들이미는 건 대체 무슨 심보냐? 네가 지금 타투인 상황을 몰라? 뭣보다, 그때 이 사건은 내무부 관할이었다고. 내가 왜 쥬벨 녀석의 뒤치다꺼리를 해야 하는 거냐?"

"후작님이 쥬벨을 내쫓았으니까요."

"남의 얘기처럼 말하는군."

마틴 후작이 못마땅한 눈으로 아크를 흘기며 말했다.

"쥬벨과 호크를 찾으라고 했더니 어디서 이런 거나 찾아와서…… 하여간 네놈은 좀 마음에 든다 싶으면 꼭 이런 식으로 복장을 뒤집어 놓는단 말이야."

"아니, 후작님에게 물어 달라는 것도 아닌데 왜 그러십니까? 은하연방에 청구하겠다는 거잖아요. 말하자면 공금. 그러니까 이참에 남의 돈으로 인심 한번 팍팍 쓰세요. 선심 정치! 뭐 그런 거 있잖아요. 다른 정치인들을 잘만 그러던데."

"이놈이 뚫린 입이라고……."

마틴 후작이 와락 인상을 구기며 소리쳤다.

"내가 그런 쓰레기 같은 인간들과 같다고 생각하냐!"

"물론 아니죠."

아크가 씨익 웃으며 대답했다.

"후작님은 공명정대! 모든 정치인이 귀감으로 삼을 만큼 훌륭한 분이라고 생각합니다. 그러니 이번 일도 공명정대! 확실하게 처리해 주시리라 믿어 의심치 않습니다."

"아주 들었다 놨다……."

마틴 후작이 이맛살을 찌푸렸지만 그것도 잠시.

"뭐 좋다. 네 녀석이 히죽거리는 표정이 마음에 들지는 않지만, 그런 이유로 묵살할 수 있는 일은 아니지. 하지만 문제가 있다. 말했듯이 당시 사건을 담당한 것은 내무부. 그리고 알다시피 내무부는…… 뭐 저렇지."

마틴 후작이 창밖으로 시선을 돌리며 말했다.

거기에는 아무것도 없었다. 당연하다. 타투인에서 일어난 전투로 황성과 연방 사령부가 박살 나 마틴 후작도 천막 수준의 임시 본부에서 복구 작업을 지휘하는 형편이다.

하물며 악의 본거지였던 내무부 건물이 멀쩡할 리가 없었다. 내무부는 진즉에 흔적도 없이 사라진 것이다.

"당시 사건 기록과 몰수한 재산의 세부적인 내용도 내무부에 보관되어 있었다. 그러나 내무부가 저리되면서 기록도 모두 사라졌지. 기술부가 총동원되어 데이터 복구 작업을 하고

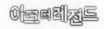

있지만 당장 국정에 관련된 데이터 복구가 시급한 상황이라 네 일을 처리할 데이터가 복구될 때까지는 시일이 꽤 걸릴 것이다."

"그건 곤란합니다!"

그때 아크가 단호한 목소리로 대답했다.

"말했듯이 그 지분 중 20%는 젝슨이 자신의 실수로 큰 피해를 입은 자렌족의 정착 자금으로 준 것입니다. 그리고 이번 일로 우주선까지 잃어버린 자렌족은 그 정착 자금이 없으면 당장 끼니조차 잇지 못할 상황입니다. 자렌족에게는 무엇보다 시급한 문제라고요."

"시민권자도 아닌 자렌족 따위, 내 알 바 아니라고 대답하고 싶지만······."

마틴 후작이 슬쩍 아크를 째리며 말을 이었다.

"히죽거리는 모양새를 보니 뭔가 다른 꿍꿍이가 있군."

"아니, 뭐 꿍꿍이랄 것까지는 없지만······."

아크가 머리를 긁적였다.

그런 아크는 마틴 후작의 말대로 히죽거리고 있었다. 그리고 마틴 후작의 말대로······ 꿍꿍이가 있었다.

아니, 꿍꿍이라기보다는······.

'이것밖에 없다!'

······라고 생각하고 있었다.

그 이유는 바로 토리가 몰수당한 재산 목록 때문이다.

마틴 후작은 내무부가 폭망해 당시 압수된 재산을 알 수 없다고 했지만 아크는 알고 있었다.

그 재산을 몰수당한 당사자, 토리가 있으니까.

당연히 아크는 이스타나로 돌아오는 길에 토리에게 물었다. 이에 대한 토리의 대답은…….

"뭐?"

아크가 황당한 표정을 지었다.

"그때 기어에 쌓여 있던 고물이 전부라고?"

……이게 토리의 대답이었다.

몰수당할 당시 토리가 가지고 있었던 것은 고물이 전부였던 것이다.

물론 기어의 고물은 상당한 양이었다.

그러나 기어에서 근무해 본 아크는 알고 있었다.

고물의 시세는 킬로그램당 20쿠퍼. 100톤쯤 있었다고 해도 200골드라는 말이다.

물론 희귀 금속은 그 수백 배!

킬로그램당 30~50실버까지 받을 수 있다.

그러나 희귀 금속은 희귀하니까 희귀 금속이라고 부르는 것. 전체 비중의 1%도 되지 않는다. 그리하여 토리가 기억하

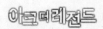

는 바에 의하면 당시 몰수된 재산의 총액은 350골드.

그것도 전부 돌려받을 수 있는 것이 아니다.

받을 수 있는 것은 30%. 수십 톤이라야 105골드. 거기서 다시 20%는 문어들에게 줘야 하니 최종적으로 아크에게 떨어지는 돈은 35골드였다.

'그것도 없는 것보다는 낫지만……'

35골드라니? 이래서야 어찌어찌 받아 내도 실버스타의 기름값도 나오지 않는다. 이에 다시 OTL 모드로 돌입하던 아크는 문득 눈매를 좁혔다.

'이 자식, 뭔가 수상한데?'

불안한 눈을 뒤룩뒤룩 굴리며 눈치를 보는 토리.

뭔가 있다! 뭔지는 모르지만 분명 뭔가 숨기고 있다! 그런 생각을 하던 아크가 툭 던지듯이 물었다.

"너, 뭔가 숨기고 있지?"

"네? 아, 아니, 제가 뭘……."

"있군. 있어, 뭔가. 그러고 보니 너, 왜 현금에 대해서는 아무 말도 하지 않는 거냐? 그래, 이제 기억난다. 너, 박물관을 털기 전에 다른 업체에 돈을 빌려준 적도 있었잖아. 그 돈 다 어쨌어? 이 자식, 빼돌렸구나! 다 빼돌려 놓고 숨기고 있었던 거야!"

"아, 아니에요! 없어요! 없었다고요! 생각해 보세요! 현찰이 넉넉하면 제가 미쳤다고 박물관을 털 생각까지 했겠습니까? 없으니까! 없어서 그런 거라고요!"

"그럼 그 돈 다 어쨌는데?"

"그, 그건……."

아크의 추궁에 토리가 불안한 눈알을 뒤룩뒤룩 굴리며 머뭇거렸다. 그러나 아크가 확 인상을 구기자 화들짝 놀라며 기어 들어가는 목소리로 대답했다.

"머, 먹었어요."

"에? 먹다니? 뭘 먹어?"

"그거…… 몽땅 최고급 해바라기 씨로 바꿔 먹었다고요. 아니, 그것만이 아니에요. 기어도, 거기 있던 고물도 실은 다 저당 잡혀 있었어요! 사실 체포될 때 빚밖에 없었어요! 최고급 해바라기 씨는 비싸니까! 그래서 처음에는 딱 하나만 사 먹을 생각이었는데……."

토리가 털썩 주저앉아 닭똥 같은 눈물을 떨구며 말했다.

"어쩔 수 없었어요! 형님도 한번 먹어 보라고요! 유전자 조작도 하지 않은 100% 천연 해바라기 씨! 한번 입에 대면 도저히…… 도저히 끊을 수 없는…… 정신을 차려 보니 빚더미에 앉아 있더라고요. 그래서 결국 범죄까지…… 한 탕만! 한 탕만 성공하면 다 잘 해결될 거라고 생각했다고요. 그런데…… 그런데…… 이렇게까지 되리라고는……."

두둥-!

드디어 밝혀지는 박물관 절도 사건의 진상이었다.

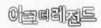

'어째 내가 죽어라 삽질하는 사이에 뒤룩뒤룩 뱃살이 늘어 간다 싶더니만…….'

이런 비밀이 숨겨져 있었던 것이다.

차라리 모르는 편이 나은 진실이었다. 왜냐하면 토리의 말에 따르면 결국, 아크가 허리가 뽀사지도록 삽질을 해야 했던 이유도, 체포되어 벨타나로 강제 징용된 이유도, 그리고 벨타나에서 수십 번을 죽으며 개고생을 했던 이유도, 모두 해바라기 씨 때문이었다는 말이니까.

이전에도 좋은 기억은 아니었지만.

'그냥 확 죽여 버리고 없던 일로 해 버릴까?'

진실을 알아 버리자 절로 이런 생각이 들 정도였다.

그러나 아크는 현실주의자였다. 뭐 생각대로 해 버리면 기분이야 좀 나아지겠지만 남는 게 없다.

한때 가산을 탕진하며 처묵처묵 한 최고급 해바라기 씨 덕분에 윤기가 번들거리던 이 햄스터의 가죽도 이런저런 일을 겪는 사이 기름기 쏙 빠진 상태.

홀라당 벗겨 팔아도 구리 동전 몇 개 받기도 힘들겠지.

그러니 그냥 빡 세게 부려 먹는 편이 나았다. 그런 아크의 너그러움(?) 덕분에 토리는 목숨을 건졌지만.

'젠장, 결국 개털인가?'

아크는 울화통이 터질 지경이었다.

그나마 35골드라도 건지나 싶었는데 그조차 저당 잡혀 있었단다. 모르긴 몰라도 기껏 재산을 압수한 관계 당국도 꽤나 어이가 없었으리라.

'……가만?'

그때 아크의 머릿속에 불쑥 한 장면이 떠올랐다.

박물관을 털기 전, 토리는 다른 회사에 돈을 빌려주기도 했다. 토리가 인정 많은 햄스터여서가 아니었다.

최고급 해바라기 씨에 중독된 이 사악한 햄스터는 곧 망할 회사에만 돈을 빌려주고, 망하자마자 잽싸게 뛰어가 남은 상품에 턱도 없는 가격을 매기고 싹쓸이해 오는 짓을 서슴지 않은 것이다.

그러나 그때 토리가 망한 회사에서 털어 온 것은 상품만이 아니었다. 바로…….

"설계도면과 특허권입니다."

이것이다. 토리는 망한 회사가 가지고 있던 특허권까지 탈탈 털어 왔던 것이다.

잠시 설명하자면, 갤럭시안에서는 보통 상점에서 파는 설계도에는 '뮤리오 공방에서 개량한 기관총의 설계도(3)'이라는 식으로 되어 있다.

이걸 풀어서 설명하면 앞의 이름은 '뮤리오 공방에서 개발

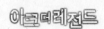

한 기능이 부착된 기관총의 설계도'라는 의미.

그리고 뒤의 숫자는 그 설계도로 제작 가능한 아이템의 개수를 의미한다.

이게 무슨 말이냐 하면, 갤럭시안에는 특허권이라는 개념이 있어 설계도 1장만 구입한다고 무한대로 아이템을 제작할 수 있는 것이 아니었다.

특허권을 가지고 있는 공방의 허가가 필요하고, 이를 숫자로 '~까지 만들 수 있다'고 표시해 놓은 것이다.

결국 상인들은 설계도를 사는 시점에서 이미 특허에 대한 로열티를 지불하는 셈이다.

물론 이런 설계도가 꼭 필요한 것은 아니다.

제작 상인은 굳이 설계도가 없어도 스킬 등급에 따라 제작 가능한 아이템이 늘어난다.

그러나 같은 아이템도 특정 공방에서 개발한 기술이 첨가된 아이템은 당연히 기본 성능은 물론 옵션도 더 좋다.

당연히 더 비싸게 거래되고 더 많은 수익을 올릴 수 있는 것이다. 아크가 특허권에 눈독을 들이는 이유가 그것!

'나도 그렇지만 이큘러스에서도 본격적으로 매장지 확보가 시작되어 재료 아이템이 꽤 쌓이고 있다.'

그리고 이제 엔지니어도 많이 확보되어 있다.

때문에 지금까지도 재료를 장비품 따위로 제작하는 일은 문제가 없었지만 기왕이면 다홍치마, 같은 재료로 더 좋은 아이템을 만들 수 있다면 단연 그편이 좋다.

직접 사용할 때도 그렇지만 팔 때도 당연히 더 비싸게 팔수 있는 것이다. 뿐만 아니라 특허권만 가지고 있으면 제작상인들에게 설계도를 팔 수도 있다.

황금 알을 낳는 거위!

'……라고까지는 할 수 없지만…….'

나름 짭짤하게 벌어들일 수 있는 것이다.

그런 점에서 생각하면 타투인이 쑥대밭이 된 것은 아크에게 되레 잘된 일―마틴 후작에게 그딴 말을 하면 바로 어퍼컷이 날아오겠지만―이라고 할 수 있었다.

"몰수당한 재산은 내무부에서 처리했겠지만 기어가 가지고 있던 특허권은 기술부에서 관리하고 있지 않겠습니까? 지분 30% 대신 그 특허권을 돌려주십시오. 그걸 제가 자렌족에게 다시 사는 식으로 처리하겠습니다. 그럼 저는 특허권을 되찾아서 좋고, 자렌족도 바로 정착 자금을 확보할 수 있으니 OK. 그리고 후작님도 데이터 검색이다 뭐다 신경 쓸 일이 없으니 모두에게 좋은 일이죠."

"흠……."

마틴 후작이 슬쩍 아크를 흘기며 대답했다.

"확실히 괜찮은 방법이군. 네 입에서 나온 말만 아니라면 말이지."

"뭡니까, 그 말은?"

"내가 너를 모르냐? 뭐 뻔하지. 계산기를 눌러 보니 그편이 훨씬 이득이었겠지. 그래서 있을 수 없는 일이니 뭐니 떠들어 대며 닦달한 거 아니냐?"

역시 마틴 후작! 만만한 상대가 아니다.

그러나 아크도 그 정도는 알고 있었다. 애초에 정말 마틴 후작을 속여 먹을 생각이었다면 대놓고 실실거리지도 않았을 것이다. 아니, 이제 마틴 후작은 은하연방의 실권자. 돈 몇 푼 더 벌겠다고 속여 먹었다가 나중이라도 들통 나면 무슨 일이 벌어질지 장담할 수 없었다.

"맞습니다. 그편이 훨씬 이득이더라고요."

그래서 아크는 상큼하게 인정했다. 마틴 후작 같은 사람에게는 되레 그런 방법이 잘 통하니까. 아니나 다를까.

"나 이런……."

눈살을 찌푸리며 아크의 상큼한 표정을 흘기던 마틴 후작이 피식 실소를 터뜨렸다.

"그런 식으로 나오니 대놓고 욕도 못 하겠군. 하여간 갈수록 잔머리만 늘어서…… 뭐 좋다. 네 말대로 그런 식으로 처리할 수 있다면 나도 편하지. 뭣보다 내 심복으로 알려진 네가 소송을 하겠다고 설치면 나도 체면이 말이 아니게 될 테니까. 그 건은 기술부에 연락해 두도록 하지. 그러고 보니 나도 토리라는 타이니족은 잊고 있었군. 예전에 그 녀석과 같이 탈옥한 캐츠족이 잡히면 집행유예로 풀어 준다는 약속을 했었지?"

"……아!"

아크도 잊고 있었다.

새삼스럽지만 토리는 아직 범죄자 신분이었다. 그러나 같이 탈옥했던 캐츠족은 메가라돈에서 몽땅 자폭했다. 그러니 마틴 후작이 약속한 대로 자유의 몸이 될 수도 있었지만.

"아니, 그건 됐습니다. 좀 더 이대로 놔둬 주십시오."

"음? 왜냐?"

"아직 제게 빚이 있거든요. 그 녀석은 조금만 풀어 줘도 무슨 짓을 할지 모르는 놈입니다. 그러니 빚을 청산할 때까지는 그대로 두는 편이 좋아요."

"뭐 나야 상관없지만."

그리하여 토리는 여전히 범죄자로 있게 되었다.

그러나 토리 입장에서 보면 차라리 스탈라로 돌아가는 편이 나을지도 모른다. 해바라기 씨에 중독된 햄스터 따위, 이제 아크는 몇 배나 빡 세게 굴릴 생각이니까.

"그나저나 쥬벨과 호크 수색은 어찌 되어 가나?"

"네? 그건 아직……."

"흠, 쉽지 않은 건가? 하긴, 그런 짓을 벌이고 도주한 놈들이 쉽게 눈에 띌 만한 곳에 숨어 있지는 않겠지. 그리고 당장 무슨 일을 저지를 처지도 아니겠지만, 너무 잠잠한 것도 찜찜하군. 너도 알다시피 지금 연방군은 움직일 수 있는 상황이 아니다. 이런 찜찜한 기분이 드는데도 당장은 너 이외에는 대안이 없지. 좀 더 주의를 기울이도록 해라."

"알겠습니다."

아크가 고개를 숙이며 몸을 일으킬 때였다.

"그런데……."

"네? 아직 뭐가 남았습니까?"

"아니, 아까부터 계속 신경이 쓰였는데 말이다. 후안 백작과 아는 사이냐?"

"후안 백작요? 그게 누군데요?"

"모른다고? 이상하군. 네가 차고 있는 견갑 말이다. 거기 새겨져 있는 인장은 분명 후안 백작 가문의 인장이다. 귀족이 가문의 인장을 새겨 넣은 갑주를 팔 리가 없지. 후안 백작이 그 정도로 형편이 어려운 것도 아니고. 그런데 후안 백작이 누군지도 모르는 네가 인장이 새겨진 견갑을 차고 있다니? 대체 어디서 얻은 것이냐?"

"이건……."

아크가 대답하려 할 때였다.

─새로운 정보를 입수했습니다.
라바란스에서 얻은 견갑에 새겨져 있던 인장은 후안 백작 가문의 인장이었습니다. 특별한 사연이 깃든 아이템의 경우, 종종 그와 관련된 정보를 얻을 수 있습니다. 그리고 때로는 그로 인해 새로운 사건을 경험할 기회가 주어지기도 합니다.

띠링-!

뜬금없이 떠오르는 정보창.

'어라? 이건 혹시?'

아크는 당황했지만 바로 눈동자를 반짝였다.

척 하면 척이다. 정보창과 함께 콧구멍으로 밀려 들어오는 골드의 냄새!

P-301의 몸속에서 귀족의 인장이 새겨진 견갑이 나왔을 때부터 좀 이상하기는 했다.

그러나 막상 생각해 보니 있을 수 없는 일은 아니었다.

라바란스는 은하연방의 귀족만이 들어갈 수 있는 생태 보호 혹성. 아마도 이 견갑은 관광차 들른 후안 백작이 잃어버린 것이리라. 그게 어떤 경로로 P-301의 몸속으로 들어가게 되었다…… 일단 말은 되는 것이다.

'그걸 내가 찾아 주면 당연히…….'

귀족이 무엇보다 중요시 여기는 것은 체면!

떡하니 가문의 인장까지 박혀 있는 견갑을 찾아 준 아크를 빈손으로 보내지는 않으리라.

이런 허접한 견갑이라도! 그 가치의 몇 배에 달하는 보상을 해 줄 것이 분명하다. 아니, 그게 아니라도 이런 정보창까지 떠올랐다면 뭔가 있다는 것은 의심의 여지가 없다.

이런 기회, 그냥 넘어갈 아크가 아니었다.

'뭔지 몰라도 일단 쑤셔 보자!'

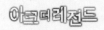

"후안 백작과 잘 아는 사이십니까?"

"그야 잘 알지. 후안 백작님도 꽤 오랫동안 군에서 근무하셨으니까. 지금은 퇴역해서 나베실 외곽의 숲속에 있는 별장에서 지내고 계신다. 후안 백작님은 퇴역한 귀족 중에서도 최고참에 속하는 분이라 나도 몇 번 들러 본 적이 있지."

"위치를 알려 주시겠습니까?"

"찾아갈 생각이냐?"

"네, 이 견갑에 새겨진 문장이 후안 백작님의 인장이라면서요? 그럼 후안 백작님이 잃어버린 걸지도 모르잖아요. 그렇다면 당연히! 직접 찾아뵙고 돌려 드려야죠."

아크가 개구리처럼 입을 벌리며 웃었다.

찜찜한 눈으로 잠시 아크를 바라보던 마틴 후작이 고개를 끄덕였다.

"그래, 좋다. 사실 그 견갑에 대해서 짚이는 바가 전혀 없는 것은 아니지만…… 내가 짐작만으로 입에 담을 말은 아니지. 그리고 네가 직접 찾아가겠다니, 후안 백작님을 만나뵈면 어차피 알게 될 터. 나도 그편이 좋을 것 같다. 대신 심부름을 좀 해 줘야겠다."

"심부름요? 저 바쁜데요?"

"이 자식이 말도 꺼내기 전에! 잃어버린 물건 돌려주러 갈 시간은 있고 내 심부름할 시간은 없다는 말이냐? 네놈은 대체 내가 뭐라고 생각하는 거냐?"

"아니, 뭐……."

"됐다. 네 녀석하고 이런 말싸움해 봐야 남는 것도 없지. 어쨌든 후안 백작님을 찾아가겠다는 거지? 심부름은 그 후안 백작님에게 편지를 전해 주는 일이다. 요즘 바빠서 나도 꽤 오래 뵙지 못했으니 안부 편지를 써 줄 테니 가는 길에 전해 드려라. 설마 그것도 바빠서 못하겠다고 하지는 않겠지?"

"제가 언제 못하겠다고 했어요? 그냥 바쁘다고 했지."

아크가 금세 말을 바꾸며 웃었다.

"이 녀석은 정말……."

마틴 후작은 어이없는 표정으로 바라봤지만 더 이상 따지지는 않았다. 어차피 이런 놈이고, 어떤 의미에서는 마틴 후작도 '이런 놈'이라 아크를 마음에 들어 하는 것이다.

물론 항상 마음에 드는 것은 아니지만.

"자, 받아라."

뒤이어 아크가 마틴 후작의 편지를 받아 들었을 때였다.

—마틴 후작의 〈안부 편지〉를 획득했습니다.

《마틴 후작의 편지》
당신은 마틴 후작으로부터 라바란스에서 얻은 견갑의 주인이 후안 백작이라는 말을 전해 들었습니다. 이에 마틴 후작은 후안 백작이 견갑을 잃어버린 경위에 대해 알아보라는 말과 함께 안부 편지를 건네주었습니다.
난이도 : —

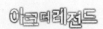

'이런 것도 퀘스트로 등록되는 거야?'

아크가 눈을 꿈뻑거리며 연이어 떠오르는 퀘스트 정보창을 바라보았다.

좀 의외이기는 했지만 좋은 일이다.

고작 안부 편지나 전해 주는 퀘스트지만 그래도 퀘스트. 하다못해 경험치 10이라도 들어오겠지. 말하자면 공짜! 그리고 아크는 공짜를 매우 좋아하는 유저였다.

"나중에 뵙겠습니다!"

아크는 편지를 받자마자 뛰어나갔다. 그리고…….

SPACE 5. 야쉬라의 유산

돔Dome형의 넓은 공간.

4명의 사내가 모여 있었다. 작은 체구의 백발노인 벨테란 공작을 시작으로, 조금 흐트러진 모습의 쥬벨, 나머지 두 청년은 호크와 펜릴이었다.

그러나 방금 전 또 다른 존재의 형상이 나타났다.

커다란 단상에 흐느적거리는 검은 베일로 몸을 휘감은 흐릿한 '어떤 자'가 앉아 있었다.

그는 실체가 아닌 홀로그램으로 만들어진 영상이었다. 그러나 그의 얼굴도, 심지어 전체적인 형상조차 제대로 보이지 않는 이유는 홀로그램이기 때문만은 아니었다.

호크의 하나밖에 없는 눈동자에 경계심이 떠올랐다.

'저자는…… 뭔가 다르다.'

단순히 홀로그램으로 만들어진 영상임에도 그런 느낌이 들게 만들었다. 그러나 벨테란 공작은 그런 모습에도 익숙한 듯 만면에 웃음을 지으며 입을 열었다.

"어떻소?"

- 만족스러운 수준이군. 수고했소.

"돈밖에 없는 늙은이가 한 일이 뭐가 있겠소? 다 저 친구가 부지런히 움직여 준 덕분이지."

- 음, 수고했다.

벨테란 공작의 말에 검은 형체의 시선이 펜릴에게 향했다.

펜릴은 묵묵히 고개를 숙였다. 검은 형체는 옅은 미소를 지으며 잠시 펜릴을 바라보다가 벨테란 공작을 돌아보며 웅웅거리는 목소리로 말했다.

- 이제 시간이 얼마 남지 않았군.

"그렇소. 이 정도까지 계획이 진행되면 아무리 필터를 깔아 놨다 해도 곧 눈치를 채겠지. 그건 아무래도 상관없지만 들켰다는 느낌이 드는 것은 싫으니, 몇 가지 일만 더 마무리되면 시작할 생각이오."

- 우리의 대리자는 저 사람인가?

"음, 이 사내가 일전에 말했던 쥬벨이오."

벨테란 공작이 멍한 표정의 쥬벨을 가리키자 검은 형체의 붉은 눈동자가 훑듯이 스쳐 지나갔다.

쥬벨이 퍼뜩 정신을 차리며 황급히 고개를 숙였다.

"처, 처음 뵙겠습니다! 쥬, 쥬벨입니다! 이런 중대한 일을 맡겨 주셔서 감사합니다! 이 쥬벨, 목숨을 걸고 두 분의 기대에 보답하겠습니다!"

- 그래……

베일 아래로 드러난 검은 형체의 입 끝이 슬쩍 치켜져 올라갔다.

- **꽤 믿음직스러운 인물을 찾아냈군, 공작.**

"뭐 그렇지."

벨테란 공작도 웃음기를 머금으며 대답했다.

검은 형체와 벨테란 공작이 웃음을 보이자 잠시 당황한 표정을 짓던 쥬벨은 영문도 모르고 따라 웃었다.

'……삐에로가 따로 없군.'

호크는 쥬벨이 한심하다 못해 불쌍해 보일 정도였다.

상상 이상의 막강한 힘을 가진 벨테란 공작, 그리고 정체는 모르지만 검은 형체 역시 그에 못지않은 힘을 가지고 있는 것만은 의심의 여지가 없다.

그런 두 존재가 쥬벨을 대리자로 내세우고 있다. 이에 쥬벨은 꽤 들뜬 표정을 짓고 있었지만, 호크에게 그 모습은 종이 왕관을 쓰고 좋아하는 어린애로밖에 보이지 않았다.

'뭐 이제 나와는 상관없지만.'

그러나 호크는 이제 쥬벨 따위를 걱정할 입장이 아니었다.

쥬벨과 입장은 달라도 호크 역시 처지는 다르지 않다. 또한 쥬벨처럼 그 역시 선택의 여지는 없었다. 아니, 여지가 있었어도 선택은 달라지지 않을 것이다.

원하는 것을 얻기 위해서는 이 방법이 최선이니까.

— ……이제 재미있어지겠군.

"재미있어진다기보다는 재미있게 만들어야겠지. 이따위 은하계는 지루하니까."

— 크크크, 그렇지. 그럼 나머지는 맡기겠소.

"지켜보시오."

그사이에 그들만의 대화를 이어 가던 벨테란이 몸을 돌려 세웠다.

— 펜릴, 너는 남아라. 따로 할 말이 있다.

그리고 검은 형체가 지목한 펜릴을 뒤로하고 벨테란 공작, 쥬벨, 호크는 방을 나왔다.

"저자, 믿을 수 있는 겁니까?"

원형으로 길게 휘어진 복도를 따라 묵묵히 걷던 호크가 슬쩍 벨테란 공작을 돌아보며 입을 연 것은 한참 뒤였다.

그러자 벨테란 공작이 피식 웃으며 대답했다.

"파트너를 선택할 때 가장 중요한 것은 그가 믿을 수 있는 사람인지가 아니다. 그가 무엇을 할 수 있느냐지. 그런 의미에서 보면 저만한 파트너는 없다."

"그렇다면……."

아크더레전드

"나는 이 자리에 오기까지 수많은 적을 상대했다. 하지만 언제나 최후의 순간에 내게 치명타를 입히는 것은 함께 싸운 동료였지. 명심해라. 적에게 너무 몰입하면 정작 가까운 곳에 있는 칼을 보지 못하는 법이니까. 네가 적보다 주의해서 살펴야 할 것은 펜릴이다. 그리고…… 저 녀석에게도 관심이 필요하겠지."

벨테란 공작이 뒤에서 히죽거리며 따라오는 쥬벨을 돌아보았다.

"너로서는 납득하기 힘들지도 모르지만 모든 일에는 순서가 있다. 그런 점에서 저 녀석은 이번 일의 시작을 알리는 데 가장 좋은 조건을 갖추고 있지. 그리고……."

"오! 오오오오!"

그때 뒤에서 쫓아오던 쥬벨이 퍼뜩 고개를 들어 올리며 입을 쩍 벌렸다. 그리고 정신 나간 사람처럼 뛰어와 맞은편 응접실의 한 면을 채우고 있는 창가에 달라붙었다.

"이거다! 이게 힘이야!"

쥬벨이 흥분한 목소리로 소리쳤다.

쿠테타 실패 이후, 한결같이 정신 나간 모습을 보여 주는 쥬벨이지만 그런 증세는 요 며칠 사이에 한층 더 심각해지고 있었다. 그러나 호크는 쥬벨의 기분도 이해할 수 있었다. 호크 역시 그 장면을 처음 봤을 때는 충격을 받았을 정도니까.

아니, 몇 번을 봐도 충격적인 장면이었다.

'이 정도였을 줄이야…….'

창문 밖으로 보이는 것은 전함!

헤아리기도 힘든 숫자의 전함이 함대를 이루며 하늘을 뒤덮고 있었다.

그러나 이조차 벨테란 공작과 홀로그램으로 본 검은 형체가 가진 힘의 일부에 불과했다. 그리고 그 힘은 지금 처음으로 은하계에 그 모습을 드러내려 하고 있었다.

'오래 기다리지 않게 하겠다, 아크!'

입을 꾹 다물고 창밖을 바라보는 호크의 귀에 쥬벨의 웃음소리가 들려왔다.

"우하하하! 마틴, 나는 아직 죽지 않았다! 죽지 않았다고!"

"뭐냐, 이건?"

아크의 미간에 주름이 잡혔다.

마틴 후작의 편지를 받아 든 아크는 다시 임시 본부 근처에 주차(?)해 둔 실버스타를 타고 나베실로 날아갔다.

후안 백작을 만나기 위해서였다.

여기서 잠시 말하자면, 후안 백작의 집은 의외로 찾기 힘들었다. 집이 시델린 외곽을 빽빽이 뒤덮은 숲속에 자리 잡고 있어 실버스타를 근처에 착륙시킬 수 없었기 때문이다.

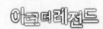

그리하여 실버스타는 숲 바깥에 착륙시키고 도보로 30분. 이렇다 할 길도 없어 수풀을 헤치며 한참을 걸은 뒤에야 목적지에 도착할 수 있었다.

공사다망한 아크가 이런 수고를 마다하지 않은 이유는 말할 것도 없이 돈 냄새가 났기 때문이다.

그러나 막상 도착해 보니 불안감이 엄습했다.

이곳으로 오는 내내 아크는 멋진 숲속의 저택을 상상하고 있었다. 당연하다. 백작이니까! 귀족이니까! 그러나 지금 아크의 눈앞에 있는 것은…….

"그냥 오두막이잖아?"

크기는 제법 되었지만 그냥 통나무로 지어진 오두막.

'이거 괜히 삽질하는 거 아니야?'

아크의 얼굴에 불안감이 번지기 시작했다.

귀족이지만, 이런 곳에 사는 사람이 잃어버린 물건을 찾아 줬다고 주머니를 두둑하게 채워 줄 것 같지는 않았다.

어쩌면 견갑만 털릴지도 모른다.

아크는 그런 불안감에 선뜻 문을 두드리지 못하고 머뭇거렸지만 이내 고개를 저었다.

'아니지. 중요한 건 형편이 아니라 후안 백작이 귀족이라는 거야. 그것도 허영심만 빵빵하게 들어차 있는. 이 견갑만 봐도 알 수 있잖아. 방어력은 고작 10인 주제에 겉모양은 완전 레어. 무슨 전설의 아이템 같잖아. 오두막에 살면서 이런

견갑을 차고 다닐 정도면 뻔한 거 아니겠어. 그렇다면 아직 희망을 버릴 이유가 없지.'

아크는 그런 NPC를 좋아한다.

그런 NPC를 쪽쪽 뽑아 먹는 방법을 알고 있기 때문이다. 뿐만 아니라 그런 귀족이라면 탈탈 털어도 가책 따위는 받지 않아도 되니까.

'좋아! 주머니를 탈탈 털어 주마!'

그리하여 전투력(?) 상승! 의욕이 생긴 아크는 성큼성큼 다가가 문을 두드렸다.

"후안 백작님 계십니까?"

"누구인가?"

"저는 아크라고 합니다. 마틴 후작님의 편지를 전해 드리러 왔습니다."

"마틴 후작이? 허! 들어오게."

'음, 나쁘지 않아! 아니, 이 정도면 충분해!'

오두막에 들어선 아크의 얼굴에 음흉한 미소가 번졌다.

밖에서 볼 때는 그냥 허름한 오두막이었지만, 막상 안으로 들어와 보니 분위기가 전혀 달랐다. 제법 호사스러운 가구가 눈에 들어오는 것이다.

'이 정도면 못해도 50, 아니 100골드도 뜯어낼 수 있겠어!'

순식간에 가구며 장식 따위를 스캔한 아크의 머리에 바로 견적이 나왔다.

물론 이런 행동을 티 내서는 곤란하다.

후안 백작은 다름 아닌 마틴 후작의 지인, 뜯을 때 뜯더라도 티 나지 않게 뜯어야 뒤탈이 없는 것이다.

"이리 가져와 주겠나?"

그때 벽난로 앞에 앉아 있는 노인이 아크를 돌아보며 입을 열었다. 말할 것도 없이 그가 후안 백작이리라.

이에 아크는 성큼성큼 걸어가 편지를 건네주었고, 후안 백작이 편지를 개봉해 읽어 내려가자……

–《마틴 후작의 편지》 퀘스트가 완료됐습니다.

퀘스트가 완료되며 쥐똥만 한 경험치가 들어왔다.

그리고 바로 이때!

'지금이다!'

슬쩍슬쩍! 슬쩍슬쩍!

아크는 견갑의 후안 백작의 눈에 띄게 팍팍 들이밀었다.

그러자 아니나 다를까, 뭔가 하고 고개를 들어 올리던 후안 백작이 흠칫 놀라며 소리쳤다.

"아니? 자, 자네!"

"네? 왜 그러십니까? 제가 무슨 실수라도?"

"아니, 그게 아니라…… 자네, 그 견갑은…… 어디서 얻은 것인가?"

"갑자기 이 견갑은 왜……?"

"모르고 있었던 건가? 하긴 몰랐으니 아무렇지도 않게 그 견갑을 차고 나를 찾아왔겠지. 그 견갑에 새겨진 인장. 그건 내 가문의 문장이네."

"네? 그럼 이게 원래 백작님의 견갑이었다는 말입니까?"

아크는 짐짓 놀라는 표정으로 되물었다.

그러자 후안 백작이 허탈한 표정을 지으며 한숨 섞인 목소리로 말했다.

"허! 그렇게 찾아도 보이지 않던 것을 마틴 후작의 편지를 전해 주러 온 사람이 가지고 있다니…… 이것 참, 웃어야 할지 울어야 할지 모르겠군. 이보게, 자네. 아크라고 했지? 자네가 그 견갑을 나쁜 방법으로 손에 넣지 않았다는 것은 알고 있네. 하지만…… 괜찮다면 그 견갑을 어디서, 어떻게 얻게 되었는지 말해 줄 수 있겠나?"

"네, 뭐 그야……."

바라던 바다.

머리를 긁적이던 아크는 곧 라바란스에서 있었던 일을 장황하게 늘어놓기 시작했다.

물론 그냥 대충 주웠다고 말해도 그만이다. 그러나 아크의 목적은 어디까지나 견갑을 찾아 준 대가를 뜯어내는 것. 그러니 너무 쉽게 얻었다고 말하면 곤란하다.

물론 P-301에 대해서까지 말할 필요는 없다.

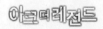

그러나 최대한 힘들게. 그러니까 듣기만 해도 '아! 이거 엄청난 보상을 해 줘야겠구나!' 하는 마음이 절로 우러날 정도의 고생 끝에 얻었다고 강조할 필요가 있는 것이다.

그리하여 아크는 있는 사실 없는 거짓 다 붙여 가며 한 편의 대하소설을 완성해 나갈 때였다.

후안 백작의 반응이 이상했다.

심각한 분위기로 묵묵히 듣고 있더니 얘기가 끝나자 맥이 탁 풀린 사람처럼 한숨을 불었다. 그리고 힘겨운 표정으로 이마를 짚으며 의자에 몸을 깊숙이 묻었다.

"……역시 그랬었군."

"역시라니? 그게 무슨 말입니까?"

"자네가 차고 있는 견갑은 정확히 말하면 내 것이 아니네. 내 아들의 것이었지."

"아, 아드님이 계셨군요."

"있었지."

후안 백작이 씁쓸한 표정으로 대답했다.

"그리고 죽었지. 아마도 자네가 그 견갑을 얻은 유적에서."

"네…… 네?"

별생각 없이 끄덕이던 아크가 당혹성을 터뜨렸다.

이건 또 무슨 갑툭튀란 말인가? 그 말을 듣는 순간 아크의 얼굴이 흐려졌다.

어째 얘기가 이상한 방향으로 흐르고 있다.

그것도 하필이면 '아들의 죽음' 같은 무거운 주제라니? 결국 견갑이 아들의 유품이라는 말이 아닌가.

물론 이게 아크의 목적에 지장을 줄 만한 상황은 아니었다. 중요한 물건일수록 찾아 준 사람에게 더 고마워할 테니까. 그러나 이건 뭐랄까…….

"그런 표정 지을 필요 없네."

그때 후안 백작이 피식 웃으며 고개를 저었다.

"그것도 꽤 오래된 얘기니까. 그러니까…… 벌써 15년은 된 일이군. 아들 녀석이 갑자기 집을 뛰쳐나간 것이. 그래, 벌써 그렇게 되었어…….”

그리고 갑자기 설명 모드로 접어들었다.

"나도 참 오랜만에 아들 얘기를 꺼내 보는군. 내 아들은…… 어려서부터 개척자를 동경했지. 그건 아마도 내 취미 때문이었을 거야. 나는 개척자를 동경할 정도로 순진하지는 않았지만 역사적인 유물에 관심이 많았네. 그래서 개척자와 자주 어울리며 그들이 찾은 유물을 사들이는 취미를 가지고 있었지. 어려서부터 그런 유물을 보며 자란 아들이 개척자를 동경하게 된 것은 당연한 일인지도 몰라. 그래, 항상 입만 열면 자기도 유명한 개척자가 되어 은하계를 누비겠다고 떠들었지. 그때는 그냥 치기 어린 말이라고만 생각했는데…….”

어느 날 갑자기 가출을 해 버렸다.

유명한 개척자가 되겠다는 편지 1장만 남겨 놓고.

당시 후안 백작의 아들은 열두 살, 참으로 겁도 없는 청춘이었다.

당연히 후안 백작은 사람을 동원해 백방으로 아들의 행방을 수소문했다.

엄청난 숫자의 개척자를 고용하고 그 자신 역시 작은 단서 하나를 찾기 위해 은하계 끝까지 날아가기를 망설이지 않았다. 그게 후안 백작이 이런 오두막에 사는 이유였다.

물불 가리지 않고 아들을 찾아다니는 사이에 가산을 몽땅 탕진해 버린 것이다.

"그렇게 10년…… 그때 이미 나는 아들이 살아 있을 거라는 기대를 접었네. 그래도 최소한…… 유품 하나만이라도 찾기를 바라 왔지. 하지만 그조차 허락되지 않았어. 유물을 모으는 취미를 가지고 있던 내가, 그 오랜 세월 동안 정작 제 자식의 유품 하나 손에 넣지 못했던 것이네. 후후후, 어떤가? 웃기지 않나?"

웃기지 않다.

아들을 위한 아버지의 노력을 어느 누가 감히 웃을 수 있겠는가?

그리고 후안 백작 역시 입은 웃고 있었지만 눈에는 형언하기 힘든 슬픔이 깃들어 있었다. 이 역시 당연하다. 아들을 잃은 슬픔. 고작 15년으로 지워질 리가 없었다.

그때 후안 백작이 회한 어린 눈으로 아크를 돌아보았다.

"어느 개척자가 이런 말을 한 적이 있지. 사람도 그렇지만 물건에도 인연이라는 것이 있다고. 그러니 언젠가는 아들의 유품도 돌아올 거라고. 그때는 그냥 나를 위로하느라 하는 말이라고 생각했는데 정말 인연이라는 것이 있기는 한 모양이군. 모든 것을 포기한 지금, 이런 식으로 아들의 유품이 돌아올 줄은 상상도 못 했어."

"그런 사정이 있었군요."

묵묵히 듣고 있던 아크는 그제야 입을 열었다.

그리고 견갑을 벗으며 후안 백작을 향해 고개를 숙였다.

"그런 소중한 물건인지도 모르고 함부로 사용했습니다. 죄송합니다."

"아니네. 말했듯이 내 아들은 개척자를 동경하고 있었네. 그리고 자네는 개척자. 아니, 그냥 개척자가 아니지 않나? 아크 자작."

"저를 알고 계셨습니까?"

"이런 곳에 처박혀 산다고 귀까지 막힌 것은 아니니까. 우주 마법진 사건을 해결하고 쥬벨의 쿠테타에 맞서 의용군을 지휘한 아크. 이미 그것만으로도 비할 바 없이 훌륭한 개척자지. 그런 자네가 써 줬다면 아마 아들도 기뻐했겠지."

후안 백작이 그윽한 눈으로 바라보며 말을 이었다.

"그리고 설사 그것이 가보라도 개척자가 정당한 방법으로 손에 넣은 것은 개척자의 소유라는 것은 알고 있네. 하지만

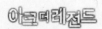

그건 내게 아들을 추억할 수 있는 단 하나의 유품이네. 이 늙은이를 위해 돌려줄 수는 없겠나?"

"물론입니다."

아크는 망설임 없이 견갑을 내밀었다.

더 이상 돈을 뜯어내겠다는 생각 따위는 없었다.

요즘 아크는 좀 반성하고 있었다. 예전에는 1쿠퍼를 위해서도 천 리 길을 마다하지 않았는데 언제부터인지 그런 헝그리 정신이 사라졌다. 이유는 많지만 요약하면 하나, 배때기에 기름이 껴서 그런 것이다.

얼마 전 New 아크로 거듭난 아크는 일단 그런 정신 상태부터 뜯어고치기로 마음먹었다.

배때기에 기름 낀 사람은 아무것도 못한다.

잡템 하나, 포션 하나에 행복을 느끼지 못한다면, 그건 이미 게임을 하고 있다고 말할 수도 없다. 잡템 하나, 포션 하나를 얻기 위해 수고를 마다하지 않는 것. 그것이야말로 게임을 게임답게 즐기는 방법이다.

그리고 아크는 알고 있었다.

그 즐거움이야말로 유저를 강하게 만드는 양분이라는 것을. 그러나 모든 일에는 예외라는 것이 존재한다.

1쿠퍼를 위해 천 리 길도 마다 않겠다고 다짐한 아크지만! 그런 아크라도! 어찌 아들을 찾겠다고 가산을 탕진하고 홀로 지내는 노인을 상대로 흥정할 수 있겠는가. 그건 이미 보상이 아닌 약탈!

"위안이 되기를 바랍니다."

아크는 견갑을 넘겨주고 미련 없이 몸을 돌렸다.

그리고 후안 백작에게 쿨 한 뒷모습을 보여 주며 오두막을 떠나려 할 때였다.

뒤에서 너털웃음이 들려왔다.

"허허허허! 뭘 그리 급하게 가는 건가?"

"네? 아니, 하지만……."

"음, 이거 미안하게 됐군. 의도한 바는 아니지만 자네를 착각하게 만든 모양이야. 마틴 후작의 편지에 이런 내용이 적혀 있어서 말이네."

아크는 후안 백작이 무슨 말을 하는지 이해하지 못했다.

그러나 편지의 내용을 보는 순간!

-후안 백작님, 마틴입니다.

아무래도 백작님이 찾던 물건을 이 편지를 가져간 녀석이 발견한 모양입니다.

그런데 이 녀석이 좀 돈을 밝히는 녀석이라서 말입니다. 혹시라도 대놓고 금품을 요구하거나 하면 제가 보낸 사람이라는 것은 신경 쓰지 말고 엉덩이를 걷어차 주십시오.

'이런 망할 꼰대가!'

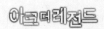

아크의 얼굴이 확 붉어졌다.

마틴 후작은 편지로 이미 아크가 견갑의 주인을 알고 있다고 꼰지른 것이다.

그런데도 아크는 아무것도 모르는 것처럼 행동했다.

이쯤 되면 의도는 뻔한 것. 그런 주제에 같잖게 대범한 척 행동했으니 후안 백작의 눈에 얼마나 가소롭게 보였겠는가?

거기까지 생각하던 아크가 미간을 찡그리며 물었다.

"혹시 아드님의 유품이라는 것도……."

"아니, 그건 사실이네. 하지만 자네가 편지의 내용처럼 돈이라도 뜯어내려는 기미를 보이면 마틴 후작의 충고대로 엉덩이를 걷어차 줄 생각이었지. 그리고 살짝 위험했어."

"그, 그건……."

"됐네. 탓하는 것이 아니야. 되레 칭찬하고 있는 거네."

"놀리는 겁니까?"

아크가 뚱한 표정을 지었다.

그러자 후안 백작이 피식 웃으며 고개를 저었다.

"아니, 진심으로 하는 말이야. 다른 사람은 몰라도 나는 개척자의 탐욕은 허물이 아니라고 생각하는 사람이네. 그런 탐욕이야말로 개척자를 개척자답게 만들어 주는 것이니까. 하지만 뭐든 지나치면 독이 되는 법이지. 탐욕에 눈이 멀어 약자의 사정을 무시하고 제 잇속만 챙긴다면 그 역시 진정한 개척자라고는 할 수 없네. 그런 점에서 자네는 합격이야. 마틴 후작의 말처럼 욕심은 많아 보이지만 도가 지나치지는 않으니까."

이건 뭐 욕인지 칭찬인지…….

아니, 칭찬이라도 아크 입장에서는 당연히 달가울 리가 없었다. 어찌 됐든 결과적으로 힘들게 얻은 견갑—비록 방어력 10짜리지만—을 제 발로 찾아와 잃어버린 셈이니까.

뭐 그렇다고 이제 와서 아깝다는 생각이 드는 것은 아니지만 광대 짓을 한 것 같아 찜찜한 기분이 가시지 않았다.

"기분 나쁜가?"

"좋을 리가 없지 않습니까?"

"그렇다면 사과하지. 하지만 나도 자네가 어떤 사람인지 시험해 봐야 할 이유가 있었다네."

"시험? 무슨 학원이라도 운영하십니까?"

"학원은 아니지만…….”

후안 백작이 자리에서 일어나 맞은편 벽으로 다가갔다.

그리고 박제된 몬스터의 머리를 이리저리 만지자 벽이 진동하며 좌우로 갈라지기 시작했다.

통나무로 지어진 오두막에 숨겨져 있는 최첨단 장치!

그러나 더 놀라운 것은 그 내부였다.

아이템! 엄청난 양의 아이템! 그것도 번쩍번쩍 빛나는 레어급의 아이템!

벽면을 따라 검이면 검, 총이면 총, 각종 무기가 종류별로

분류되어 진열되어 있었고, 그 앞의 거치대에는 수십 벌의 중갑과 경갑이 번쩍이는 빛을 뿜어내고 있었다.

그 빛에 홀린 표정으로 멍하니 바라보는 아크의 귀에 후안 백작의 목소리가 들려왔다.

"그래. 그런 눈빛이야. 그게 개척자의 눈빛이지."

"이, 이게 다 무슨……."

"아까 말하지 않았나? 나는 한때 유물을 모으는 취미가 있었다고. 물론 말한 대로 아들을 찾느라 대부분의 가산을 탕진했지만 이 유물들만은 끝까지 처분하지 못했지. 욕심 때문만은 아니야. 이 유물들은 하나하나에 모두 내 아들과의 추억이 깃들어 있네. 그래서 조상 대대로 전해져 오던 저택을 팔고 이 오두막에 사는 한이 있어도 이 유물들만은 팔 수가 없었던 거네. 그리고 내가 죽으면 모두 내 아들 이름으로 박물관에 기증할 생각이었지. 하지만……."

'하지만!'

아크의 눈이 번뜩였다.

이미 돌아가는 분위기는 감 잡았다.

그냥 가려는 아크를 일부러 붙잡고 이런 보물 창고를 보여 주고 있다. 그냥 자랑하기 위해서는 아닐 터! 아니, 그냥 자랑만 하면 이번에야말로 참지 않을 생각이다.

아들이고 뭐고 후안 백작과 멱살잡이를 해서라도 뭐든 받아 낼 생각이었다.

그러나 다행히 그런 사태는 벌어지지 않았다.

"자네를 시험할 필요가 있었다고 한 것은 이 때문이네. 아들의 유품을 찾아 준 개척자. 당연히 보상을 해 줘야겠지. 하지만 이건 내 평생을 바쳐 모은 유물. 그저 그런 뜨내기나, 탐욕만 가득한 개척자라면 내가 죽는 한이 있어도 넘겨줄 수 없지."

"그 말은……."

"자네는 자격을 증명했어. 뭐든 자네가 원하는 것을 하나 가져가도 좋네."

"하나?"

"하나!"

'하나라니…….'

아크가 울 것 같은 표정으로 번쩍번쩍 빛나는 아이템을 바라보았다.

아들의 유품이니 시험이니 해도 당연히 저 많은 아이템을 다 줄 리는 없었다. 그리고 방금 전까지는 포기하고 있었으니 엄청난 반전이었다.

그러나 아예 처음부터 보지 못했다면 모를까, 저 많은 아이템을 보여 주고 그중 딱 하나만 가져가라니?

이건 아크에게 고문이나 다름없었다.

보상을 포기하고 돌아가던 때보다 지금이 몇 배나 고통스럽게 느껴질 정도! 아니, 그렇다고 포기하고 싶은 생각은 눈

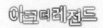

곱만큼도 없지만!

'어쨌든 이건 상상도 못 했던 기회다! 저 창고에 있는 것은 딱 봐도 모두 레어급 이상! 견갑과 관련된 정보창을 봤을 때 뭔가 있을 거라는 생각은 했지만 설마 허접하기 짝이 없는 견갑을 레어 템으로 바꿔 주는 이벤트가 숨겨져 있을 줄은…… 좋아. 설사 며칠이 걸리더라도 모든 아이템의 정보창을 확인해서 가장 좋은 것을…….'

아크가 탐욕의 눈빛을 발하며 손을 내밀다가 움찔하며 멈췄다.

그와 함께 발동되는 아크의 직감!

아크는 뉴월드에서도 이와 비슷한 경험을 해 본 적이 있었다. 수많은 아이템을 늘어놓고 그중 하나만 선택하라는 '이런' 상황. 그러나 사실 이런 상황은 말이 되지 않는다.

아크가 아닌 누구라도, 어차피 가장 좋은 것을 선택할 테니까. 그리 생각하면 애초에 이런 식으로 아이템을 늘어놓는 것은 아무런 의미도 없지만, 그래서다.

그래서 대체로 이런 상황에는 한 가지 조건이 따라붙는 경우가 많았다. 바로…….

"혹시 한번 손대면 무조건 가져가야 한다던가?"

"역시 예리하군."

후안 백작이 씨익 웃으며 끄덕였다.

"그게 마지막 시험이네. 훌륭한 개척자에게 필요한 것은 여러 가지가 있지만 역시 안목을 빼놓을 수 없지. 유물의 진정한 가치를 알아보는 눈. 자네가 소문대로의 개척자라면 당연히 그 정도의 자질은 갖추고 있을 터. 그러니 손을 대지 말고 오직 자네의 눈과 직감만으로 찾아보게. 어느 것이 지금 자네에게 가장 필요한 유물인지."

'젠장, 이럴 줄 알았어!'

예상은 했지만 죽을 맛이다.

그러나 어쩌겠는가? 물건 주인이 까라면 까는 수밖에.

아크는 각오를 새로 다지고 눈알을 돌출시키며 아이템을 노려보았다.

'좋아! 그렇게 나온다면 해 주겠어! 이건 이제 나와 후안 백작의 승부! 보란 듯이 가장 좋은 아이템을 찾아 헉, 소리가 나오게 해 주마!'

그와 함께 맹렬하게 회전하는 머리!

이럴 때는 일단 집중해서 살펴볼 아이템을 줄이는 것이 먼저다. 그리고 그건 굳이 머리를 굴릴 필요도 없었다.

같은 등급의 아이템이라도 아머보다 무기가 더 비싼 것은 상식. 그리고 아크가 특화 기술로 선택한 검파는 광선검파니 무기를 선택할 거라면 당연히 광선검이다.

'슬슬 바꿀 때가 됐다고 생각하고 있었는데……'

아크는 이퀄라이저가 꽤 마음에 들었다.

성능도 성능이지만 이퀄라이저는 무라티우스타에서 쿠휄

과의 추억이 깃든 검이라 더 정이 갔다.

그러나 아무리 애정 어린 검이라도 언제까지나 이퀄라이저만 사용할 수는 없다. 이퀄라이저의 레벨 제한은 120. 반면 아크는 이미 200을 넘긴 지도 한참 된 것이다.

그나마 유니크 아이템이라 지금까지 사용하고 있었지만 이제 공격력만 놓고 보면 레벨 200 대의 일반 광선검과 비슷하거나 되레 떨어졌다.

그래도 옵션이 좋아 전체적으로는 더 높은 위력을 발휘하고 있었지만 조만간 바꿔 주지 않으면 안 되는 것이다.

'하지만 여기 있는 광선검들이 무조건 이퀄라이저보다 좋다고는 장담할 수 없다. 분명 이 광선검들은 최소 레어 템이야. 그건 확실하다. 문제는 레벨이야. 설사 레전드급이라도 레벨 10짜리 광선검이라면 200 대의 일반 템만도 못해.'

가장 난감한 부분이 이것이다.

다른 건 모르겠지만 아이템 레벨만은 눈으로 보기만 해서는 알 수가 없는 것이다.

물론 레벨이 올라가면 대개 더 화려해지지만, 그게 100% 적용되는 것은 아니다. 고렙 아이템 중에서도 심플한 것이 있고, 저렙 아이템 중에서도 엄청나게 화려한 것이 있다. 괜히 그런 것에 현혹되어 레벨 10짜리라도 고르면 폭망!

'방법이 없다. 하지만 서둘러서는 안 돼. 이런 상황에서 가장 위험한 것은 조급함이다. 운을 믿어서도 안 돼. 분명 뭔가

힌트가 될 만한 것이 있을 거야.'

그때 돌출된 눈알로 20여 개나 되는 광선검을 하나하나 짚어 가던 아크의 움직임이 우뚝 멈췄다. 그리고 지나친 광선검을 다시 돌아보았다.

'어? 이건 어디선가…….'

다른 것에 비해 투박하게 생긴 광선검이었다.

아니, 투박한 정도가 아니다. 뭐 유물이니 당연히 과거에 누군가 사용하던 것, 말하자면 중고품이다.

그러나 아크가 돌아본 광선검은 그중에서도 특히 중고품 티가 풀풀 풍겼다. 흠집도 많고 손잡이는 손때가 묻은 가죽 끈 같은 것에 둘둘 말려 있는 것이다.

문제는 이것과 똑같이 생긴 광선검을 본 적이 있다는 것이다. 그것도 비교적 최근에.

'틀림없어! 분명 그것과 똑같아! 이건 내가 몇 번 사용해 봤던 광선검이다! 그런데 왜 그것과 똑같이 생긴 광선검이 이런 곳에…… 가만? 그리고 보니 그 검은…… 맞아! 그거다! 이유는 그것밖에 없어! 만약 내 짐작이 맞다면…… 모험해 볼 가치가 있어!'

"이것으로 정했습니다!"

아크가 그 광선검을 움켜쥐며 소리쳤다.

"호! 벌써 고른 건가? 좀 더 시간이 걸릴 거라 생각했는데."

그러자 흥미진진한 눈으로 지켜보던 후안 백작이 놀란 표정을 지었다. 그리고 눈매를 좁히며 아크의 손에 들린 광선검을 바라보다가 고개를 끄덕였다.

"흠, 과연 아크 자작, 확실히 안목이 있어. 유물의 가치는 외형이 아니라 거기에 담겨 있는 힘에 있지. 그런 점에서 보면 외형에 현혹되지 않고 그 검을 선택한 것은 칭찬할 만하네. 하지만 성급한 게 흠이군. 이런 과제를 던져 준 내가 할 말은 아니지만 그곳에는 그 검보다 뛰어난 검이 최소 5개는 더 있네. 게다가 그 검은……."

"설명은 됐습니다."

아크가 후안 백작의 말을 끊었다.

그리고 씨익 웃으며 백팩에서 또 하나의 광선검을 꺼내 들었다. 왼손에 들고 있는 광선검과 똑같이 생긴 광선검! 순간 후안 백작의 얼굴에 경악의 빛이 번졌다.

"그, 그 검은 설마……."

"야쉬라의 에너지 블레이드. 이 검의 쌍둥이 검입니다."

아크의 양손에서 2개의 광선검이 푸른 검광을 뿜어 올린 것은 그때였다.

야쉬라의 에너지 블레이드(유니크)

아이템 타입 : 광선검	**착용 제한** : 레벨 140
공격력 : 70~75	**내구도** : 100/100

광선검이 등장하면서부터 은하계에는 광선검에 특화된 검술을 수련하는

문파가 등장했습니다. 초기, 이런 광선검술 문파는 한 혹성에 수십 개가 생기는 혼란스러운 시기도 있었지만 시간이 지나며 보다 강한 문파에 병합되어 안정기를 맞이했습니다.

야쉬라는 안정기를 맞이하기 전 시대의 검사로, '마가라틱'이라는 광선검술 문파에서 최강으로 손꼽혔습니다. 그러나 '카논'이라는 광선검술 문파에 무사 수행을 하러 간 이후로 누구도 그의 행방을 알 수 없었다고 합니다. 일설에 의하면 그는 '카논' 문파의 결투에서 새로운 깨달음을 얻고 직접 검술을 창안해 자신이 사용하던 무구에 새겨 넣었다고 합니다. 그 무구를 모두 찾으면 최강의 필살기를 배울 수 있다고 전해지지만……

《공격력 +5%, 공격 속도 +13%》

《특수 옵션(쌍수雙手) : 광선검술의 달인인 야쉬라는 오랜 수련을 하는 사이, 한꺼번에 두 자루의 검을 사용하는 쌍검술을 터득하게 되었습니다. 그런 야쉬라의 손에 길이 든 이 검을 보조 무기로 사용하면 쌍검술을 사용할 때 받는 페널티가 50% 감소합니다.》

그중 새로 얻은 광선검이 이것!

그러나 아크는 이미 이것과 똑같은 광선검을 하나 더 가지고 있었다. 그것이 오른손에 들려 있는 광선검. 바로 얼마 전에 발렌시아가 떨어뜨린 광선검이었다.

이 광선검은 모양만이 아니라, 이름과 정보창의 내용까지 토씨 하나 다르지 않고 똑같았다.

다른 부분은 딱 하나, 특수 옵션이다.

발렌시아가 떨어뜨린 검의 특수 옵션은 검술 스킬에 소모되는 포스를 25% 줄여 주는 '심기心氣'! 그러나 새로 얻은 광선검은 쌍검술을 사용할 때 받는 페널티를 줄여 주는 '쌍수雙手'

가 붙어 있었다. 두 자루의 검을 모두 얻은 지금 생각하면 그건 당연한 옵션이었다.

아크도 방금 전에야 알게 됐지만 애초에 '야쉬라의 에너지 블레이드'는 한 자루만 존재하는 것이 아니었다. 아크가 말한 대로 이 두 자루는 쌍둥이 검!

다시 말해…….

-세트 아이템 효과가 발동했습니다.

*현재 장착한 세트 아이템 : 《야쉬라의 유산》

《야쉬라의 에너지 블레이드》, 《야쉬라의 에너지 블레이드》, 《??》

야쉬라의 유산 세트를 2종 갖춰 1단계 세트의 효과가 적용되었습니다.

《1단계(쌍검술의 대가) : 검 공격력 +20%》

세트 아이템!

사실 아크가 '야쉬라의 에너지 블레이드'를 사용하지 않은 건 착용 제한이 140 대로 이퀄라이저보다 높지만 성능은 떨어져서였다.

이퀄라이저는 공격력이 75~80. 반면 '야쉬라의 에너지 블레이드'는 70~75밖에 되지 않는다. 뿐만 아니라 보너스 옵션도 이퀄라이저가 더 높았다.

'엘라인에게 줄까도 생각했지만…….'

엘라인은 얼마 전에 이미 'G-100의 팔'이라는 매직 템을 장착해 주었다. 그리고 이퀄라이저보다 성능이 떨어진다지만 140 대의 유니크 광선검, 이런 고가의 아이템을 NPC에게 주기도 좀 뭐하다.

때문에 그냥 경매장에 올릴까 생각도 했다.

그러나 세트 아이템이라는 점이 마음에 걸려 혹시나 하는 마음에 가지고 있었던 것이다.

그런데 나왔다! 세트 아이템!

'그게 설마 쌍둥이 검일 줄은 상상도 못 했어. 쌍검이라니, 뭐 나도 호크처럼 한 번쯤 사용해 보고 싶었지.'

실제로 아크는 뉴월드에서 쌍검술을 사용한 적도 있었다.

쌍검술을 제대로 발휘하려면 상당한 검술 실력이 필요하지만, 아크는 이미 어느 정도 훈련이 되어 있는 것이다.

그럼에도 지금까지는 사용하지 못한 이유가 있었다.

쌍검술의 페널티 때문이다.

왼손에 검을 착용한 검은 공격력에 50%의 페널티가 주어지는 것이다. 거기에 한술 더 떠서 옵션 효과에 주어지는 페널티는 100%. 아예 적용되지도 않는 것이다.

그러나 처음부터 쌍검으로 만들어진 검은 이를 감해 주는 옵션이 붙어 있는 경우가 많았다.

바로 새로 얻은 검의 '쌍수'처럼!

'50%의 페널티가 50% 감소하면 왼손의 검도 75%의 공격력을 발휘할 수 있다!'

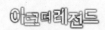

뿐만 아니라 옵션 효과도 50%가 적용된다.

'공격력 +5%'와 '공격 속도 +13%'의 50%면 각각 2.5%와 6.5%. 이걸 오른손의 검 옵션과 합하면 '공격력 +7.5%'와 '공격 속도 +19.5%'가 되는 것이다.

이런 옵션까지 적용하면 결과적으로 '야쉬라의 에너지 블레이드'의 공격력은 75.25~80.25.

여기까지라면 이퀄라이저와 별 차이가 없지만, 세트 아이템 효과로 거기서 다시 20%가 추가된다.

최종적으로 90.75~96.25!

'야쉬라의 에너지 블레이드가 착용 레벨이 더 높은데도 공격력이 떨어졌던 이유가 이거였어. 2개가 갖춰야 비로소 레벨 140 대의 유니크 템의 힘이 발휘하는 검이었던 거야!'

그리고 그 두 자루의 검이 아크의 손에 들려 있었다.

아크의 도박은 성공!

이에 아크의 머릿속에서 엔도르핀이 넘쳐흐를 때였다.

"역시 그 개척자의 말대로 물건도 인연이 닿는 주인은 따로 있는 모양이군. 나 역시 그 검과 짝을 이루는 다른 유물을 찾기 위해 수년을 헤맸지만 결국 손에 넣지 못했네. 물건은 사람을 따라가는 것이니 그 물건의 주인은 처음부터 자네였던 모양이네."

뭐 원래 발렌시아가 가지고 있었지만.

최종적으로 아크의 손에서 짝을 맞췄으니 후안 백작의 말처럼 인연은 아크와 연결되어 있었던 모양이다. 그때 지그시 바라보던 후안 백작이 다시 입을 열었다.

"그 유물은 내 아들이 유난히 좋아하던 것이네. 종종 나머지 유물을 찾아 아버지에게 선물하겠다는 말을 했었지. 이 늙은이의 헛된 바람일지는 모르나, 그 검을 가지고 있는 자네가 아들의 유품을 가지고 나타난 것도 필연이라면 필연. 내가 야쉬라의 유산을 찾을 때 조사한 자료를 넘겨줄 테니 언젠가 나머지 하나를 찾아 완성되면 내게 보여 주지 않겠는가?"

'나머지 유물의 정보!'

이런 부탁이라면 대답은 생각할 필요도 없다.

"꼭 찾아서 보여 드리겠습니다!"

아크가 목청 높여 소리치자 정보창이 떠올랐다.

《야쉬라의 유산》

당신은 뜻하지 않은 기회를 통해 전설의 광선검사 야쉬라가 남긴 유산 중 2개를 손에 넣을 수 있었습니다. 이에 광적으로 유물 수집에 집착하는 후안 백작은 당신에게 나머지 유산을 찾아 보여 달라는 부탁을 해 왔습니다. 그리고 과거 야쉬라의 유산을 찾을 때 조사했던 자료를 넘겨주었습니다. 이 자료를 이용하면 야쉬라가 남긴 나머지 유산을 찾아내게 될지도 모릅니다. 이제 당신에게 필요한 것은 약간의 지혜와 힘, 그리고 많은 운입니다.

난이도 : A

–〈후안 백작의 탐험 일지〉를 획득했습니다.

SPACE 6. 그 남자, 나타나다!

"헉헉헉!"

빡 세기로 정평이 나 있는 검도장 무학관.

다른 관원들이 모두 돌아간 늦은 시간임에도 구슬땀을 흘리며 죽도를 휘두르는 청년이 있었다. 왜냐하면…….

'젠장! 이제 뭘 하지?'

할 일이 없었기 때문이다.

이 할 일 없는 청춘의 이름은 박경진, 얼마 전에 이 도장에서 현우와 대련을 빙자한 막장 싸움을 벌였던 사내였다.

그리고 박경진이 할 일이 없어진 것도 바로 그 막장 싸움 때문이었다. 아니, 정확히 말하면 싸움이 끝난 뒤에 한 말 때문이었다.

－갤럭시안을 접는 것은 내 스스로 결정한 일이다. 이스타나에서 너를 다시 만났을 때, 이번에도 너를 쓰러뜨리지 못하면 게임을 접겠다고, 그런 각오로 싸웠다.

'내가 미쳤지.'
물론 그때는 진심이었다.
그러나 머리까지 차 있던 열이 식자 파도처럼 후회가 밀려들었다.
1년 넘게 키운 캐릭터다. 그리 다복했던 겜생은 아니지만 그래서 더 정이 가는 캐릭터. 그런 캐릭터를 삭제시키는 것은 당연히 말처럼 쉬운 일이 아닌 것이다.
게다가 박경진은 보다 현실적인 문제도 있었다.
그는 프로게이머.
다시 말해 게임은 박경진의 취미이자 생계 수단이었다.
물론 대한민국에 돈을 벌 수 있는 게임이 갤럭시안만 있는 것은 아니다. 그러니 다른 게임을 해도 된다.
그러나 현실이든 게임이든 돈을 버는 것은 쉬운 일이 아니다. 안정된 수입을 얻기 위해서는 일단 캐릭터를 일정 수준 이상 성장시켜 놔야 하는 것이다. 그리고 거기까지 도달하기 위해서는 상당한 자금과 시간을 투자해야 한다.
그러나 지금 박경진은…….
'잔고가 없어!'

원래 부자도 아니었지만!

지난 수개월 동안 박경진은 이를 갈며 현우의 꽁무니만 쫓아다녔다.

프로게이머다운 경제활동은 거의 못한 것이다.

그럼에도 캐릭터는 밥을 먹어야 하고, 레벨에 맞춰 장비품도 바꿔 줘야 한다. 그래야 복수든 뭐든 할 수 있으니까. 그리고 박경진 역시 그러는 와중에도 먹고, 자고, 싸는 대가로 식비며, 공과금이며, 방세는 내야 했다.

덕분에 은행 잔고는 이미 오래전에 탈탈 털린 것이다.

늘어난 것은 마이너스 통장의 숫자뿐.

'복수란 참으로 허망하구나.'

불현듯 인생의 진리 하나를 깨달아 버리는 박경진이었다.

그러나 인생이 진리 하나 깨달았다고 갑자기 술술 풀릴 리가 없었다.

이러는 사이에도 식비며, 공과금이며, 방세는 꾸준히 쌓여 가는 것이다. 그리고 현실적으로 당장 그런 문제를 해결할 방법은 갤럭시안을 물고 늘어지는 수밖에 없었다.

'그냥 말실수한 거라고 해 버릴까?'

요 며칠 박경진의 머릿속에는 수도 없이 그런 생각이 떠올랐다. 그러나 차마 자존심이 허락하지 않았다.

다른 사람도 아니고 수개월 동안 죽이겠다고 쫓아다녔던 현우다.

그 앞에서 그런 빈티 나는 말을 할 수는 없지 않은가.

그러니 할 수 있는 것이 없었다.

'빌어먹을! 현우, 이 망할 자식! 네놈을 만난 이후로 뭐 하나 제대로 되는 일이 없어! 그래, 이건 모두 너 때문이다! 죽어라! 죽어!'

퍽! 퍽! 퍽! 퍽!

-현우.

'아크'에서 '현우'로 바뀐 타격대에 분풀이하는 수밖에.

그리하여 박경진이 구슬땀을 흘리며 '현우'를 묵사발로 만들고 있을 때였다.

"경진아, 그만하고 잠시 이리 와 봐라."

박종훈의 목소리가 들려왔다.

그가 퇴근했다고 생각했던 박경진은 화들짝 놀라며 동작을 멈췄다. 그리고 고개를 돌려보니 박종훈이 비슷한 또래의 사내와 함께 도장으로 들어오고 있었다.

처음 보는 얼굴이었다.

때문에 신입 관원이라고 생각했지만.

"저 녀석이야?"

박경진을 위아래로 훑어보던 사내가 툭 던지듯이 물었다.

박종훈과 비슷한 또래로 보이니 당연히 연상이겠지만 초

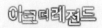

면이 이런 태도를 보이니 기분이 좋을 리가 없었다.

뭐 사내가 나타나기 전에도 좋은 기분은 아니었지만. 이에 박경진이 미간을 찡그리며 불쾌감을 드러내고 있을 때였다.

"음, 저 녀석이 경진이다. 그런데 네가 경진이에게는 무슨 볼일이냐?"

"좀 빌려다 써 볼까 하고."

사내가 드라이버를 빌리러 온 사람처럼 대답했다.

"빌려다 쓴다고? 네가? 저 녀석을? 대체 무슨 일에?"

"여기서 자세히 설명하기는 좀 그래. 너한테는 나중에 천천히 설명해 줄게. 그보다 먼저 확인부터 하자. 어이, 너. 갤럭시안 하고 있지? 레벨도 좀 된다며?"

"네? 그걸 어떻게……."

"자식아, 털면 다 나와. 순순히 불어…… 아니, 그게 아니지. 뭐 나도 바쁜 몸이니 용건만 간단히 말하겠다. 너, 내 밑으로 들어와라. 밥은 굶기지 않을 테니."

"아니, 무슨 그런……."

자다가 봉창 뜯어지는 소리란 말인가?

처음 보는 사람이 대놓고 반말. 거기에 드라이버 취급하더니 이제 밑도 끝도 없이 밑으로 들어오란다.

대체 어느 부분에서 화를 내고 어느 부분에서 황당해해야 할지도 감이 잡히지 않을 정도였다.

이 인간은 아무한테나 그런 말을 하면 '네.' 하고 냉큼 부하가 돼 줄 거라고 생각하는 건가?

아니, 그보다 넌 누구냐고!

박경진은 이런 말이 목구멍까지 치밀어 올라왔다.

그러나 일단은 삼촌의 손님. 잠시 황당한 표정을 짓던 박경진이 박종훈을 돌아보며 물었다.

"대체 이분은 누구입니까?"

뭐 사실 '이 미친놈은 뭡니까?'라고 묻고 싶었지만.

"이 친구는……."

"유저다, 갤럭시안의."

사내가 박종훈의 말을 끊으며 대답했다.

"그리고 내 밑으로 들어오라는 것도 갤럭시안의 얘기다. 그렇지 않아도 잔심부름을 해 줄 사람이 필요하다고 생각하고 있었는데 누가 너를 추천하더군."

"추천? 누가 저를 추천했다는 말입니까?"

"현우다."

"혀, 현우? 그 자식이!"

박경진의 얼굴이 와락 일그러졌다.

그러자 사내가 피식 웃으며 고개를 끄덕였다.

"홋, 예상했던 반응이군. 너와 현우 사이에 뭔가 일이 있었다는 얘기는 대강 들었다. 그래서인지 자기가 소개했다는 말은 하지 말라고 하더군. 하지만 뭐, 어차피 내 밑에 들어오면 나와 현우의 관계는 알게 될 거고, 뭣보다 난 비밀 같은

건 갖지 말자는 주의거든. 어쨌든 그런 얘기다. 됐지? 그러니까 군말 말고 내 밑에 들어와."

"되긴 뭐가 돼요!"

박경진이 울컥한 목소리로 소리쳤다.

"대체 뭐가 '그러니까 군말 말고 내 밑으로 들어와.'입니까? 그건 대체 어느 나라 문법이에요? 아니, 그 전에 제가 왜 현우 자식이 추천했다고 아저씨 밑으로 들어가야 하는데요? 게임을 해도 저 혼자 합니다! 아니, 설사 다른 사람 밑에 들어가도 현우 자식이 소개해 준 사람 밑으로는 안 들어갑니다!"

"왜?"

"에? 왜, 왜라니…… 그야……."

사내의 질문에 박경진이 당황한 표정으로 떠듬거렸다.

물론 이유야 엄청나게 많다. 아니, 많다고 생각했다. 그러나 막상 면전에서 이런 질문을 받으니 명확하게 딱 짚어 얘기할 수가 없었다.

이에 잠시 멍한 표정을 짓던 박경진이 퍼뜩 정신을 차리고 고개를 저으며 소리쳤다.

"아니, 제가 왜 그런 질문에 일일이 대답해야 하는데요? 난 아직 아저씨가 누군지도 모르잖아요! 그리고 싫은데 이유가 어디 있습니까? 싫으면 싫은 거지!"

"뭐 그야 그렇지."

사내는 의외로 순순히 고개를 끄덕였다.

그것으로 용무는 끝. 박경진은 사내의 정체가 궁금했지만 더 이상 말을 섞고 싶지도 않았다. 그래서 타격대로 몸을 돌리는데 사내의 뒤이은 말이 귀에 박혔다.

"약해 빠진 놈이라도 선택의 자유는 있는 거니까."

"뭐라고요?"

박경진이 튕기듯 돌아서며 사내를 노려보았다.

"어떤 놈이 제가 약하다고 합니까? 현우 자식입니까?"

"어라? 뭐야? 그럼 설마 너, 강하다고 생각하고 있었어? 나 참, 요즘 애들은 이게 문제라니까. 주제를 몰라요. 그걸 누구에게 들어야 아냐? 그냥 딱 보면 알지. 사실 나도 그래서 좀 고민하고 있었다. 현우 자식이 꽤 실력이 있다고 떠들어 대서 좀 기대했는데 죽도를 휘둘러 대는 폼을 보니 이건 뭐……. 어이, 저 녀석 네 조카라며?"

"거기서 내 조카라는 말이 왜 나와?"

박종훈이 눈살을 찌푸리며 사내를 째렸다.

그러자 사내는 되레 펄쩍 뛰며 떠들어 대기 시작했다.

"이런 인정머리 없는 놈을 봤나? 그래도 명색이 검도장 관장이나 되는 놈이 조카가 저렇게까지 약해 빠졌는데 삼촌으로서 뭔가 책임감 같은 것도 못 느껴? 그리고 너도 조카가 어디서 맞고 다니면 솔직히 쪽팔릴 거 아니야?"

사내의 말에 박경진이 울컥한 목소리로 소리쳤다.

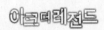

"대체 무슨 소리를 하는 겁니까? 맞고 다니긴 누가 맞고 다녀요?"

"너야말로 이제 와서 뭔 소리야? 아까 말했잖아. 현우에게 대강 얘기는 들었다고. 너, 현우에게 몇 번이나 발렸다며?"

"그, 그건……."

박경진의 얼굴이 확 붉어졌다.

그러나 그것도 잠시, 이내 이를 갈아붙이며 소리쳤다.

"그건 게임 속에서의 일입니다! 현실과 게임은 다르다고요! 현실이라면!"

"현실에서도 이기지 못했지."

"음, 그건 나도 인정하지. 둘 다 졌다. 현우의 스승으로서도, 경진이의 삼촌으로서도 쪽팔린 일이었지. 그러고 보니 네 말대로 내가 좀 무책임했다는 생각도 드는군."

박종훈이 고개를 끄덕이며 덧붙였다.

"그때는 나도 열이 뻗쳐서 실력 발휘를 못 한 겁니다! 다시 붙으면……."

"약한 놈들이 꼭 그런 식으로 말하지."

"뭐요? 누구인지는 모르겠지만 계속 그런 식으로 나오면 저도 참지 않을 겁니다!"

"하아? 참지 않겠다? 참지 않으면?"

"정말……."

죽도를 움켜쥔 박경진의 팔이 부들부들 떨렸다.

정말 옆에 박종훈만 없었다면 이미 그 죽도로 저 실실대는 사내의 면상을 알아보지도 못하게 만들어 줬을 것이다. 그런 생각을 하던 박경진은 불쑥 이상한 생각이 들었다.

박종훈은 예의를 몹시 따지는 사람이다.

특히 이 도장에서 예의에 어긋나는 행동을 하는 사람을 두고 본 적이 없었다.

아마 다른 때였으면 박경진이 이렇게까지 화를 내기 전에 뭐든 했으리라. 그런데 이 예의라고는 눈곱만큼도 없는 사내에게는 아무런 말도 하지 않는 것이다.

'그렇게까지 친한 사이인가?'

박경진이 그런 생각을 하고 있을 때였다.

"어린애를 괴롭히는 것 같아서 좀 뭐하지만 아무래도 어른으로서 현실을 가르쳐 줄 필요가 있겠군. 뭐 원래 어린애들은 맞으면서 크는 거니까. 어이, 박 관장, 괜찮겠지?"

"뭐 나야 상관없다만."

"좋아. 자, 한번 붙어 보자."

사내가 몸을 쭉쭉 풀며 대련장으로 걸어갔다.

이건 대체 또 무슨 상황인가?

새삼스럽지만 박경진은 아직 이 사내가 누군지도 모른다. 그런데 실컷 열 받게 만들더니 이제 한판 붙자?

뭐 이런 경우 없는 인간—사실 그러는 박경진도 며칠 전에 현우에게 그런 식으로 시비를 걸었다—이 다 있단 말인

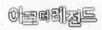

가? 완전 마이 페이스! 아니, 그냥 또라이다.

　박경진은 어이가 없었지만 차라리 잘됐다고 생각했다.

　이제 사내가 누구인지는 관심도 없었다. 아니, 누구라도 상관없다. 이미 박경진도 이대로 집에 가면 발 뻗고 숙면을 취하지 못할 정도로 열 받아 버린 것이다.

　"좋습니다. 붙어 드리죠."

　박경진이 살벌한 목소리로 대답했다.

　그리고…….

　"응? 뭐 하냐? 붙어 주겠다며?"

　멀뚱멀뚱 바라보던 사내가 고개를 갸웃거리며 물었다.

　그러나 묻고 싶은 건 박경진이었다.

　"호구를 입고 와야 대련이든 싸움이든 할 거 아닙니까?"

　"에? 호구?"

　박경진의 말에 사내가 호구라는 말을 난생처음 듣는 사람처럼 되물었다.

　"혹시 그 호구라는 거, 지금 네가 입고 있는, 그러니까 약한 놈들끼리 싸울 때 아프지 말라고 입는 그런 거 말하는 거야? 와! 이 자식, 약하기만 한 줄 알았는데 눈까지 나쁘네. 설마 지금 네가 들고 있는 그 작대기가 내 몸에 닿을 거라고 생각하고 있는 거냐?"

　"뭐, 뭐라고요?"

　"아니, 됐다. 뭐 그래도 사내자식인데 야망은 크게 가져야지. 어쨌든 그런 배려는 해 주지 않아도 되니까 그냥 와라.
자, 컴 온! 컴 온!"

'대체 뭐야? 이 인간은?'

박경진이 당혹스러운 표정으로 박종훈을 돌아보았다.

그러나 박종훈은 이런 사내의 태도에도 팔짱을 끼고 뒤로
물러나 있었다. 도무지 납득할 수 없는 태도였다. 그러나!

'뭐든 상관없다!'

박경진이 죽도를 꽉 움켜쥐었다.

꽤 오래 죽도를 내려놓기는 했지만 박경진은 어려서부터
무학관에서 검도를 배웠던 몸이다. 그리고 지금도 10년 이상
된 관원과 붙어도 밀리지 않는 수준!

죽도라도 제대로 맞으면 뼈 정도는 우습게 부술 수 있는
실력을 가지고 있는 것이다.

그러나 사내는 박경진이 원해서 호구를 벗은 것이 아니다.
사내가 입지 않은 것이다. 그리고 박종훈도 묵인하는 분위기
니 설사 불상사(?)가 벌어져도 책임을 묻지는 못하리라.

'본때를 보여 주마!'

박경진이 힘차게 발을 구르며 앞으로 뛰어나갔다.

그리고 죽도를 내리치는 순간!

퍼펑-!

튕겨 날아가는 사람은 박경진이었다.

그와 함께 두꺼운 호구를 관통하며 들어오는 숨이 턱 막히

는 충격! 박경진은 한참을 물러난 뒤에야 사내의 옆차기에 얻어맞았다는 것을 알 수 있었다.

'현우와 같은 발 차기!'

……라는 생각이 들었지만 수준은 전혀 달랐다.

이런 무지막지한 '관통 대미지'가 붙어 있는 발 차기라니?

그때 사내가 숨 돌릴 틈 없이 다가오며 다시 발을 움직였다. 보이지는 않는다. 그러나 본능적인 위기감에 박경진은 황급히 자세를 잡고 죽도를 들었다. 순간 콰직, 하는 소리와 함께 박경진은 옆으로 튕겨 날아갔다.

그냥 발 차기다. 그리고 죽도로 막았다.

그럼에도 사내보다 20킬로그램은 더 무거워 보이는 박경진이 허공에 붕 떠서 수 미터나 날아갔다. 직접 경험하면서도 믿기지 않는 상황!

'설마 이 사람은…….'

순간 박경진의 머릿속에 떠오르는 사람이 있었다.

본 적은 없었다. 그러나 '그때' 이후로 새벽 수련을 할 때 종종 얼굴이 마주치는 현우에게 이와 비슷한 사람에 대해 들었던 기억이 있었다.

-헉헉헉, 젠장, 이건 경찰청에서 훈련할 때보다 빡 세네. 뭐 그때보다 시간은 짧지만. 엉? 무슨 경찰청이냐고? 아, 실은 내가 현직 형사에게 태권도를 배울 때가 있었거든. 말도

마라, 관장님도 만만치 않지만 그 형도 장난 아니야. 일단 사람이 무슨 쇳덩어리로 만들어졌다고 생각하는 사람이니까. 아니, 그 형은 정말 쇳덩어리로 만들어졌을지도 몰라. 너도 맞아 보면 그렇게 생각하게 될 걸. 무슨 철봉에 맞는 기분이니까.

　현우와 아는 사람, 이 안하무인 같은 성격, 그리고 철봉에 맞는 듯한 충격까지. 모든 것이 현우가 말하던 사람과 정확하게 일치했다.

　'틀림없어! 이 사람은…….'

　박경진이 퍼뜩 고개를 들어 사내를 바라보았다.

　그러나 박경진의 생각은 거기서 더 이어지지 못했다.

　시선을 돌리는 순간 그의 머리를 향해 경쾌한 포물선을 그리며 떨어지는 철봉! 아니, 사내의 다리! 그리고…….

　'……헉!'

　눈을 떴을 때는 바닥에 대자로 누워 있었다.

　뒤이어 머리에서 전해지는, 문자 그대로 뽀개지는 듯한 통증에 박경진은 무슨 일이 벌어졌는지 이해할 수 있었다. 마지막으로 봤던 발 차기에 기절해 버린 것이다.

　상황을 이해하자 삼촌의 태도도 납득할 수 있었다.

　그의 삼촌 박종훈, 분명 그는 모든 면에서 엄격한 사람이었다. 그러나 딱 하나, 예외가 있었다. 자신이 인정하는 사람

에 대해서는 어지간한 것들은 묵인하고 넘어간다는 것이다.

여기까지 생각하면 이제 사내의 정체는 의심의 여지가 없었다. 그에게 의식불명이라는 난생처음 겪어 보는 경험을 선사해 준 사내는 아마도…… 아니, 분명…….

'저 사람이 현우의 격투기 스승 이명룡……!'

"후후후, 봤냐?"

그때 근처에서 히죽거리며 떠드는 소리가 들려왔다.

자신을 뻗어 버리게 만든 사내의 목소리였다. 그러나 더 이상 울컥하는 기분은 느껴지지 않았다. 하물며 벌떡 일어나 다시 붙자는 말 따위, 엄두도 낼 수 없었다.

아직 그가 현우가 말했던 이명룡이라는 사람인지 아닌지는 모르겠지만 한 가지만은 확실하게 깨달았기 때문이다.

급이 다르다!

그리고 이런 인간과 얽히면…….

좋은 꼴은 못 본다!

그러니 당연히 사내의 스카우트 제의는 거절!

뭐 이게 스카우트 제의인지도 모르겠고 처음부터 받아들일 생각도 없었지만, 어쨌든 그런 결론에 도달한 박경진이 얼른 사내에게 '정중히' 거절의 뜻을 밝히려 할 때였다.

"딱 세 방이다. 이 몸은 너와 달리 아직 팔팔한 현역이라고."

"허, 너도 참 얇다. 고작 어린애 하나 때려눕히고 뭘 그리

잘났다는 듯이 실실 웃고 있냐? 그리고 세 방? 나라면 일격이었을 거다."

"뭐야? 일격?"

"못 믿겠냐? 그럼 저 녀석이 깨어나면 직접 보여 주지."

"아니, 잠깐! 사실 이제 와 말이지만 좀 전에는 반은 장난이었어. 나도 작정하고 붙으면 저런 녀석은 한 방! 아니, 반 방이면 끝낼 수 있다고!"

"반방은 뭐냐? 그건 대체 무슨 기술인데?"

"그런 게 있어! 내가 수년간 피나는 연마 끝에 터득한 필살기 같은 게 있다고! 어? 뭐냐? 그 야리는 눈빛은? 못 믿는 거냐? 못 믿겠다는 거야?"

"너라면 믿겠냐?"

"진짜라니까! 못 믿겠다면 보여 주지! 야, 거기 너! 고작 그거 한 방 맞았다고 언제까지 누워 있을 생각이냐? 얼른 일어나! 이 몸의 필살기를 먹여 주마! 반방에 가는 필살기를!"

"그래, 얼른 일어나라. 나도 구경 좀 해 보게."

뒤에서 들려오는 두 남자의 목소리.

'이, 이 인간들, 대체 내 몸을 뭐라고 생각하는 거야?'

이런 말이 목구멍까지 치밀었지만 박경진은 입을 꾹 다물었다.

깨어나면 맞는다!

이명룡―아마도―이 개발했다는 반방에 가는 필살기를!

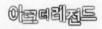

뭐 그런 웃기지도 않는 필살기가 진짜 있을 것 같지는 않지만, 그래서 더 무서웠다.

저 인간이 떠들어 대는 말로 예상하건대 분명 박경진은 그 반방에 간다는 필살기가 성공할 때까지 맞아야 하리라.

이대로 쭉 의식불명인 상태로 있는 것, 이제 살 방법은 그 것밖에 없었다.

'현우, 이 자식! 죽여 버리겠어!'

박경진의 눈에서 꺼졌던 복수의 불길이 활활 타올랐다.

그때 현우, 그러니까 아크는…….

"후후후, 대박이다!"

행복한 표정으로 허리에 채워져 있는 두 자루의 광선검을 바라보고 있었다.

하나는 후안 백작에게 받은 '야쉬라의 에너지 블레이드'. 그리고 다른 하나는 바로 박경진, 발렌시아가 떨어뜨린 '야쉬라의 에너지 블레이드'. 이번에 맞춘 세트 아이템이다.

거기에 남은 하나를 찾는 퀘스트까지!

물론 아크는 《사라진 자렌족》을 끝내고도 아직 4개나 되는 퀘스트가 남아 있었다.

그러나 퀘스트가 많다고 페널티가 주어지는 것도 아니다.

하물며 대박이 보장된 퀘스트. 거절할 이유가 없었고 마음 같아서는 당장이라도 날아가고 싶었다.

'하지만 역시 당장은 무리겠지.'

지금은 더 급한 퀘스트가 남아 있기 때문이다.

바로 직업 퀘스트 《위대한 여정》, 다시 말해 신기를 찾는 일이다.

이건 토트가 틈만 나면 난리를 친다는 이유도 있지만, 사실 토트가 아니라도 가장 먼저 해결해야 할 과제였다.

당연하다. 신기는 그 자체만으로도 레어나 유니크와 맞먹는 성능의 장비품일 뿐만 아니라 오신기를 모두 찾으면 전직을 할 수 있는 것이다.

그리고 현재까지 찾은 신기는 '바이우스 실드', '쿠휀의 보갑', '팬텀 부츠', 그리고 '비스트'까지 총 4개. 이제 오신기 완성까지는 하나밖에 남지 않은 상황이었다.

당연히 아크도 몸이 달았다.

그럼에도 지금까지 신기를 찾아 나서지 못한 이유는 신기의 위치를 모르고 있었기 때문이다. 메가라돈에서 '비스트'를 지키고 있던 미레이는…….

-자낙스는 네가 무장보갑을 제대로 활용할 수 있게 되면 나머지 신기의 위치는 저절로 알게 될 것이라고 말했다.

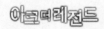

이런 말밖에 해 주지 않은 것이다.

그러나 비스트는 그 이후로 한동안 이전의 배틀슈트, 하이 퍼드론을 흡수하느라 기동조차 되지 않았다.

마음은 굴뚝같아도 신기를 찾아 나설 방법이 없었던 것이다. 그러나 이 문제는 이미 한참 전에 해결되었다.

아크가 칼리와 싸우며 비스트를 처음 기동시켰을 때, 미레이의 말처럼 저절로 신기의 위치를 알게 되었다.

바로 '엘림의 헬멧'을 통해서.

비스트를 처음으로 장착하자 '전장의 기억'이라는 기능이 붙어 있는 '엘림의 헬멧'에 자동으로 새로운 데이터가 입력된 것이다.

말할 것도 없이 신기의 위치에 대한 데이터였다.

그러나 그 직후 쥬벨과 호크가 이스타나에서 쿠테타를 일으키는 바람에 동분서주. 그리고 이번의 《사라진 자렌족》까지, 시급을 다투는 일부터 처리하느라 미뤄 둘 수밖에 없었다. 그러나 이제 더는 미룰 이유도, 미룰 생각도 없었다.

당연히 다음 목표는 신기!

그러나 아무리 마음이 급해도 할 일은 해야 한다.

실버스타에 타고 있는 100여 마리의 문어들! 그냥 문어도 아니고 하나같이 풍선처럼 빵빵하게 부푼 비만 문어들이다. 이런 문어들을 태우고 신기를 찾으러 갈 수는 없는 일.

아니, 도중에 다른 용무가 생겨 좀 돌아왔지만 애초에 이스타나로 돌아온 이유가 이들 때문이다. 그리하여 아크는 바로 실버스타를 T-20으로 이동!

"T-20에 도착했습니다."

"좋아, 호수 근처에 착륙시켜라."

슈슈슈슈! 슈슈슈슈!

-아크 님이다! 아크 님이 돌아왔다!

실버스타가 호수 옆에 착륙하자 문어들이 모여들었다.

-아크 님, 어떻게 됐습니까? 갔던 일은 잘됐습니까? 네? 네?

그리고 아크가 밖으로 나오자 기대 이런 시선을 보내왔다.

문어들이 이런 눈빛을 보내오는 이유는 T-20을 나설 때 슬쩍 부룸 일족에 대한 언질을 해 주었기 때문이다.

그리고 지금!

아크는 밝은 표정으로 문어들의 기대에 보답해 주었다.

"네, 잘됐습니다."

-그, 그럼?

"이제 식구가 100명 정도 늘어나게 될 겁니다."

-오오, 100명! 100명이나! 고맙네! 이 보답을 어찌해야 할지 모르겠군.

뭐 이미 어떤 보상을 받게 될지는 알고 있다.

아크가 괜히 바쁜 시간을 쪼개서 문어를 T-20으로 데려온 것이 아니다.

보상은 이미 아크에게 3개나 떼어 주고도 아직 5개나 남아 있는 바쿰의 다리. 그것으로 이제 '자렌족의 증표'도 Lv.4로 업그레이드가 되는 것이다.

그러나 바쿰도 다짜고짜 다리를 뜯어 주지는 않았다. 모든 거래(?)는 순서가 있는 법.

-아니, 그런 말은 나중에 하세. 그보다 먼저 그들을 보고 싶네. 모성을 잃고 부랑민 신세가 된 그들이 겪은 고초는 누구보다 우리가 잘 알고 있네. 크흑! 분명 말로도 다 못 할 고생을 했겠지. 아마 오랫동안 배불리 먹어 보지도 못했을 거야.

그건 아니다.

부룸 일족은 해저 유적에서 몇 달 동안 배 터지게 먹고 뒹굴며 지냈다. 그래서 실버스타가 미어터질 정도로 대가리 빵빵한 비만 문어가 되어 있는 것이다.

그러나 아직 부룸 일족을 보지 못한 바쿰은 5개의 다리로 퍼덕대는 생선을 들어 올리며 말했다.

-뭣보다 먼저 그들에게 밥부터 먹여 주고 싶네.

……물건(?)부터 보자는 말이다.

"네! 토리, 데리고 나와라."

아크가 빙긋 웃으며 말하자 토리가 100여 마리의 부룸 일족을 데리고 실버스타에서 나왔다. 이에 바쿰과 문어들은 눈물까지 글썽이며 그들을 향해 뛰어갔다.

-오오! 동족이여!

그리고 감격의 상봉 장면이 연출되려는 찰나!

-으아아아악!

바쿰과 문어들이 비명을 터뜨리며 급브레이크를 밟았다.
그리고 실버스타에서 쏟아져 나오는 부룸 일족을 향해 생선
을 던지며 아크에게 뛰어왔다.

-몬스터! 몬스터네! 아크, 몬스터라고!

"아니, 저들은 자렌족입니다."

-자렌족? 자네, 뭔가 착각하는 것 아닌가? 그냥 머리통 밑에 다
리가 8개 달려 있다고 다 자렌족이 아니네. 저건 그냥 몬스터야! 자
렌족이 아니라고!

'뭐 전혀 예상하지 못했던 반응은 아니지만……'

아크가 펄펄 뛰며 소리치는 바쿰을 바라보며 한숨을 불
었다. 그리고 이제 정말 지긋지긋하지만, 다시 해저 유적에
서 있었던 일을 바쿰에게 설명해 주었다.

-그런 일이 있었던 건……

설명을 들은 바쿰은 새삼스러운 눈으로 실버스타 앞에 모
여 있는 부룸 일족을 바라보았다. 그러기를 잠시, 문득 생각
난 표정으로 물었다.

-그런데 저들은 이제 어쩔 생각인가?

"어쩌다니요?"

-혹시…… 우리와 같이 지내게 할 생각은……

"네, 그럴 생각으로 데려왔는데요?"

-마, 말도 안 됩니다!

그때 뒤에서 문어들이 펄쩍펄쩍 뛰어오르며 소리쳤다.

-저런 것들과 함께 살아야 하다니? 과거에는 어땠는지 모르겠지만 지금 저들은 몬스터! 그리고 사실 아크 님도 저들에 대해 자세히 알지는 못하지 않습니까?

-저들은 그냥 저희를 닮은 몬스터일지도 모릅니다!

-아니, 저들이 진짜 자렌족이라고 해도 지금은 몬스터입니다! 저런 몬스터들과 함께 지내면 불안해서 잠도 제대로 못 잘 겁니다! 자는 사이에 잡아먹힐지도 모르니까!

-저희는 싫습니다! 무섭다고요!

부름 일족을 손가락질하며 소리치는 문어들!

-이, 이럴 수가!

덕분에 부름 일족은 R-14에 이어 또다시 OTL!

몬스터로 변한 외모에 한때는 넘치는 자신감을 주체하지 못했던 시절도 있었지만, R-14에서 다짜고짜 공격을 받은 것도 모자라 이제 동족에게까지 버림받아야 하는 신세가 돼 버린 것이다.

이에 부름 일족은 망연자실! 할 말을 잃고 털썩 주저앉아 닭똥 같은 눈물을 뚝뚝 떨어뜨릴 뿐이었다.

'설마 이런 반응을 보일 줄은······.'

당혹스럽기는 아크도 마찬가지였다.

당연히 좀 놀라기는 하겠지만 사정을 설명하면 납득할 거라고 생각했던 것이다. 그러나 막상 문어들의 말을 듣고 보니 이해하지 못할 반응은 아니었다.

부룸 일족은 단순히 외형만 변한 것이 아니다.

외형과 함께 붉은색으로 물든 이름. 이전에 자렌족이었다는 것만 제외하면 100% 몬스터! 그것도 레벨 160~170짜리 몬스터. 평범한 문어가 잡아먹힐지도 모른다는 공포에 떠는 것은 당연한 일이었다.

문제는 그것만이 아니었다.

─저들의 사정은 딱하게 됐지만 다른 자렌족이 하는 말도 일리는 있네. 더구나 지금 우리 일족의 암컷은 얼마 전부터 산란기에 접어들었네. 그리고 산란기에 접어든 암컷은 상당히 예민해지지. 과거 동족이었다고 해도 몬스터를 그런 암컷들 근처에 두는 것은…….

문어들이 좋아하는 물과 생선!

그런 조건을 두루 갖춘 T-20의 윤택한 환경 덕분에 문어들이 새끼를 밴 것이다!

젊은 문어들이 펄펄 뛰며 결사반대를 외치는 것도 무리는 아니었다.

그리고 아크 역시 문어들이 이렇게까지 펄펄 뛰면 부룸 일족을 무리해서 T-20에서 키우기가(?) 곤란했다.

이 문어들은 관상용(?)이 아니다.

문어는 노동력. 그런데 언제 잡아먹힐지 모른다는 공포에 떨며 잠도 제대로 못 잔다면 당연히 노동 의욕이 뚝뚝 떨어지리라. 그리고 그건 곧 아크의 수입이 떨어진다는 의미.

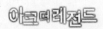

'그렇다면 방법은 하나밖에 없군.'

"알겠습니다. 그럼 저들은 당분간 이큘러스에서 생활하도록 조치하겠습니다."

사실 이편이 아크에게도 이득이었다.

어차피 지금 어묵 바 생산 공장에 필요한 문어들은 충분하다. 이미 문어가 남아돌아 시험적으로 그다지 수입을 기대할 수 없는 농장까지 운영하고 있는 것이다.

물론 바쿰 일족은 이제 노동력이라기보다는 병력에 가까운 몸으로 개조되었다. 그러나 T-20은 얼마 전에 400명의 경비대원이 체류하게 되어 병력도 충분했다.

'하지만 이큘러스는 매장지 확보를 위해 아직 병력이 필요하다. 기왕이면 문어들도 레벨을 올리는 편이 유사시에 더 도움이 될 테니 그편이 나아.'

사실 T-20에 돌아오기 전에도 그런 생각을 했었다.

그러나 이큘러스는 문어들이 살기에 척박한 환경. 부룸 일족이 T-20처럼 좋은 환경을 두고 이큘러스로 가려고 할 리가 없었다. 그러나 이제 부룸 일족도 선택의 여지는 없다.

그리하여…….

－아빠, 다녀오세요!

－돈 많이 벌어서 맛있는 거 많이 사 주세요!

－크흑! 그, 그래. 돈 많이 벌어 와서 해초든 생선이든 배가 터지게 먹여 주마!

몬스터로 변한 부룸 일족은 어린 문어들을 바쿰 일족에 맡기고 이큘러스로 가기로 결정되었다. 차마 눈물 없이 볼 수 없는 장면이었지만 어쨌든!

'이것으로 한 건 해결!'

부룸 일족을 일단 관리 사무소로 이동—다른 문어들이 무서워하니까!—시킨 아크가 씨익 웃으며 바쿰을 돌아보았다. 그러자 바쿰이 고개를 갸웃거리며 물었다.

-왜 그러나?

"네? 아니, 그게 그러니까…….."

아크가 쭈뼛거리자 바쿰이 뒤늦게 생각난 표정으로 말했다.

-아! 그렇군! 내 잠시 잊고 있었군. 그래, 그러고 보니 자네에게 보답을 해 준다는 것을 깜빡했군. 저런 자렌족이라도. 아니, 저런 자렌족이라 더 힘들었겠지. 그런 자네의 노고에 보답하지 않는다면 자렌족으로서 수치스러운 일! 자, 자렌족의 증표를 줘 보게.

'휴, 다행이다.'

바쿰의 말에 아크는 가슴을 쓸어 내렸다.

이제 아크가 알고 있는 문어는 없다. 이번에 업그레이드를 못하면 언제 다시 기회가 올지 모르는 것이다.

그런데 문어들이 하도 질색해서 자칫 보상을 받지 못하는 것은 아닐까 걱정했는데 다행히 '저런 문어'들이라도 일단은 자렌족이라 보상은 해 주려는 모양이다.

이에 아크가 얼른 '자렌족의 증표'를 꺼내려는 찰나!

-안 됩니다!

다른 문어가 눈치 없이 끼어들었다.

-가능한 한 많은 자렌족을 구하기 위해 희생하는 대장로님의 뜻은 이해합니다. 그리고 저들이 우리 동족이라면 우리도 반대할 생각은 없습니다. 하지만 저들은 동족이 아닙니다! 그냥 몬스터입니다!

-아니, 하지만 어린 문어들도 있고…….

-그래 봐야 40명밖에 안 됩니다. 은하계에 뿔뿔이 흩어진 자렌족은 수천수만! 고작 40명밖에 되지 않는 자렌족을 구해 준 보답으로 다리를 뜯어내신다면 대장로님의 다리가 남아나겠습니까? 남은 다리마저 다 잃으면 대장로님은 그냥 공이라고요!

-음…….

문어들의 반대에 바쿰이 난감한 표정을 지었다.

아크도 난감한 표정을 지었다.

어쩌 분위기가 안 좋은 방향으로 진행되고 있는 것이다. 아니나 다를까.

-자네에게는 미안하지만 저들의 말도 일리가 있군. 물론 나는 자네에게 보답하는 것을 주저하지는 않네. 하지만 내 다리에도 한계가 있으니 자렌족을 데려올 때마다 보답을 할 수는 없어. 아깝군. 하다못해 몬스터로 변하지 않은 자렌족이 10명만 더 됐어도…….

'젠장, 텄군.'

아크의 입에서 한숨이 흘러나왔다.

사실 이건 의외의 상황이라고는 할 수 없었다.

퀘스트로 등록되지는 않았지만 이 역시 따지고 보면 퀘스트. 보상을 주는 데는 나름의 기준이 있는 것이 당연하다.

문어를 1마리씩 데려올 때마다 다리를 뚝뚝 떼어 주지는 않을 거라는 말이다. 그리고 바쿰의 말을 들어 보니 그 기준은 50마리.

'그런 줄 알았으면 인쿼리에서 하쿤 일족을 찾았을 때 50마리씩 데려오는 건데…….'

때늦은 후회였다.

-너무 섭섭해하지 말게. 이번에는 다른 자렌족의 만류도 있어 보답해 주지 못하겠지만 약속하지. 이제 10명! 다음에는 10명만 더 데려오면 꼭 보답을 해 주겠네. 지금까지 300명이 넘는 자렌족을 구한 자네니 10명쯤은 아무것도 아니지 않나?

바쿰의 말도 딱히 위로가 되지 않았다.

불과 10마리만 찾으면 된다고 해도 이전과는 상황이 다르다. 이전에는 R-14에 저금(?)해 놓았던 문어들이 있어 여유가 있었지만 이제 문자 그대로 아무것도 없이 은하계를 뒤져야 하는 것이다.

아니, 그보다 너, 그 보상이 네 다리라는 건 알고 하는 말이냐?

아크의 머릿속에 이런저런 생각이 스쳐 지나갔지만 이건

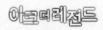

강요할 수 있는 일이 아니었다. 시스템이 그렇다면 강요한다고 될 일도 아니고, 괜히 문어들의 호감도만 떨어지리라.

그리고 보상이 전혀 없는 것은 아니었다.

-이건 보상이라고 하기는 뭐하지만 받게. 왠지 모르지만 같은 생선을 사용하는데도 얼마 전부터 가끔 이런 것이 나오더군. 자네에게 도움이 될 것 같아서 챙겨 놨네. 자, 넣어 두게.

바쿰이 슬쩍 번쩍번쩍 빛나는 우주 식량을 찔러 주었다.

우주 식량(메가 피라냐 : 최상급)×11

이스타나의 동부 아웃랜드에 자리 잡은 폭포호수에서 서식하는 메가 피라냐로 만들어진 우주 식량입니다. 본래 메가 피라냐를 사용하면 고품질의 우주 식량을 얻을 수 있지만, 이 우주 식량은 돌연변이라고 할 수 있을 정도로 품질이 뛰어납니다. 이런 우주 식량은 숙련된 직공의 손에서도 천의 하나 확률로밖에 얻을 수 없는 귀한 물건입니다.

《만복도 +90%, 3분에 걸쳐 생명력과 정신력이 2,000만큼 회복됩니다.》

최상급 우주 식량!

메가 피라냐로 만든 기존의 제품에 비해 10배의 회복량을 가진 우주 식량이었다.

그것만이 아니었다. 사실 아크는 요즘 T-20을 바이엔과 하마드란, 멜린, 그리고 A에게 완전히 맡겨 둔 상태라 모르고 있었지만 그사이 문어들이 생산하는 우주 식량은 전체적으로 품질이 한 단계 올라가 있었다.

문어들도 우주 식량을 생산하는 사이 숙련도가 올라갔기 때문이다.

최상급 우주 식량이 나오기 시작한 이유도 그것.

아이템을 제작할 때 낮은 확률로 최상급품이 나오는 것처럼 문어들의 숙련도가 상승하자 때때로 이런 우주 식량이 만들어지는 것이다. 당연히 이런 변화는 아크에게 더 많은 수익을 가져다주리라.

'뭐 내가 없어도 잘 굴러가고 있군.'

'자렌족의 증표'를 업그레이드하지 못한 것이 아쉽기는 하지만 나름 긍정적인 변화를 체감한 아크는 만족스러운 표정으로 T-20을 둘러보았다.

이전에 왔을 때 지시해 둔 복구 작업도 이미 완료되어 있었다. 그러나 딱 하나, 마음에 들지 않는 구석이 있었다.

바로 얼마 전부터 시험적으로 운영하고 있는 농장이었다.

이전에 왔을 때는 거기에 제법 많은 작물이 재배되고 있었는데 지금 보니 가시덩굴과 흉측하게 생긴 괴상한 식물의 잔해로 뒤덮여 있었다.

'저건 대체 뭐지?'

바쿰에게 최상급 우주 식량을 받아 챙긴 아크는 일단 관리 사무소로 향했다. 그리고 T-20의 경영진을 모아 놓고 농장에 대해 물어보자…….

"제 잘못입니다!"

A가 탁자에 머리를 박으며 소리쳤다.

"뭔 소리야? 네 잘못이라니?"

"그, 그게……."

A가 불안한 표정으로 눈알을 굴리며 설명했다.

"실은 지난번에 보고했던, 약품 상점에서 재배하던 식물이 변이를 일으켰다는 사건 말입니다. 그 사건은 아크 님이 T-20을 나간 직후 경비대를 동원해 변이를 일으킨 식물을 모두 폐기 처분하는 것으로 해결했습니다. 그런데 그 보상으로 경비대가 받아 온 건 씨앗이었습니다. 원래 약재로 사용되는 식물의 씨앗인데 그것도 방역 시설에서 유출된 약품에 젖어 불안하다며 약품 상점 주인이 보상이랍시고 몽땅 경비대에 넘겼답니다."

그래서 A는 생각했다.

그래도 혹시 모르니 일단 심어 보자고.

A가 여기까지 말하고 아크의 눈치를 살피자 바이엔이 일러바치듯이 말했다.

"전 말렸지만 저 녀석이 고집을 피우며 심었어요. 그랬더니 괴상한 식물들이 엄청난 속도로 자라나 주위의 작물을 먹어 치우더라고요. 아니, 작물만이 아니에요. 거기서 일하던 문어들까지 잡아먹힐 뻔했다니까요. 다행히 경비대를 출동시켜 처리하기는 했지만 작물은 보다시피 전멸해 버린 뒤였죠. 나 참, 대체 무슨 배짱으로 그런 짓을 한 건지."

"저, 저는 그저 아크 님에게 도움이 되고 싶어서……."

"그걸 지금 말이라고 하냐? 너 때문에 기껏 몇 달 동안 공들인 작물이 몽땅 뜯어 먹혔잖아! 모두 수확을 앞두고 있었다고! 이제 어떻게 책임질 거야?"

"저, 저는……."

바이엔의 추궁에 A는 눈물까지 글썽이기 시작했다.

물론 그건 자신이 저지른 일에 대한 반성보다 그로 인해 아크에게 받을 '벌'에 대한 공포 때문이었다. 그러나 아크의 표정은 의외로 담담했다. 아니, 정확히 말하면…….

'이거 의외로 쓸 만하겠는데?'

아크는 머릿속으로 이런 생각을 하고 있었다.

갑자기 자라나 주위의 작물, 심지어 문어들까지 공격하는 식물. 확실히 말해 작물로써의 가치는 눈곱만큼도 없었다.

그러나 만약 이걸 전투용으로 사용한다면?

뭐 직접 사용해 보기 전에는 뭐라 장담할 수는 없지만 의외로 쓸모가 있을지도 모른다는 생각이 들었다.

물론 그건 그거고 이건 이거.

"내 허락도 없이 멋대로 그런 짓을 한 건 문책을 당할 만한 일이지만, 지난번 경비대의 공격을 막아 낸 공을 생각해서 이번에는 그냥 눈감아 주지. 무슨 말인지 알겠지? 만약 다음에도 또 T-20에 피해를 주는 행동을 하면……."

"안 합니다! 절대 안 합니다!"

아크가 슬쩍 째리자 A가 머리를 광속으로 흔들어 대며 대답했다.

"좋아. 그럼 이번 일은 없던 것으로 하지. 그리고 그 씨앗에 대해서는 내가 직접 알아보마. 지금 가지고 있나?"

"네! 여기!"

알 수 없는 약품에 절어 버린 씨앗×174

아이템 타입 : 작물
……뭐가 나올지 알 수 없습니다.

아크는 이런 정보창의 씨앗이 들어 있는 주머니를 받아 챙겼다.

"그리고……."

아크의 시선이 탁자에 쌓여 있는 서류로 향했다.

이전에는 돌아올 때마다 탁자에 각종 민원서류가 쌓여 있었다. 그러나 400명이나 되는 경비대 덕분에 민원을 들어오자마자 해결!

당연히 지금 아크 앞에 있는 것은 민원서류가 아니었다.

그 서류는 바로 각종 아이템의 설계도와 특허권.

'이러쿵저러쿵해도 일 처리 하나는 빠르군.'

후안 백작의 집에 들렀다 오는 사이 마틴 후작이 약속했던 설계도와 특허권은 이미 T-20에 도착해 있는 것이다.

'토리 자식, 그동안 엄청나게 챙겨 놨군.'

대충 세어 봐도 설계도만 50여 장, 특허권도 20여 장이나 되었다.

대부분은 레벨 100 이하의 아이템이었다.

그러나 어차피 T-20에 모이는 유저는 대부분 레벨 100 이하. 특허권까지 가지고 있으니 재료가 모이는 족족 아이템으로 만들어 팔면 제법 짭짤하게 벌어들일 수 있으리라.

'자, 그럼 자렌족을 이큘러스로 보내고 제이를 불러와 '정체불명의 물체'나 '수상한 구체'의 연구를 맡기면 T-20에서 볼일은 끝난다.'

그리고 그 역시 아크가 직접 나설 필요는 없었다.

물론 이참에 이큘러스에 들러 둘러보는 것도 나쁘지 않지만 이것저것 직접 챙기기 시작하면 한도 끝도 없다. 이제 자잘한 일들은 직원에게 맡길 필요도 있었고, 이미 신기를 찾아가기로 마음먹은 아크는 마음이 급했다.

이런 일은 맘먹었을 때 바로 출발해야 하는 것이다.

"모두 이미 들어서 알고 있겠지만 이번에 데려온 자렌족 중 몬스터로 변한 60마리는 이큘러스로 보낼 예정입니다. 그러나 문어들만 보내면 오해가 생길 수도 있으니 A, 네가 같이 가라. 그리고 이것도 함께 가지고 가서 제이에게 맡겨라. 아, 그리고 돌아오는 길에 이 설계도의 아이템을 만들 수 있는 스킬이 있는 엔지니어도 1명 데려와라."

그리하여 모두 A에게 일임!

'자, 이제…….'

순식간에 모든 일을 정리한 아크가 몸을 일으킬 때였다.

'어? 뭐야, 이건?'

아크가 움찔하며 다시 설계도로 고개를 돌렸다.

그리고 잠시 황당한 눈으로 바라보던 아크는 설계도 뭉치를 집어 들고 실버스타로 뛰어가 토리의 면상에 들이밀며 소리쳤다.

"야! 토리, 이거 뭐야?"

"네? 뭐냐니요? 설계도잖아요?"

"누가 설계도인지 몰라서 물어? 이 내용 말이야! 왜 지금까지 이런 아이템 설계도가 있다는 말을 하지 않은 거야?"

"아니, 제가 1년 전에 몰수당한 설계도를 어떻게 일일이 다 기억하고 있습니까?"

볼멘소리를 하던 토리가 아크가 들이민 설계도를 바라보다가 뒤늦게 손가락을 튕기며 대답했다.

"아! 그러고 보니 이건 기억나네요. '피스트'라는 공방이 망할 때 챙긴 설계도인데 완전 꽝이었어요. 멀쩡한 신발에 충격파를 발생시키는 장치를 달다니, 뭐? 발로도 몬스터를 공격할 수 있는 획기적인 상품? 그 자식들은 그딴 거나 만드니까 망한 겁니다. 개척자가 무슨 팔 병신들도 아니고 어떤 미친놈이 멀쩡한 팔을 두고 발로 몬스터를 걷어찹니까?"

"내가 그런 미친놈이다!"

아크가 키득거리며 나불대는 토리의 면상을 후려치며 소리쳤다. 아크가 이런 반응을 보이는 이유는……

설계도 : 무투가의 신발(∞)

'피스트' 공방에서 개발한 신발입니다. 본래 신발에 충격파를 발생시키는 장치를 부착하는 방식은 몇몇 격투가에 의해 개발되어 있었습니다. 그러나 신발에 그런 장치를 부착하다 보니 무거워져 제대로 상용화되기 힘들었습니다. 이에 '피스트'는 독자적인 연구 끝에 불과 200그램도 되지 않는 무게의 충격파 발생기를 개발하는 데 성공해 특허를 받았습니다.

《제작에 필요한 재료 : 몬스터의 가죽×3(몬스터 가죽의 등급에 따라 완성
 품의 레벨과 등급이 달라집니다), 초경량 합금×4, 충격파 제조 키트×1》

+매직 등급 이상의 몬스터 가죽을 사용하면 랜덤으로 옵션이 1~3개 추가
 됩니다.

+제작 성공 시 100% 확률로 특수 옵션으로 (무예 : 신발을 착용하면 발 차
 기로 파동을 일으켜 적에게 대미지를 입힐 수 있습니다. 공격력은 사용자
 의 힘과 민첩, 그리고 기술 숙련도에 영향을 받습니다.)가 생성됩니다.

※방어구 제작 스킬 Lv.3 이상이 필요합니다.

바로 이것!

의용군의 벼룩시장에서 손에 넣었다고 이슈람에게 빌려 준, 그리고 두 번 다시 돌려받지 못할 게 뻔한 '수련자의 운동화'!

이슈람에게도 그렇지만 이 신발은 아크에게도 주특기를 발휘할 수 있게 해 주는 효과가 있었다.

그러나 이슈람이 그런 신발을 돌려줄 리가 없었다.

덕분에 아크는 내내 속을 끓이고 있었다. 그런데 토리가 망한 회사에서 갈취한 것 중에는 그 '수련자의 운동화'보다 한 등급 높은 '무투가의 신발' 설계도도 있었던 것이다.

물론 이게 토리가 맞을 일은 아니다.

되레 칭찬을 받아야 하는 일일지도 모른다. 팔 병신이니 미친놈이니 하는 말만 떠들어 대지 않았다면.

뭐 어쨌든!

"야! 이거 만드는 데 얼마나 걸려?"

"네? 네? 그, 그건 재료만 다 갖춰지면 하루 정도면……."

영문도 모르고 얻어맞았지만 토리는 따지지 않았다. 뭐 익숙하니까.

"후후후. 그래, 하루면 된단 말이지?"

아크도 신경 쓰지 않았다.

이미 머릿속은 '무투가의 신발'에 대한 생각으로 채워져 있는 것이다.

SPACE 7. 금마의 탑

"휴……."

실버스타의 함교.

선장석에 앉은 아크가 눈을 비비며 한숨을 불었다.

하는 짓을 보면 알겠지만 아크는 피곤했다. 왜냐하면, 토리가 없기 때문이다.

"든 자리는 몰라도 난 자리는 티가 난다더니, 막상 그런 놈이라도 없으니 엄청 귀찮군. 이러니저러니 해도 그 자식도 그냥 밥만 축내는 햄스터는 아니었어."

아크가 텅 빈 조종석을 바라보았다.

T−20을 나오기 직전, 아크는 고민해야 할 문제가 생겼다.

바로 '무투가의 신발' 설계도 때문이다.

아크는 한 번도 써 보지 못하고 이슈람에게 헌납—빌려준 거지만!—한 '수련자의 운동화'보다 한 등급 높은 '무투가의 신발'!

당연히 하루라도 빨리 써 보고 싶었다.

그러나 제작에 하루가 필요했다.

바로 이 부분에서 고민해야 할 문제가 발생했다.

'무투가의 신발'을 만드는 동안 기다렸다가 토리와 같이 가느냐, 놔두고 혼자 가느냐. 물론 제작 도구만 있으면 항해하는 도중에 만들게 해도 된다. 그러나…….

"항해하는 게 무슨 애들 장난인 줄 아십니까? 좌표만 찍어 놓으면 알아서 가는 게 아니라고! 아니, 알아서 가는 건 맞지만, 할 일이 엄청나게 많다고요! 그런데 정박한 우주선도 아니고 항해 도중에 장비품을 만들라니? 저는 잠도 안 잡니까! 죽는다고요! 과로사로!"

펄쩍 뛰는 토리의 말이었다.

물론 이런 말 따위는 아크의 결정에 1도 영향을 미치지 못한다. 햄스터가 뭐라고 죽는소리를 해 대든 마음만 먹으면 무학관의 현판에 적힌 내용처럼 '되게 한다.'로 만들 방법은 얼마든지 있으니까.

'문제는…….'

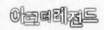

시설물 : 작업장(Lv.2)

각종 아이템을 제작, 분해, 합성할 수 있는 설비가 갖춰져 있는 곳입니다.
이런 공방에서 해당 작업을 하면 제작 시간이 단축될 뿐만 아니라 성공률
과 더 좋은 결과물을 얻을 수 있는 확률이 상승합니다.
+모든 제작 관련 스킬 Lv+1
+제작, 분해, 합성에 소요되는 시간 −20%
+제작, 분해, 합성의 성공 확률 +20%
+최고 등급의 결과물을 얻을 확률 +20%
+작업에 따른 엔지니어의 스트레스 −30%

바로 이것!

돈이 남아돌아서 관리사무소에 작업장이나 연구실을 증축
한 게 아니다.

작업장에서 작업하면 이런 보너스가 주어지는 것이다.

제작 관련 스킬 Lv+1! 당연히 엔지니어의 스킬 레벨보다
높은 등급의 아이템도 제작할 수 있게 된다.

뿐만 아니라 제작 시간 단축에 성공 확률 상승, 그리고 최
상급품이 나올 확률까지 올라가는 것이다. 그러나 엔지니어
입장에서 보자면 가장 필요한 효과는 스트레스 감소.

말이 나왔으니 말이지만 엔지니어라고 주야장천 제작을
할 수 있는 게 아니다.

제작이나 연구를 하면 난이도에 따라 스트레스라는 게 쌓
이고, 그 수치만큼 업무 성공률이 낮아진다. 그리고 만땅이

되면 아예 일정 시간 동안 제작이나 연구 관련 일을 못 하게 되는 것이다. 때문에 엔지니어는 이런 스트레스 관리가 상당히 중요했다.

뭐 아크가 거기까지 신경 쓸 이유는 없지만 어쨌든!

작업장의 보너스!

'이걸 포기할 수는 없지.'

물론 '무투가의 신발'은 메인 아이템이 아니다.

이미 아크는 '팬텀 부츠'를 가지고 있었고, 신기의 세트 아이템 효과를 받으려면 이 신발을 사용해야 한다. '무투가의 신발'은 상황에 맞춰 사용하는 보조용.

그러나 이왕이면 다홍치마.

어차피 같은 재료를 들여 만드는 아이템이다.

더 좋은 결과물을 얻을 수 있는 방법이 있다면 당연히 그쪽을 선택하는 것이 당연하다. 그리고 그 때문에 '무투가의 신발' 제작은 토리에게 맡길 필요가 있었다.

얼마 전에 유저 엔지니어를 대거 영입했지만 그들은 제작 전문이 아니었다.

그건 의용군에서 영입한 엔지니어들이기 때문이다.

아이템 제작 전문 엔지니어가 의용군에 지원할 이유가 없으니까. 보통 전투에 공병으로 참가하는 엔지니어는 폭발물 전문가나 적의 요새에 대응하는 시설물 건설, 해체, 관리에 특화된 유저들인 것이다.

아크가 이들을 고용한 이유도 그것.

이큘러스의 시설물을 관리하기 위해서였다.

'그러면 제작 전문가는 토리와 제이, 제피밖에 없는데…….'

제이는 정확히 말하면 연구원이다.

제작보다는 연구 재료의 감식이나 '믹스 업' 같은 DNA 관련 연구에 특화되어 있었다.

반면 제피는 박사 학위를 6개나 가지고 있다고 떠들어 대는 것처럼 연구와 제작, 두 가지 모두 뛰어나지만 '영혼석' 같은 특수 재료를 다루는 데 특화되어 있었다.

이 둘에 비하면 좀 수수한 감이 있지만 과거 고물상 주인이었던 토리는 일반 제작물에 대해서만큼은 다크에덴의 최고 권위자라고 할 수 있었다.

뭐 설명은 길었지만 결론은 그거다.

가장 좋은 '무투가의 신발'을 얻기 위해서는 토리가, 그리고 T-20의 작업실에서 제작해야 한다는 것!

그러나 이때 아크는 이미 신기를 찾아 나서기로 마음먹은 상태였다. 그냥 T-20에 죽치고 앉아 토리가 신발을 만들 때까지 죽이기에는 시간이 너무 아까운 것이다.

'승무원도 없이 항해하는 건 꽤 부담되지만 뭐 괜찮겠지. 어차피 함대전을 할 것도 아니고 그냥 신기가 숨겨진 혹성까지 항해만 하면 되니까.'

아크는 가볍게 생각했다.

그리하여 토리를 두고 혼자 실버스타를 타고 발진!

"자동 항해 시작. 워프 개시, 목적지는 X-6,001 Y-4,592."

'이제 한숨 자고 일어나면 되는 거지.'

아크는 실버스타의 메인 컴퓨터에 좌표를 입력시키고 늘어지게 하품을 했다. 그리고 항상 그랬듯이 선실에 몸을 눕히고 로그아웃……할 생각이었지만!

쿠쿵-!

-이면세계의 자기 폭풍에 맞아 항법 장치에 작은 에러가 발생했습니다!

이 상태로 방치하면 좌표 설정이 힘들어져 안전장치에 의해 자동 항해 프로그램이 강제 종료됩니다. 문제 해결을 원하면 메인 시스템의 지시에 따라 수리해 주십시오

진동과 함께 떠오르는 메시지!

"에? 뭐, 뭐야?"

아크가 당혹성을 터뜨렸다.

그리고 실버스타의 시스템이 띄워 주는 설명에 따라 패널을 뜯어내자 시커먼 연기가 뿜어져 올라왔다.

살짝, 아니, 많이 당황스럽다.

그러나 항해 중에 일어나는 트러블은 대부분 엔지니어가 아니라도 해결할 수 있는 문제다. 물론 이번처럼 엔지니어가

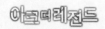

필요한 트러블이 발생할 때도 있지만, 이런 때를 대비해 실버스타에는 '초보자도 안심!'이라고 적혀 있는 긴급 수리용 도구가 준비되어 있는 것이다.

"이럴 때는 만능 기반이다!"

모든 전자회로의 문제를 해결할 수 있는 만능 기반!

가격은 비싸지만 달리 방법이 없었다. 아크도 '시설 정비' 스킬은 있지만 전문 엔지니어는 아니니까! 전기회로 따위, 어차피 봐도 뭐가 뭔지 모르니까!

'젠장, 토리가 있으면 그냥 전선 몇 가닥만 있어도 해결할 수 있는 문제인데…….'

이때 처음으로 토리를 데려오지 않은 것을 후회했다.

그러나 이건 시작에 불과했다.

─이면 세계의 우주풍에 휩쓸렸습니다!
일정 시간 동안 자동 항해가 불가능합니다. 수동으로 조작해 주십시오.

─이면 세계에 예상치 못했던 웜홀이 감지되었습니다!
신속히 웜홀을 우회할 좌표를 다시 설정해 주십시오.

─이면 세계에…….

그때부터 수십 분 간격으로 떠오르는 메시지!

당연히 그때마다 아크는 이리 뛰고 저리 뛰어야 했다.

'뭐야? 우주 항해가 이런 거였어?'

아크는 혼자 항해를 해 보기는 처음이었다.

아니, 혼자 항해한 적은 있지만 단거리. 장거리는 항상 토리나 헤겔, 그도 아니면 밀란과 함께였다.

때문에 수 시간, 길게는 하루 이상도 걸리는 장거리 워프에 돌입하면 아크는 선실로 직행. 접속을 종료하고 푹 자거나 이리나와 데이트를 즐기다가 도착 시간에 맞춰 들어왔다.

그래서 모르고 있었다.

항해 중에 이렇게 많은 문제가 생기는지.

그래서 토리가 힘들다고 하면…….

"네가 실버스타를 짊어지고 가냐? 그냥 타고 가는 거잖아? 그런데 힘들기는 뭐가 힘들어! 괜히 농땡이 피울 핑계나 대면 뒈지는 수가 있다?"

이렇게 말해 왔는데…….

토리가 피곤하다고 떠들어 대는 이유가 있었던 것이다! 그리고 토리가 없으니 그 피로가 아크에게 들이닥쳤다.

'젠장! 차라리 한꺼번에 몽땅 일어나든지!'

수십 분 간격으로 트러블이 발생하니 한시도 눈을 뗄 수가 없다. 긴 항해 시간을 지루하지 않게 보내라는 제작사의 배

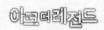

려라고 생각하고 싶지만, 워프 항해는 곧 휴식 시간이었던 아크로서는 죽을 맛이었다.

'승무원이 괜히 필요한 게 아니구나!'

뭐 새삼스러운 일은 아니다.

선장 혼자뿐이라면 아무리 조함술이 높아도 우주선의 성능을 60% 정도밖에 발휘할 수 없다. 기체 성능이 떨어진다기보다는 유사시에 대응이 느려지기 때문이다.

그런 페널티는 우주선의 규모가 커질수록 높아진다.

그나마 실버스타 정도의 우주선은 2~3명만 있어도 항해는 물론 전투도 문제가 없지만, 전함급 이상이 전투 시에 100% 성능을 발휘하려면 조종사만 5~10명이 필요하다.

그러나 당장은 1명.

아니, 1마리가 아쉬웠다. 바로 토리!

아크의 숙면과 데이트를 위해서는 최소 햄스터 1마리 정도는 달고 다녀야 했던 것이다.

'혼자 나오면 이렇게 피곤한 거었어!'

아니, 실은 혼자는 아니었다. 선장석 옆에는 이제 실버스타의 부품(?)이 돼 버린 토트도 있었다.

－뭐 하는 거냐, 이 멍청아! 실버스타의 제어 장치가 제대로 작동하지 않잖아! 말했지? 내 감각은 실버스타와 연결되어 있다고! 실버스타가 둥실둥실 떠다니는 것 같아서 기분이 더럽단 말이야! 고작 그거 하나 수리하는 데 왜 이리 굼떠? 에잇, 햄스터만도 못

한 놈!

……눈곱만큼도 도움이 되지 않았다.

덕분에 아크는 홀로 수리 상자를 옆에 끼고 동분서주.

그런 스킬이 있었는지도 잊고 있던 '시설 정비'를 발동시키며 닦고 조이고 기름 치고! 항해 시스템을 점검하고 때때로 좌표를 재설정하며 정신없이 실버스타를 뛰어다녔다.

'젠장, 신발 하나 때문에 이게 무슨 고생이야? 당장 쓸 것도 아니고, 이럴 줄 알았으면 그냥 나중에 만드는 건데! 뭐든 겪어 봐야 안다더니 이렇게 잡일이 많을 줄은…… 그래, 다음부터는 토리에게 좀 더 잘해 줘야겠다.'

이런 생각이 절로 들게 만들어 주는 시간이었다.

어쨌든 그런 아크의 노력 덕분에!

콰지지지! 콰지지지!

─입력된 좌표로 워프 항해를 끝마쳤습니다.

흩어지는 스파크와 함께 떠오르는 메시지!

"도, 도착했다!"

퀭한 얼굴로 소리치는 아크!

갤럭시안을 시작한 이후 가장 길고 험난했던 항해가 끝난 것이다. 그리고 그 앞으로 하얀색으로 빛나는 혹성이 눈에 들어왔다. 이 혹성이 신기가 숨겨진…….

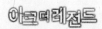

-마리온!

그때 토트가 갑자기 소리쳤다.

-그래, 마리온이었어! 자낙스라면 당연히 여기에도 들렀을 터! 그렇다면 신기를 봉인해 뒀을 가능성도 충분하지! 여기야! 여기! 마리온! 여기에 신기가 있을 거야!

……이제 와서 뭔 뒷북이냐?

"그럼 지금까지 내가 쉬지도 못하고 뛰어다니면서 실버스타를 수리한 게 놀러 오기 위해서라고 생각하고 있었어요? T-20을 나오기 전부터 얘기했잖아요. 신기 찾으러 간다고. 아니, 그보다 뭐예요? 방금 전의 대사는? 여기, 알고 있었어요?"

-알지! 당연히!

토트가 당당하게 대답했다.

-뭐 알고 있다는 것조차 지금 방금 생각났지만.

그리고 슬쩍 한마디 덧붙였다.

이로써 알 수 있는 사실은 역시 토트는 치매라는 것!

'아니, 치매라기보다는…….'

이제 아크도 토트에 대해서는 어느 정도 파악하고 있었다.

토트는 쿠휀 시대―아크가 무라티우스타로 갔던 시대―부터 살아온 NPC지만, 그 방대한 지식은 대부분 봉인되어 있었다. 그 봉인을 푸는 열쇠가 바로 아크.

토트는 아크가 먼저 경험한 부분에 대해서만 관련 기억을 되찾는 것이다.

게임이라는 점을 생각하면 당연하다.

NPC가 모든 걸 다 알고 척척 지시하면 유저가 할 일이 없으니까. 그래도 도움이 되는 경우가 있기는 하다. 그러나 가끔. 그 가끔 외에는 대부분은 이렇게 뒷북을 치는 것이다.

'결국 기대하면 나만 피곤해진다는 말이지.'

아크는 토트의 반응 따위, 무시하고 마리온으로 진입했다.

마리온의 지표는 흰색 바위로 뒤덮여 있었는데, 마치 파도치는 바다가 그대로 돌이 된 것처럼 물결 같은 모양이었다.

그 위로 무리 지어 뛰어다니는 몬스터 떼.

그러나 막 피곤한 항해를 마친 뒤라 싸워 보고 싶다는 생각은 들지 않았다. 그리고 몬스터나 사냥하러 온 것도 아니다. 그리하여 바로 좌표 지점으로 이동!

"뭐야? 아무것도 없잖아?"

잠시 후, 아크는 어리둥절한 표정으로 주위를 둘러보았다.

비스트 속에 담겨 있던 데이터의 좌표에는 아무것도 없었다. 그냥 평원. 흰색 물결 바위가 평원처럼 펼쳐진 곳이었다. 이에 살짝 당황했지만.

—그곳은 네 동반자의 고향. 그가 안내해 줄 것이다.

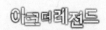

좌표와 함께 동봉돼 있던 메시지였다.

'그렇다면 답은 뻔하지.'

"나와라, 바사크!"

–네! 부르셨습니까, 주인님!

평소와 달리 부복한 자세로 나타나는 바사크.

"주인님? 뭐냐, 그건?"

–네? 아니, 실드에 있을 때 갑자기 생각나서요. 그래도 명색이 신기잖아요. 그런데 나올 때마다 너무 밋밋해 보여서. 이렇게 나오니 좀 있어 보이지 않아요?

이 녀석도 어지간히 할 일이 없는 모양이다.

"쓸데없는 짓 하지 말고……"

아크가 고개를 돌리다가 움찔하며 멈춰 섰다.

그리고 다시 와락 고개를 돌려 바사크를 바라보았다.

바사크가 이전에 봤을 때와 달라졌기 때문이다. 이에 뒤로 돌아간 아크가 눈을 동그랗게 만들며 물었다.

"어라? 너, 이게 뭐냐?"

–네? 뭐냐니요? 뭐가 뭔데요?

"넌 아무 느낌 없어? 너 등에…… 이끼 같은 것이 붙어 있는데?"

–이, 이끼요? 어디? 어디? 익! 아, 안 보여!

"보지 않는 편이 좋을 것 같은데?"

아크가 찜찜한 눈으로 바사크의 등을 보며 말했다.

'어째 바이우스 실드에 녹색이 섞여 있는 것처럼 보이더니 그게 이거였어?'

레벨이 올라서 그런 거라고 생각했다.

그런데 그게 바사크의 등에서 이끼가 자라서일 줄은 생각도 못 했다. 아니, 그보다 크리스털에 이끼라니?

'그러고 보니 이 이끼……'

본 적이 있었다. P-301과 싸웠던 유적에서.

그 유적은 대부분의 지역이 바사크의 등을 뒤덮은 것과 같은 이끼에 뒤덮여 있었다.

바이우스 골렘(바사크)

타입 : 방어형   레벨 : 128
생명력 : 1,380(+1,000)   방어력 : 266(+100)
공격력 : 138
특수 능력 : 폭쇄, 돌진 강화

'다행히 뭔가 피해를 주는 것은 아닌 모양이군.'

혹시나 해서 바사크의 상태를 확인해 본 아크가 안도의 한숨을 불었다.

그러나 바사크는 그렇게 넘어가기 싫은 모양이다.

-몸에 이끼라니? 이거 무슨 피부병 같은 거 아니겠죠? 아니, 피부병일지도 몰라! 아! 갑자기 막 가려워지는 거 같아! 혀, 형님, 때 주세요! 때 주세요!

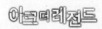

바사크가 이끼에 뒤덮인 등을 들이밀며 소리쳤다.

딱히 피해가 없어도 확실히 미관상으로는 보기 좋지 않았다. 번쩍거리는 크리스털 몸에 이끼라니? 이에 아크는 바로 검을 뽑아 면도하듯이 이끼를 깎아 냈다. 그러자…….

'지, 징그러워!'

차라리 깎지 않는 편이 나았다.

일단 이끼는 걷어 냈지만 크리스털 사이에 박힌 뿌리가 그대로 남아 있는 것이다. 게다가 바사크의 몸은 투명한 크리스털. 뿌리만 남으니 더 지저분하게 보였다.

─형님, 다 됐어요? 이제 깨끗해졌어요?

"응? 아, 응. 깨끗하네."

그러나 해맑게 묻는 바사크에게 차마 진실을 말해 줄 수가 없었다.

'뭐 나중에 시간 날 때 깨끗하게 뽑아 주면 되겠지.'

"그보다 바사크, 뭔가 느껴지는 것 없냐?"

─네? 어? 그러고 보니…….

아크의 말에 고개를 돌린 바사크가 중얼거렸다.

그리고 뭔가에 홀린 사람처럼 멍한 표정으로 일어나더니 아크를 지나쳐 한참을 더 걸어갔다. 바사크가 멈춘 것은 100여 미터를 더 가서였다.

─형님, 여기예요! 여기에서 뭔가…….

그리고 바사크가 아크를 돌아보며 소리치는 순간!

번쩍! 콰콰콰콰! 콰콰콰콰!

바사크의 몸에서 엄청난 빛이 뿜어졌다.

그리고 다음 순간, 그 빛이 바닥을 따라 퍼지자 물결 모양의 바위가 진짜 물처럼 출렁이기 시작했다. 뒤이어 굉음이 울리며 솟아오르는 거대한 물체!

바사크가 뭔가 찾아낼 거라고 생각했지만 이건 정말 상상도 못 했던 장면이었다.

'크, 크리스털 성?'

바위를 뚫고 솟아오르는 것은 거대한 크리스털 성!

엄청난 크기의 크리스털 성이 완전히 모습을 드러내자 물결치던 바닥이 그대로 굳으며 다시 흰색 바위로 변했다. 성문이 열리며 우렁찬 목소리가 들려온 것은 그때였다.

- 잘 왔다, 나의 백성이여!

성문에서 걸어 나오는 것은 골렘이었다.

바사크와 같은 크리스털 골렘. 그것도 하나가 아니었다.

마치 중갑을 입은 병사처럼 생긴 골렘 수십 개가 쏟아져 나와 좌우로 늘어섰다. 그리고 그 중심으로 수염을 허리까지 내려뜨린 노인 같은 형상의 크리스털 골렘이 걸어 나왔다.

"다, 당신은……."

- 나는 펜저모니엄의 주인이자 최초의 바이우스 골렘, 위대한 의지의 돌 제라두라고 한다.

"펜저모니엄?"

－그렇다. 펜저모니엄, 모든 바이우스의 고향. 자네를 따르는 바이우스 골렘 역시 바로 이곳, 펜저모니엄에서 태어났지. 아니, 자네의 선조, 최초의 무라트 엘림 카프레와의 맹약으로 탄생한 바이우스 골렘이라고 해야겠지.

"카프레를 아십니까?"

아크의 질문에 제라두가 피식 웃으며 대답했다.

－카프레뿐인가? 나는 모든 무라트 엘림을 알고 있다. 대대로 무라트 엘림은 정식 계승자가 되기 위해 펜저모니엄에서 우리와 엘림이 나눈 맹약의 증표, 바이우스 실드에 대의지의 가호를 청하는 의식을 하는 것이 관례였으니까. 하지만 설마 자낙스 이후 새로운 엘림이 찾아오기까지 이렇게 긴 시간이 필요할 줄은 몰랐군.

잠시 말을 멈춘 제라두가 문득 그리움이 담긴 표정으로 말을 이었다.

－자낙스…… 그는 최강의 전사인 역대 엘림 중에서도 비할 바 없이 뛰어난 재능을 갖춘 전사였지. 실력도 그렇지만 정신도. 단 한 점의 사심도 없는 그의 투명함은 우리 바이우스마저 부끄럽게 만들 정도였지. 그건 그의 바이우스 골렘을 보면 알 수 있다. 바이우스 골렘은 엘림의 거울과도 같은 존재! 그를 따르던 바이우스 골렘은 어떤 엘림의 골렘보다 크고! 강하고! 또한 충성스러웠지. 그리고 자네의 골렘은…….

제라두가 아크의 옆에서 멀뚱멀뚱 바라보는 바사크를 바

라보았다.

　－음, 아직 엘림의 바이우스 골렘으로서 제 역할을 하기에는 성장이 부족한 면이 있기는 하나 자네에 대한 충성심과…… 익!

　진지하게 말을 이어 가던 제라두의 눈가가 일그러졌다.

　"……아!"

　뭔가 하고 제라두의 시선을 따라가던 아크가 무안한 표정을 지었다.

　그의 눈이 향한 곳은 바사크의 등!

　아크가 제대로 면도(?)해 주지 못해 듬성듬성 남아 있는 이끼의 뿌리가 촘촘히 박힌 등이었다. 황당한 눈으로 그 등을 보던 제라두의 얼굴이 와락 일그러졌다.

　－말했듯이 바이우스 골렘은 엘림의 거울. 마음의 형태다. 그런데…… 저게 뭐냐! 듬성듬성 깎다 만 수염 같은 크리스털이라니? 대체 저 골렘에게 무슨 짓을 한 거냐? 아니, 네 마음은 어떻게 생겨먹은 거냐!

　"아, 아니, 저건 제 마음이 아니라……."

　－닥쳐라! 네가 어떤 놈인지는 골렘만 보면 안다! 이 양심에 털 난 놈 같으니! 저런 징그러운 정신 상태를 가진 놈이 엘림이라니? 아니, 너! 정말 엘림이기는 한 거냐?

　제라두가 거친 목소리로 소리치며 다가왔다.

　－물러서라!

　그때 바사크가 앞으로 나서며 소리쳤다.

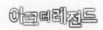

그러자 당장 주먹이라도 휘두를 것처럼 다가오던 제라두가 움찔하며 멈춰 섰다. 그리고 황당하다는 눈으로 바사크를 돌아보며 말했다.

－뭐, 뭐냐? 너는? 바이우스 골렘이 최초의 골렘이자 모든 바이우스의 왕인 나에게…… 설마 나를 몰라보는…….

－알 게 뭐냐? 나는 형님의 부하다! 형님께 위협이 된다면 같은 바이우스 골렘이든 뭐든 박살을 내 주겠다!

－어찌 이런 일이…… 모든 바이우스 골렘은 위대한 의지에 의해 묶여 있는 나의 뜻을 거스를 수 없거늘. 알아보지 못할 뿐만 아니라 적의를 드러내다니…….

제라두가 믿기지 않는다는 표정으로 중얼거렸다.

'이거야 원.'

아크의 입에서 한숨이 흘러나왔다.

갑자기 나타난 크리스털 성, 거기에 바사크를 보더니 다짜고짜 아크에게 양심에 털 난 놈이니 뭐니 떠들어 대는 제라두.

상황에 적응하기도 전에 정신없는 일이 연이어 벌어져 좀 당황했지만, 아크의 관심사는 그런 것이 아니었다.

아크가 여기까지 찾아온 이유는 엘림과 바이우스 골렘의 역사 강의를 듣기 위해서도 아니다. 이제 하나밖에 남지 않은 마지막 신기를 찾기 위해서. 그리고 그 신기의 행방은 아마도 제라두가 알고 있으리라.

그런데 계속 딴소리만 하더니 이제 바사크를 바라보며 머리 위로 '???'만 띄우고 있다.

이래서야 얘기가 진행될 수가 없지 않은가!

결국 아크가 나서서 설명했다.

"그 바이우스 골렘 속에 있는 건 대의지 같은 것이 아닙니다. 사람입니다."

– 사람?

"네, 바사크라는, 카사인의 전사입니다. 그리고 제라두 님의 말처럼 그 역시 바이우스 골렘의 대의지에 휩쓸려 의식을 잃고 있었지만 얼마 전에 깨어났습니다."

– 대의지에 삼켜졌던 의식이 깨어나다니? 그런 일은 있을 수 없는 일이다!

"하지만 사실입니다."

아크가 딱 잘라 대답했다.

그러자 제라두는 혼란스러운 표정으로 바사크를 바라보다가 이내 고개를 끄덕였다.

– 믿을 수 없는 일이지만 저 바이우스 골렘의 행동을 보면 그렇게밖에 해명할 수 없겠군. 그렇다면…… 그 바사크라는 카사인 전사의 충성심이 대의지를 거스를 정도로 강하다는 말인가? 흠, 그게 사실이라면 더 납득할 수 없는 일이군. 카사인 전사는 한번 충성을 바치면 생명이 다할 때까지 섬기지만 결코 정의롭지 못한 사람을 섬기는 법이 없거늘, 어찌 바이우스 골렘을 저 모양으로 만드는 정

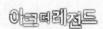

신 상태를 가진 자에게 그토록…….

"아니, 그러니까 저건 이끼가……."

─뭐 됐다.

제라두는 남의 말을 듣지 않는 골렘이었다.

─어찌 됐건 카사인 전사가 그 정도의 충성을 바치는 자라면 나름 봐줄 만한 구석이 있다는 말이겠지. 위대한 의지를 담은 바이우스 골렘이 저런 몰골이 된 것은 가슴이 아프지만, 아무리 나라 해도 엘림과 맹약을 맺은 바이우스 골렘의 일은 참견할 수 없겠지.

퉁 치고 넘어가는 제라두.

그럴 거면 첨부터 시비를 걸지 말든가!

정말이지 토트도 그렇고 제라두도 그렇고 오래전부터 살아왔다는 녀석들은 하나같이 말이 통하지 않는지 모르겠다. 그러나 아크도 더 따지고 싶지 않았다.

"그보다 저는…….."

─알고 있다.

제라두가 또 아크의 말을 끊으며 말했다.

그러나 다행히 이번에는 아크가 원하던 말이었다.

─신기를 찾기 위해 왔겠지? 그래, 무라트 엘림의 신기는 여기, 펜저모니엄에 봉인되어 있다. 오래전 펜저모니엄을 찾은 자낙스의 부탁으로.

"돌려주실 수 있습니까?"

─당연히 돌려줘야지. 애초에 신기는 무라트 엘림의 것이니까.

단!

제라두가 딱 말을 끊었다.

그러나 아크는 당황하지 않았다. 무슨 얘기를 할지 뻔하기 때문이다.

─신기를 찾고 싶다면 먼저 네가 자낙스의 뒤를 이어 엘림이 될 자격이 있는지 증명해야 한다. 그 자격의 첫째는 정의로운 마음!

우렁차게 소리친 제라두가 슬쩍 바사크를 돌아보았다.

─……그건 살짝 걸리는 부분이 없지 않지만 넘어가기로 하지. 그리고 둘째는…… 힘이다!

콰콰콰콰! 콰콰콰콰!

제라두가 팔을 들어 올리자 성 앞에 푸른빛을 뿜어내는 거대한 탑이 솟아 올라왔다.

─이 탑은 대대로 펜저모니엄을 찾은 엘림들이 악의 힘에 맞서기 위해 자신과 바이우스 골렘의 힘을 시험하고 부족한 점을 찾아 갈고닦기 위해 만든 파사破邪의 탑! 신기를 되찾고 싶다면 파사의 탑을 돌파해 힘을 증명하라!

'뭐 그렇겠지.'

그냥 줄 리가 없는 것이다.

그리고 분명 파사의 탑에서는 할 일 없이 놀고 있던 몬스터들이 수백 년 만에 찾아 준 손님을 활짝 웃으며 반겨 주리라.

'하지만…….'

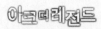

《위대한 여정(직업 퀘스트)》

+서브 퀘스트 : 파사의 탑
당신은 자낙스가 남긴 또 다른 신기의 행방을 좇아 마리온에 숨겨진 바이우스의 고향, 펜저모니엄에 도착했습니다. 이곳에서 최초의 바이우스 '위대한 의지의 몰' 제라두는 신기를 찾기 위해서는 엘림의 자격을 증명해야 한다고 말했습니다. 그중 하나는 엘림의 마음이 투영되는 바이우스 골렘의 형상으로 순수한 정의감을 증명하는 것, 그리고 다른 하나는 역대 엘림의 수련관 중 하나인 파사의 탑에서 힘을 증명하는 것입니다.

난이도 : B-

'예상대로군.'

정보창을 훑어본 아크가 피식 웃었다.

원래 퀘스트에 표시되는 난이도는 상대적인 것이다.

같은 퀘스트라도 레벨 100 때 받으면 난이도가 A라도 200 때 받으면 B가 되는 식이다.

그리고 지금 등록된 퀘스트는 난이도 B-. 보통보다 약간 낮은 수준이었다. 달리 말하면 아크의 레벨이 이 과제를 하기에는 높은 편이라는 뜻이다. 그리고 아크는 마리온에 오기 전에 이미 그 사실을 알고 있었다.

토트 덕분이다.

사실 아크도 알게 된 지 얼마 되지 않았는데, 토트의 잔소리는 나름의 규칙이 있었다.

'이제 슬슬 다음 신기를 찾을 때도 되지 않았냐?'라고 말하면 대체로 다음 신기를 찾기에 적당한 레벨이 됐다는 뜻이다. 그리고 '대체 뭘 하고 돌아다니는 거냐!'라고 난리 치기 시작하면 난이도보다 레벨이 약간 높다는 뜻! 그리고 '이 자식아! 신기를 찾으란 말이다!'라고 난동을 피울 정도면 꽤 높다는 뜻이다.

던전 정보처럼 토트의 말로도 퀘스트 난이도를 가늠할 수 있는 것이다. 그리고 얼마 전부터 토트는 거의 난동 수준으로 아크를 닦달해 대고 있었다. 바꿔 말하면 그만큼 수월하게 퀘스트를 진행할 수 있을 정도의 레벨이 됐다는 말이다.

'그만큼 경험치는 적겠지만.'

어차피 목적은 신기를 찾는 것!

'후딱 끝내 버리자!'

아크가 자신만만하게 파사의 탑으로 걸음을 옮길 때였다.

-잠깐 기다려 주십시오!

돌연 실버스타에서 토트의 목소리가 터져 나왔다.

제라두가 놀란 표정으로 돌아보았다.

-이 목소리는 혹시……?

-네, 접니다! 위대한 의지의 돌 제라두여, 토트입니다!

-헌자, 토트! 어찌 그대가?

-인사가 늦어 죄송합니다. 과거의 엘림들에게 들은 바 있으시겠지만 저는 오래전 무라티우스타에서 세트의 반란이 일어났을 때

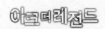

육신을 잃고 영혼체가 되었습니다. 그리고 자낙스를 마지막으로 수백 년간 잠들어 있다가 새로운 후계자와 함께 깨어났습니다. 그래서인지 과거의 기억이 제대로 떠오르지 않아 제라두 님을 떠올리는 데 시간이 걸렸습니다.

치매라는 말을 빙빙 돌려 말하는 토트였다.

―그래, 자낙스에게도 들은 적이 있지. 자네가 함께 있다면 저런 녀석이라도 엘림의 후계자인 것만은 분명하군.

―네, 저런 녀석이라도…….

제라두와 토트가 동시에 한숨을 불었다.

'……이 영감탱이들이 정말 보자보자 하니까!'

아크가 울컥한 눈으로 돌아봤지만 제라두는 눈길조차 주지 않고 다시 입을 열었다.

―그래, 엘림의 스승 토트여. 기다리라니? 내게 뭔가 전할 말이 있는가?

―네, 부탁이 있습니다.

―말해 보라.

―금마禁魔의 탑을 소환해 주십시오.

―금마의 탑을? 하지만 그건…….

―알고 있습니다. 하지만 저 녀석은 저래 보여도 꽤 수준 높은 전사입니다. 제가 적당한 시기가 됐으니 신기를 찾으러 가라고 몇 번이나 말해도 콧등으로 듣지 않고 딴짓만 하고 돌아다닌 덕분에 힘만 세진 바보지요. 본래 펜저모니엄의 탑은 엘림이 스스로 부족한

점을 찾아 수련을 하기 위한 것. 하지만 지금 저 녀석에게 파사의 탑은 너무 쉽습니다. 자칫 부족한 점은커녕 자만심만 키워 주게 될지도 모릅니다.

'저, 저 녀석이 뭐라는 거야?'

아크가 황당한 표정으로 토트의 목소리가 흘러나오는 실버스타를 바라보았다. 기껏 실버스타에 붙여 놨더니 도움은 커녕 방해를 하고 있는 것이다.

아니, 그 전에 NPC가 이미 받은 퀘스트에 이의를 제기하다니? 이런 말은 들어 본 적도 없었다. 그러나!

─흠, 엘림의 스승인 그대가 그리 말한다면…….

콰콰콰콰! 콰콰콰콰!

제라두가 손을 들어 올리자 파사의 탑이 쑥 들어가고 새로운 탑이 솟아올라 왔다.

아니, 탑이라기보다는 동굴이었다.

탑이지만 안쪽의 통로는 어두운 지하 깊숙한 곳으로 뻗어 있는 것이다. 시뻘건 색으로 물들어 있는 탑! 딱 봐도 불길하기 짝이 없는 탑이었다.

아니나 다를까!

《위대한 여정(직업 퀘스트)》

+서브 퀘스트 : 금마의 탑
당신은 자낙스가 남긴 또 다른 신기의 행방을 좇아 마리온에 숨겨진 바이

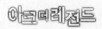

우스의 고향, 펜저모니엄에 도착했습니다.
본래 이곳에서 엘림의 자격을 증명하기 위해 통과해야 하는 관문은 파사의
탑이었습니다. 그러나 파사의 탑은 지금 당신의 힘에 비하면 수련조차 되
지 않을 정도로 난이도가 낮다는 의견이 있었습니다. 이에 제라두는 당신
의 성장을 위해 기꺼이 보다 빡 세고! 위험하고! 끔찍한 경험을 선사할 금
마의 탑을 소환해 주었습니다. 당신은 골렘을 위해 금마의 탑에 준비된 2
개의 관문을 모두 돌파해야 합니다.
난이도 : A+

퀘스트 정보창이 바뀌었다.
난이도는 A+였다.
토트의 배려에 이가 갈렸다.

SPACE 8. 기갑 스킬이 문제가 아니었다!

"아하!"

아크가 활짝 웃었다.

만지면 피라도 묻어날 것 같은 붉은 크리스털로 뒤덮인 벽과 바닥. 그 내부에서 온갖 흉측한 형상들이 뒤엉키며 적의에 찬 눈으로 바라보고 있었다.

그런 눈동자는 아크의 움직임을 뒤쫓으며 적의를 뿜어내고 있었다. 천장과 벽, 바닥, 모든 곳에서 수많은 눈동자가 오직 아크를 따라 움직이고 있는 것이다.

부담스러운 눈빛이다.

그래도 뭐 그냥 쳐다보는 거니까.

그냥 쳐다보는 거 가지고 시비 걸면 양아치니까.

때때로 퉁, 퉁 소리가 울리며 크리스털 안쪽으로 붉은 손바닥 자국이 찍히는 장면이 꽤나 신경 쓰이지만 일단 못 본 척하고 넘어갔다.

그러나 아크도 알고 있었다.

그냥 못 본 척하고 끝까지 갈 수는 없으리라는 것쯤은.

역시나 좀 더 들어가자 천장에서 커다란 크리스털 구슬 몇 개가 떨어졌다.

그러자 아크를 째리며 따라붙던 붉은 형상들이 타임 세일을 시작한 백화점으로 몰려드는 사람들처럼 몸싸움을 벌이며 구슬로 몰려들었다. 그리고 몇몇 형상이 구슬로 들어가자 붉게 달아오르며 괴이한 몬스터의 모습으로 바뀌었다.

　－봉인된 고대 몬스터 : 마움 Lv.300+

"후후후, 멋지군."

아크의 입에서 실없는 웃음이 흘러나왔다.

이 찜찜하기 짝이 없는 풍경부터 레벨 300의 고대 몬스터까지. 그것도 그냥 몬스터가 아니다. 뒤에 보너스 능력치가 적용된다는 '+' 마크씩이나 붙어 있는 상급 몬스터다.

아크가 그런 놈들과 마주 보고 있어야 하는 이유는 말할 것도 없이……

"아오! 토트, 이 망할 영감탱이를 정말!"

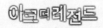

토트 덕분이다.

뭐 그동안 아크가 좀 속을 썩이기는 했지만 그렇다고 멀쩡한 퀘스트의 난이도를 올려놓다니? 완전 뒤끝 작렬! 이런 식으로 뒤통수를 칠 줄은 정말이지 상상도 못 했다.

그러나 이제 와서 뭘 어쩌겠는가?

이미 퀘스트 난이도는 올라갔고, 그런 짓을 한 토트를 여기까지 달고 온 사람도 아크다.

구시렁대 봐야 아무런 의미도 없는 것이다.

"그렇다고는 해도 들어오자마자 레벨 300+ 몬스터라니."

현재 레벨 214인 아크에게는 1마리도 버거운 상대였다. 그런데 한꺼번에 4마리나 나왔다.

그냥 난이도 'A+'라기보다는 거의 '미션 임파서블' 수준!

"하지만……."

사실 무턱대고 울화통을 터뜨릴 일은 아니었다.

아니, 멋대로 끼어들어 퀘스트 난이도를 올려놓은 토트에 대해서는 역시 울화통이 터지지만 이게 꼭 나쁜 쪽으로 생각할 일만은 아니었다.

이건 게임이다.

그리고 게임에는 그 나름의 규칙이라는 것이 존재한다.

바로 퀘스트의 난이도가 올라갈수록 완료했을 때의 보상도 커진다는 것!

물론 이번 퀘스트는 신기 찾기, 당연히 보상은 이미 신기로 정해져 있었다. 그러나 아크가 모르고 있는 것이 있었다.
그건 바로…….

금마의 탑

펜저모니엄에는 역대 엘림이 이용하던 2개의 수련관이 있습니다. 하나는 파사의 탑, 이곳은 정식 엘림이 되기 위해 수행 중인 계승자가 자신의 능력을 확인하고 기본기를 닦기 위해 이용하던 수련관입니다.

그리고 다른 하나가 바로 금마의 탑. 본래 이곳은 수련관이 아닌 일종의 금옥禁獄으로 불사에 가까운 생명력을 가진 고대 몬스터를 봉인하기 위해 만들어진 장소입니다.

초창기 엘림들은 이런 고대 몬스터를 제압하는 것이 가장 중요한 임무였습니다. 그리고 끊임없이 부활하는 고대 몬스터를 이곳, 금마의 탑에 봉인했습니다. 그건 펜저모니엄이 크리스털에 의지가 깃들게 할 정도로 강력한 은하계의 마나가 집중되는 장소이기 때문입니다.

이게 수련관으로 바뀐 것은 13대 엘림 잉그란 시대부터입니다. 당시 잉그란은 고대 몬스터를 제압하는 바이우스의 힘으로 신기를 강화시키는 비법을 터득, 바이우스의 왕인 제라두와 힘을 합쳐 신기에 보다 강한 힘을 담을 수 있는 시스템을 구축해 두었습니다. 그러나 모든 엘림의 후계자가 보다 강한 힘의 신기를 얻을 수 있는 것은 아닙니다.

그에 필요한 것은 힘의 증명!

지금까지 금마의 탑에 도전할 수 있는 자격을 가진 엘림의 후계자도 적었지만, 실제로 파사의 탑을 클리어했을 때보다 뛰어난 성능의 신기를 얻을 수 있었던 엘림의 후계자는 그중에서도 상위 5위까지였습니다.

금마의 탑에 봉인된 신기는 도전자가 증명하는 힘에 따라 성장이 결정되기 때문입니다. 그 기준이 상위 5위. 그 아래라면 되레 파사의 탑을 클리어했을 때보다 못한 신기를 얻게 될 것입니다. 당신의 선택이 틀리지 않았기를 기원합니다.

※역대 도전자 순위

1위 (+최상급 옵션) 자낙스 : 80

2위 (+상급 옵션) 잉그란 : 75

3위 (+중상급 옵션) 엘린 : 70

4위 (+중급 옵션) 바츠 : 65……

금마의 탑 앞에 세워진 비석.

비석에는 탑의 역사와 구체적인 설명이 적혀 있었다.

그렇다. 펜저모니엄에 봉인된 신기의 옵션은 고정되어 있는 것이 아니었다. 파사의 탑을 클리어해도 신기를 받을 수 있지만 그건 기본. 보다 난이도가 높은 금마의 탑을 클리어하면 거기에 보너스 옵션을 추가할 수 있는 것이다.

즉, 더 좋은 신기를 얻을 수 있는 기회!

물론 공짜는 아니었다.

금마의 탑은 역대 도전자의 순위가 기록되어 있었다.

그리고 그 순위에 따라 신기에 붙는 추가 옵션도 달라지는 시스템인 것이다.

'정보창에 따르면 5위가 받는 신기의 추가 옵션이 파사의 탑과 동등한 수준이라 이거지? 바꿔 말하면 6위 이하는 되레 파사의 탑을 클리어하고 받는 신기보다 후진 신기를 얻을 수도 있다는 거겠지. 결국 그만큼 위험부담도 있다는 말인데…….'

다음 아닌 아크다.

만약 사전에 이런 내용을 알고 있었다면 토트가 나서기 전에 아크가 먼저 금마의 탑을 선택했으리라. 뭐 그렇다고 토트가 한 짓이 용서되는 것은 아니지만 어쨌든!

이제 와서 토트를 욕한다고 달라질 것은 없다.

그리고 달리 생각하면 이건 기회!

물론 그게 말처럼 쉬운 일은 아닐 것이다.

금마의 탑에 기록된 역대 도전자는 모두 아크와 같은 엘림의 계승자! 뿐만 아니라 토트가 입만 열면 역대 최강이라고 칭송하던 자낙스—뭐 당시에는 자낙스도 계승자 신분이었겠지만 어쨌든—도 1위로 기록되어 있지만 80점이다.

그건 역대 최강이라는 자낙스마저 만점을 받지 못할 정도로 힘든 시험이라는 뜻이리라.

그러나 1위가 만점이 아니라는 것은, 돌려 말하면 아크가 1위를 할 여지가 남겨져 있다는 뜻도 되지 않는가?

'아니, 여지가 아니다. 처음부터 몰랐으면 모르되 신기에 붙는 옵션 보너스가 변경된다는 것을 알았다. 그렇다면 1위! 최상급! 비석에 기록된 점수가 어떤 방식으로 채점되는 것인지는 모르겠지만 그것 외에는 생각할 것도 없어! 좋아, 이렇게 된 이상, 보란 듯이 1위로 클리어해서 토트의 코를 납작하게 해 주는 거야!'

상황은 뭐 같지만 어찌 됐든 의욕은 넘치는 아크였다.

물론 상대는 레벨 300+의 몬스터. 사실 의욕만으로 감당하기는 힘든 상대였다. 솔직히 레벨 차이만 놓고 보면 1위는커녕 금마의 탑을 클리어할 수 있을지조차 장담할 수 없었다.

그러나 아크도 나름 믿는 것이 있었다.

─금마의 탑은 마나의 힘이 충만해 고대 몬스터의 힘을 억누를 뿐만 아니라, 엘림의 신기 무장보갑을 무한대로 사용할

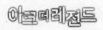

수 있게 만들어 주기도 합니다. 따라서 금마의 탑은 뭣보다 무장보갑의 사용법을 숙련시키기 위한 수련관인 것입니다. 그럼에도 불구하고! 역시 아직 계승자에 불과한 엘림이라면 생존을 장담할 수 없겠지요. 하지만 걱정하지 마십시오. 당신은 몇 번을 죽어도 상관없는 개척자니까요!

비석 말미에 적혀 있는 이 문구!

뭐 몇 번을 죽어도 상관없는 개척자 운운하는 것은 역시 찜찜하기 짝이 없지만! 중요한 것은 그 부분이 아니다.

'※'는 그 앞에 부분!

'금마의 탑에서는 배틀슈트의 사용 제한이 없다!'

"기갑무장!"

아크의 목소리가 울리자 등 뒤의 공간이 일그러지며 한 벌의 검은 갑주가 나타났다. 마치 늑대를 닮은 듯한 형태의 갑주는 말할 것도 없이 비스트!

비스트 Lv.2

아이템 타입 : 배틀슈트(고유 타입)

힘 : +45%	민첩 : +45%
체력 : +35%	지혜 : +10%
지능 : +30%	운 : +50%
이동속도 : +15%	공격 속도 : +15%
환경 적응력 : +30%	만복도의 감소 속도 : -30%
낙하 대미지 : -40%	
탄력도 : +15%	스킬 사용 보너스 : +20%

비스트가 장착되자 쭉 상승하는 능력치!

이것만으로도 전체적인 전투력이 40% 정도 상승했다.

그러나 이것만이 아니었다.

"문어의 축복!"

'자렌족의 증표'로 발동되는 버프 '문어의 축복'!

문어의 체내에 모여 있던 각종 영양분으로 능력치를 10% 상승시켜 주는 버프였다.

이제 다른 기능은 별 볼 일 없어졌지만 이 버프만큼은 여전히, 아니, 아크의 레벨이 올라갈수록 버프의 위력도 상승했다. 퍼센테이지로 주어지는 보너스는 스탯이 높을수록 추가되는 스탯도 더 많아지니까!

그리하여 비스트와 '문어의 축복'으로 상승하는 최종 능력치는 +50% 수준! 현재 아크의 레벨은 214지만 스탯만 보면 321과 같은 수준이 된 것이다.

"이 정도면 해볼 만하지!"

크아! 크아!

아크가 씨익 웃으며 돌아보자 마음의 눈빛이 확 달라졌다.

당연하다. 마음은 역대 엘림에게 포획되어 이 탑에 봉인된 고대 몬스터들. 비스트가 발산하는 힘을 감지한 놈들의 눈에는 아크가 그들처럼 보이고 있으리라.

덕분에 마음들은 그야말로 광란!

흉흉한 눈빛을 뿜어내며 당장이라도 찢어 죽을 듯이 송곳

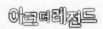

니와 발톱을 갈아 댔다.

그렇지 않아도 섬뜩하게 생긴 놈들이 저러고 있으니 무슨 공포 영화라도 보는 것 같다. 뭐 그렇다고 놈들을 진정시키기 위해 비스트를 벗을 생각은 없지만.

"엘림에게 원한이 철철 넘치는 몬스터…… 빌어먹을 영감탱이들, 아주 멋진 곳에 넣어 주셨군. 고마워서 눈물이 날 지경이야."

크와아아아!

그때 마웁들이 괴성을 지르며 달려들었다.

아니, 달려들려는 찰나, 먼저 움직인 것은 아크였다.

살짝 상체를 숙인 자세로 힘차게 바닥을 찍으며 섬광처럼 돌진하는 아크! 그와 함께 푸른 검광이 대기를 가르며 뻗어 나갔다.

"소닉 소드!"

순식간에 좁힌 거리는 불과 3~4미터.

보통 때라면 십중팔구 명중했을 공격이었다. 그러나 레벨 300. 거기에 '+'까지 붙은 마웁은 만만하지 않았다.

눈을 까뒤집고 달려드는 주제에 엄청난 운동 능력을 과시하며 검기를 피한 것이다. 뒤이어 바닥을 찍으며 달려와 휘두르는 발톱!

'쳇, 나름 고렙 몬스터라 이거냐? 하지만…….'

"나도 이전의 내가 아니다!"

아크의 왼손에서도 푸른 검광 솟아올라 왔다.

오른손의 광선검은 '야쉬라의 에너지 블레이드'! 그리고 왼손에서 솟아오른 광선검 역시 '야쉬라의 에너지 블레이드'!

야쉬라의 쌍둥이 검이다.

아크가 300+ 몬스터의 등장에도 여유를 잃지 않은 이유가 이것! 비스트를 무한대로 쓸 수 있다는 것도 그렇지만, 이퀄라이저보다 20% 이상 공격력이 강한 '야쉬라의 에너지 블레이드'! 뿐만 아니라 이 블레이드는 쌍검이다.

"소닉 소드!"

퍼펑─!

아크의 왼손에서 뻗어 나가는 검기!

바로 옆에서 발톱을 휘두르던 마음이 가슴에 검기를 얻어맞고 튕겨 나갔다. 그러나 아직 아크는 공격을 시작도 하지 않은 상태였다.

"쌍검의 공격은……."

아크가 씨익 웃으며 몸을 돌렸다.

"이런 거다! 소닉 소드! 소닉 소드! 소닉 소드!"

그와 함께 두 자루의 블레이드에서 연이어 뿜어지는 검기!

쌍검술은 단점도 있고 장점도 있지만, 최대 장점이이라고 할 수 있는 것이 바로 이것이었다.

두 자루의 검으로 동시에 스킬을 발동시킬 수 있다는 것!

물론 대기 시간이 있는 '갤럭시 소드' 같은 스킬은 이런 식

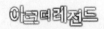

으로 사용할 수 없다.

그러나 '소닉 소드'는 대기 시간이 없는 스킬. 한 자루로도 연속 공격이 가능하지만 두 자루로 연이어 스킬을 발동하자 그야말로 기관포를 뿜어내는 것 같은 장면이 연출되었다.

그야말로 호쾌!

"아핫!"

삐져나오는 웃음을 참을 수 없다.

기관포처럼 뿜어져 나가는 검기를 보니 푹푹 쌓이던 스트레스가 확 풀릴 정도로 경쾌한 기분이 느껴졌다.

물론 마움은 반대로 스트레스가 푹푹 쌓이는 표정이었다.

쉬지 않고 쏟아지는 공격에 움직이지도 못하고 있고 당연했다. 뭐 1마리밖에 없으면 이대로 몰아붙여 숨통을 끊어 놓을 수도 있었겠지만.

마움은 1마리가 아니었다.

그리고 철천지원수—아크는 아니지만!—가 동족을 죽이는 것을 지켜만 보지도 않았다.

크아아아아!

"쳇!"

챙! 쩌쩌쩌쩡—!

아크가 몸을 돌리며 옆으로 파고드는 마움의 발톱을 막았다. 그와 함께 스파크를 튀기며 진동하는 검신!

비스트와 '문어의 축복'으로 스텟을 뻥튀기시켜 놨음에도 손목과 팔, 어깨까지 충격이 전해지는 공격이었다.

'역시 뻥튀기는 뻥튀기인가?'

웃음이 번지던 아크의 얼굴이 살짝 경직되었다.

군이 말할 필요도 없지만 사실 실제로 레벨이 오르는 것과 스탯만 뻥튀기시키는 것은 엄연히 차이가 있었다.

레벨이 오른다는 것은 단순히 스탯의 성장만을 의미하는 것이 아니다. 그만큼 장비품도, 스킬도 그에 맞게 강화된다는 뜻. 또한 그만큼 실전 경험을 해 봤다는 의미도 되었다.

레벨 1짜리 각종 보너스로 레벨 100 대까지 뻥튀기해 놓는다 해도 진짜 레벨 100짜리와는 천양지차라는 말이다.

몬스터 역시 마찬가지.

레벨이 높다는 것은 단순히 공격력이나 방어력이 세다는 의미가 아니었다. 전투 능력이 그만큼 뛰어나다는 의미도 되는 것이다.

역시나, 마음은 아크가 발톱을 막는 것과 동시에 양손, 심지어 송곳니가 돋아 있는 아가리까지 동원하며 숨 쉴 틈 없는 연속 공격을 펼쳐 왔다.

'하지만 다른 건 몰라도 실전 경험이라면!'

한때 뉴월드에서 신이라고까지 불리던 아크다. 뿐만 아니라 쌍둥이 검을 얻은 것은 아직 채 이틀도 되지 않았지만, 쌍검술은 한때 꽤 오래 사용한 경험이 있었다.

'쌍검술의 핵심은 집중! 집중해라!'

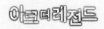

챙! 챙! 챙! 챙!

한 덩어리가 되어 버린 아크와 마움!

그 사이에서 날카로운 소음이 연달아 터지며 사방으로 스파크가 튀었다. 숨 쉴 틈 없이 날아드는 마움의 공격이 두 자루의 블레이드와 충돌하는 소리였다.

두 자루의 블레이드!

숙달된 사람의 손에 들리면 그건 검이자 곧 방패!

각각 공격 속도 옵션이 붙은 두 자루의 블레이드 덕분에 한층 움직임이 빨라진 아크는 불과 수십 센티미터도 되지 않는 거리에서 무수한 마움의 공격을 모두 막아 내고 있었다.

"소닉 소드!"

그리고 이어지는 반격!

그러나 마움의 동작도 민첩하기 짝이 없었다.

정신없이 공격을 쏟아붓다가도 바로 방어로 전환하며 양팔을 X 자로 교차시키며 검기를 막아 냈다.

그러나 소용없는 짓이었다.

"디펜스 브레이크!"

왼손의 블레이드가 마움의 방어를 부순다.

"카프레 검술 3식, 갤럭시 소드!"

좌라라라! 콰콰콰콰!

그리고 오른손의 블레이드로 펼쳐지는 '갤럭시 소드'!

공작의 깃처럼 화려하게 펼쳐진 수십 개의 검기가 '디펜스 브레이크'에 의해 튕겨 나간 마움의 양팔 사이를 파고들어가 폭광을 일으켰다.

크아아악!

순식간에 가슴이 너덜너덜해진 마움이 비명을 터뜨리며 물러났다.

생각했던 것보다 강하다!

마움의 머릿속에는 이런 생각이 떠오르고 있으리라.

정답이다. 생각했던 것보다 강했다, 아크는. 마움이 아니라 아크 자신이 생각했던 것보다도.

'공격력 20%……'

그러나 실제로는 20% 수준이 아니었다.

왼손에도 블레이드가 있다. 그것도 '쌍수' 옵션 덕분에 페널티를 50% 줄인, 그리하여 공격력의 75%까지 발휘할 수 있는 또 하나의 '야쉬라의 에너지 블레이드'가!

이건 단순히 1+1이 아니었다.

제대로 활용할 수 있는 실력만 받쳐 준다면 그 이상! 몇 배의 힘을 발휘하는 것이다.

그리고 아크는 그만한 실력이 있었다.

'한 가지 아쉽다면 이퀄라이저의 광전사를 사용하지 못한다는 것이지만……'

오른손의 '야쉬라의 에너지 블레이드'에는 대신 검술 스킬에 소모되는 포스를 25% 줄여 주는 '심기' 옵션이 붙어 있다.

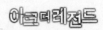

이 옵션과 쌍검술은 그야말로 찰떡궁합!

"소닉 소드! 소닉 소드! 소닉 소드!"

덕분에 이런 연속 공격도!

"갤럭시 소드!"

이런 포스를 왕창 잡아먹는 스킬도!

포스 걱정 없이 양손으로 융단폭격을 할 수 있는 것이다.

'거기에 하나 더 추가하자면⋯⋯.'

서걱!

'역시 이걸 빼놓을 수 없지!'

블레이드로 마움의 상반신을 베어 낸 아크는 짜릿한 쾌감에 몸을 떨었다. 연속으로 펼칠 수 있는 스킬은 스킬대로 통쾌하지만, 그보다 짜릿한 것은 바로 이 감각!

베는 맛!

광선검은 가볍고 다루기 쉽지만 일반 검에 비해 베는 맛은 별로였다. 뭔가 적을 베는 느낌이 부족한 것이다.

그러나 '야쉬라의 에너지 블레이드'는 일반 검, 아니, 그이상으로 베는 맛이 좋았다. 충실하면서도 예리하게 마움의 피부를 가르는 느낌!

이런 감각은 의외로 중요하다.

손으로 전해지는 이런 예리한 감각은 사용자의 집중력까지 예리하게 만들어 주는 것이다.

'할 수 있다! 충분히!'

만족스러운 블레이드의 성능!

그와 함께 아크의 자신감도 폭발적으로 올라갔다.

물론 마음도 만만한 몬스터는 아니었다. 1마리씩 공격해 오다가 아크가 '의외로' 강한 모습을 보이자 치고 빠지며 협동 공격을 하기 시작했다. 그뿐이 아니다.

"큭! 뭐야, 이건?"

아크의 목을 휘감는 붉은 손!

내부에서 기괴한 형체가 떠다니는 붉은 크리스털에 가까이 다가가면 속에서 영체처럼 흐릿한 팔이 솟아 나와 목을 휘감거나 팔, 다리를 움켜쥐기도 했다.

말하자면 장외 공격!

마음들은 이런 반칙(?)까지 서슴지 않는 것이다. 그러나 그런 반칙도 기세가 오른 아크를 막을 수 없었다.

"기갑 스킬!"

아크가 발을 등 뒤의 벽에 붙였다.

"블러디 로어!"

그리고 온 힘을 다해 다리를 펴며 소리치는 순간, 발에 닿은 붉은 크리스털이 푹 꺼지며 균열이 번져 나갔다. 그리고 폭풍을 일으키며 뻗어 나가는 아크!

기갑 스킬 '블러디 로어'!

몸을 그대로 무기로 바꾸며 돌진하자 목에 휘감긴 팔이 뽑히듯이 끊어져 나갔다. 그리고 1마리 늑대로 변해 폭사된 아

크는 맞은편에서 돌진해 오던 마움과 충돌!

콰직! 퍼퍼퍼펑―!

그대로 마움의 몸을 뚫고 지나갔다.

이미 생명력이 간당간당하던 마움은 그것으로 끝!

끄아아아아아!

마치 짐승에게 물어뜯긴 것처럼 상체의 반이 사라진 마움은 소름 끼치는 비명을 터뜨리며 쓰러졌다. 그 위로 고통에 울부짖는 형상이 솟아올라 벽으로 빨려 들어갔다.

마움이 몸으로 사용하던 구슬 같은 크리스털이 가루로 변하며 흩어진 것은 그다음이었다.

'오호! 그렇군!'

순간 아크의 눈동자가 반짝였다.

지금까지 미처 깨닫지 못했던 것이 생각났기 때문이다.

'블러디 로어'는 비스트의 마나로 사용하는 기술. 단일 공격으로는 최강의 위력을 발휘하지만 무턱대고 사용할 수 있는 스킬이 아니었다. 그러다가 정작 필요할 때 비스트가 홀랑 벗겨지면 끔살을 면치 못하는 것이다.

'하지만 여기는 금마의 탑! 비스트를 무한대로 사용할 수 있는 곳이다! 다시 말해…….'

'블러디 로어'도 무한대로 사용할 수 있다는 것!

물론 '블러디 로어'도 대부분의 강력한 스킬이 그렇듯이 대기 시간은 있었다. 그러나 비스트의 마나를 소모하기 때문인지 '갤럭시 소드'보다도 짧다.

'그렇다면 사용해 주지 않을 수 없지!'

"소닉 소드! 소닉 소드!"

그때부터는 완전히 아크의 페이스였다.

두 자루의 블레이드로 빠르고! 게다가 포스도 21—'심기'의 −25% 적용—밖에 먹지 않는 '소닉 소드'로 융단폭격으로 마음을 견제하며 생명력을 야금야금 갉아 대다가……

–'블러디 로어'의 사용이 가능해졌습니다.

"이힛! 됐다! 블러디 로어!"

이런 메시지가 떠오르면 바로 출격!

질주하는 늑대로 돌변해 마음의 몸에 구멍을 뻥뻥 뚫었다.

평소에는 비스트의 마나를 잡아먹어 좀처럼 사용할 엄두도 내지 못하는 '블러디 로어'.

이런 스킬을 펑펑 쓸 수 있으니 신바람이 난다.

이쯤 되니 마음이 300+가 아니라 400+라도 문제 될 게 없다는 생각이 들 정도! 그러나 아쉽게도(?) 마음은 300+, 아크가 쏟아붓는 공격에 하나둘 넉다운이 되며 전멸당했다.

처음에는 살짝 걱정했지만.

"후후후, 금마의 탑이니 고대 몬스터니 하더니 별것도 아니었군."

금세 건방져지는 아크였다.

아크가 이런 건방진 말을 떠들어 대자 붉은 크리스털 속에서 노려보는 눈동자들이 한층 살벌해졌다. 대놓고 무시당하는데 몬스터라고 기분이 좋을 리가 없는 것이다.

그리고 금마의 탑은 이들에게 다시 기회를 주었다.

쿵! 쿵! 쿵! 쿵! 쿵!

마움 무리를 해치우고 좀 더 전진하자 또다시 크리스털 구체가 떨어졌다. 이에 붉은 크리스털 속의 고대 몬스터들은 울분을 풀겠다는 집념을 품고 구체와 합체! 칼날 같은 송곳니와 발톱을 드러내며 아크에게 달려들었고…….

-레벨이 올랐습니다!

……경험치가 되었다.

"홋, 이거 뭐 땅 짚고 헤엄치기로군."

물론 마움은 그렇게 말할 정도로 쉬운 상대는 아니었다.

게다가 진도를 나갈수록 마움의 숫자도 늘어났다. 악전고투! 비스트를 장착한 상태로도 매번 전투를 치를 때마다 젖먹던 힘까지 쥐어짜며 치열하게 싸워야 했다.

'하지만 재미있다!'

아크는 전투에 흠뻑 빠져 있었다.

기대 이상의 성능과 베는 맛의 '야쉬라의 에너지 블레이드'

를 휘두르며 싸우는 전투는 피로 이상의 쾌감을 선사해 주었다. 거기에 평소에는 언제 위험한 상황이 올지 몰라 제대로 써 보지도 못하는 비스트를 무한대로 쓸 수 있을 뿐만 아니라 '블러디 로어'까지 펑펑 쓸 수 있다.

실로 쾌적한 전투 환경!

-레벨이 올랐습니다!

뿐만 아니라 마움은 그야말로 경험치 덩어리였다.

"수련관이라서 그런지 전리품을 떨어뜨리지 않는 건 좀 아쉽지만……."

그래도 레벨 300+!

20여 마리 만에 레벨이 오를 정도로 경험치가 빵빵한 것이다. 쾌적한 전투 환경과 쭉쭉 올라가는 경험치!

피로 따위는 느껴지지도 않았다.

"이런 수준이라면 1위, 충분히 가능하다!"

그리고 1위의 보상은 파사의 탑보다 몇 등급이나 높은 성능의 신기! 이쯤 되니 피로는커녕 퀘스트 난이도를 올려 준 토트에게 감사패라도 증정해 주고 싶은 기분이었다.

그러나 약 1시간 뒤.

"뭐야, 이게?"

아크는 생각지도 못했던 난관에 봉착했다.

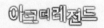

거대한 균열! 쭉 이어지던 길이 갑자기 뚝 끊기고 100여 미터나 되는 균열이 앞을 가로막은 것이다.

그 아래로 보이는 것은 들끓듯이 광란하는 고대 몬스터의 영체들. 잘은 몰라도 떨어지면 확실한 죽음을 보장해 주겠다는 분위기가 팍팍 풍겨 나왔다.

"뭐지, 이건? 내가 길을 잘못 들었나?"

그럴 리가 없었다.

금마의 탑은 입구부터 여기까지 일자로 이어진 길밖에 없었다. 이에 잠시 어리둥절한 표정을 지었지만 아크는 어렵지 않게 답을 찾아낼 수 있었다.

'일반 던전도 아니고 수련관이다. 길이 없지는 않을 터. 그럼에도 보이지 않는다면 어떤 장치가 숨겨져 있다고밖에 볼 수 없다. 그렇다면…….'

"나와라, 샤이어! 룬 문자 하자스카!"

완성과 동시에 잘게 쪼개져 눈으로 스며드는 룬 문자!

그게 뭐든 숨겨져 있는 것이 있다면 '하자스카'의 힘으로 찾아낼 수 있으리라.

"어라? 없잖아?"

그러나 아무것도 떠오르지 않았다.

"그럼 진짜 여기를 그냥 넘어가야 한다는 말이야?"

아크가 황당한 눈으로 균열을 바라보았다.

"반대쪽 통로까지는 적어도 100미터는 될 거야. 그 거리를 뛰어넘을 수는 없어. 그리고 따로 숨겨진 장치 같은 것도 없다면 결국 남은 방법은 하나밖에 없는데……."

아크의 눈이 자연스럽게 벽으로 향했다.

균열의 좌우에 자리 잡은 벽, 남은 방법은 그 벽을 타고 넘어가는 방법뿐이다.

"그렇군. 이거였어!"

눈매를 좁히며 벽을 살피던 아크가 씨익 웃었다.

붉은 크리스털로 이루어진 벽. 여기까지 오는 길에 본 벽은 거울처럼 매끈했다.

그러나 균열 양쪽에 자리 잡은 벽은 마치 실내 클라이밍 세트처럼 군데군데 홈이 파여 있거나, 돌출되어 있었다.

뭐 이쯤 되면 굳이 더 머리를 굴릴 필요도 없다. 그 홈이나 돌출된 크리스털을 이용해 균열을 넘어가라는 뜻이다.

"훗, 이 정도쯤이야!"

아크는 생각할 것도 없이 벽에 달라붙었다.

역시나 홈은 일정한 간격, 그러니까 딱 잡기 좋은 간격으로 연결되어 있었다. 그래도 평소라면 쉽지 않았겠지만 지금은 비스트를 장착해 스텟이 뻥튀기된 상태.

척! 척! 척!

아크는 벽에 붙어 거침없이 균열을 건너기 시작했다.

그러나 아크는 한 가지 중요한 사실을 잊고 있었다. 그게 뭔지 생각난 것은 균열의 중간 부분까지 왔을 때, 아니, 정확

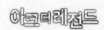

히 말하면 붉은 크리스털 속에서 떠오른 고대 몬스터의 눈동자에 번지는 희열의 빛을 발견했을 때였다.

'가, 가만? 그러고 보니 이 녀석들……'

벽에서 놈들의 팔이 솟아 나온 것은 그때였다.

아크가 깜빡하고 있었던 것이 바로 이것이다. 크리스털에 봉인된 놈들도 밖으로 팔을 뻗을 수는 있는 것이다.

그럼에도 놈들은 아크가 균열을 중간까지 넘어오는 동안 지켜만 보고 있었다. 이유는…….

'함정이다!'

퉁–!

순간 가슴에 전해지는 묵직한 충격.

대미지는 없었다. 그냥 밀치는 정도의 힘이었으니까. 그리고 그것만으로 충분했다. 아슬아슬하게 벽에 붙어 있는 아크를 떨어뜨리는 것쯤은.

"이, 이런! 아스트랄 비행!"

벽에서 밀쳐진 아크는 황급히 망토를 펼쳤다.

의미 없는 짓이었다. 아스트랄 망토는 행글라이더처럼 낙하 속도를 줄여 줄 뿐, 비행할 수 있는 기능은 없는 것이다. 그리하여 아크는 꾸준히 ↓↓↓!

"아, 안 돼! 떨어지면 안 돼!"

……라고 버럭버럭 소리쳐도 ↓↓↓!

그리하여 아크는 균열 아래에서 환희에 찬 눈을 빛내며

기다리는 고대 몬스터들의 영체 속으로 푹!

-YOU DIE!

오랜만에 유다희 양과 조우했다.

그리고 아크의 고난은 이때부터 시작되었다.

"빌어먹을!"

정보창을 훑어본 아크가 욕설을 내뱉었다.

금마의 탑은 수련관, 그 때문인지 금마의 탑 앞에는 특수한 페어리가 준비되어 있었다. 각성 스킬을 배울 때 본 것처럼 대기 시간 없이 바로 부활이 가능한 페어리였다.

그러나 그런 페어리라도……

-등록 이후 얻은 모든 경험치와 스킬 숙련도의 일부를 잃었습니다.
《클리어 점수 -5》

경험치와 숙련도는 얄짤 없이 사라졌다.

뿐만 아니라 페어리가 금마의 탑 입구에 세워져 있는 탓에……

-후후후! 낯짝을 보니 제대로 당한 모양이군. 어리석은 녀석, 이제야 좀 알겠냐? 네가 요즘 좀 강해졌다고 껄렁껄렁 잘난 척하지만 그래 봐야 고작 그 정도 수준인 게다. 역대 엘림들이 봉인한, 그것

도 바이우스의 힘에 의해 약화된 고대 몬스터에게조차 미치지 못하는 힘인 것이다! 그럼에도 잘난 척하며 내 말을 무시하며 신기 찾기를 게을리한 너 같은 녀석은 뜨거운 맛을 봐야 정신을 차리지. 지금 네놈의 힘으로 금마의 탑을 뚫고 신기를 손에 넣기란 하늘의 별 따기! 푸하하하! 고생 좀 해 봐라!

토트의 염장 지르는 말까지 들어야 했다.

아니, 그보다 신기를 못 찾으면 너도 곤란한 거 아니야?

이런 말이 목구멍까지 치밀어 올랐지만 토트와 멱살잡이(?)나 할 때가 아니었다.

금마의 탑을 클리어하려면 어차피 정해진 숫자의 마음을 처리해야 한다. 잃어버린 경험치가 얼마가 됐든 결국 되찾을 수 있다는 말이다. 문제는 사망 페널티를 알리는 정보창 하단에 붙어 있는 메시지.

'클리어 점수 −5……'

아크는 그 메시지로 점수가 어떤 식으로 결정되는지 짐작할 수 있었다.

'가산제가 아니라 차감제! 한번 죽을 때마다 5점씩 차감하는 방식이다. 한 번도 죽지 않고 클리어했을 때를 100점으로 상정하면 80점인 자낙스는 금마의 탑에서 네 번 죽고 클리어했다는 말이겠지. 다시 말해 아직 앞으로 두 번은 더 죽어도 1위를 하는 데는 지장이 없다는 말이지만……'

바꿔 말하면 이제 두 번밖에 기회가 없다는 말이다.

그리고 여기서 문제가 되는 것은 균열!

"벽을 잡고 건너지 못하면 대체 무슨 수로……."

암담한 표정으로 중얼거리던 아크가 와락 고개를 저었다.

"하지만 균열을 넘어갈 방법은 있다. 그건 틀림없어. 지금은 뭣보다 그 방법을 찾는 것이 급선무다. 균열을 넘지 못하면 마음을 수백, 수천 마리를 잡아도 금마의 탑을 클리어하는 것은 불가능하다."

진행이 막히자 아크는 숨통이 조이는 것 같은 불안감에 휩싸였다.

그리하여 고민에 고민, 또 고민!

금마의 탑 앞에 앉아 머리가 과열될 정도로 생각에 생각을 거듭하던 아크의 머릿속에 불쑥 뭔가가 떠올랐다. 바로 금마의 탑에 들어갈 때 떠오른 정보창의 내용이었다.

'가만, 그러고 보니…….'

그 정보창에는 금마의 탑이 엘림의 상위 코스.

그러니까 기갑을 무한대로 사용할 수 있는 환경을 이용해 사용법을 숙달시키는 용도로 사용되었다고 적혀 있었다.

'확실히 나도 그 덕분에 블러디 로어의 타이밍이나 최대대미지를 뽑아낼 수 있는 거리를 파악할 수 있었어.'

아크가 처음에는 4마리, 조금 더 들어가자 5마리, 점점 숫자가 불어나 7마리까지 늘어난 마음을 경험치로 바꿔 먹을수 있었던 것이 그 덕분이다.

'블러디 로어'는 강력한 스킬이지만 타이밍이나 거리를 제대로 조절하지 못하면 공격력이 반감된다. 그리고 지금까지는 몇 번 사용해 보지 못해서 100% 효과를 발휘하지 못했는데 금마의 탑 덕분에 이제 확실히 감이 잡힌 것이다.

'하지만 아직 기갑 스킬은 하나 더 있다! 내 예상이 맞다면…… 아니, 그것밖에 없어!'

"좋아! 재도전이다!"

아크는 벌떡 일어나 금마의 탑으로 뛰어 들어갔다.

그리고 쏟아져 나오는 마음을 족족 박살 내며 전진! 의미 없는 레벨 업 메시지도 무시하며 전진! 그야말로 광속으로 문제의 균열 앞에 도착했다. 그리고…….

"기갑 스킬! 비스트패스트!"

쾅-!

"우악!"

아크가 벽을 들이받으며 비명을 터뜨렸다.

'비스트패스트'는 눈에 보이지도 않을 정도로 빠른 속도로 돌진하는 스킬! 그런 속도로 벽을 들이받으니 안면이 그대로 뭉개지는 느낌이었다.

그러나 얼굴을 움켜쥐고 데굴데굴 구르던 아크는 곧바로 일어나 다시 벽을 향해 돌진했다.

"비스트패스트!"

쾅-!

"우악!"

그리고 Ctrl+C, Ctrl+V 해 놓은 것처럼 똑같은 장면이 연출되었다. 아크가 이런 짓을 하는 이유는 당연히…… 자학하기 위해서가 아니었다.

이게 바로 아크가 생각해 낸 균열을 넘어갈 수 있는 유일한 방법이었다.

'금마의 탑이 비스트의 스킬을 숙련시키는 곳이라면 마음은 블러디 로어, 그리고 아마도 이 균열은…… 비스트패스트를 마스터하기 위한 관문이다.'

'비스트패스트'는 수십 미터 거리도 그야말로 눈 깜빡하는 사이에 이동하는 초고속 돌진 스킬이다.

이런 속도의 돌진 스킬을 전투에 활용할 수 있다면 엄청난 위력을 발휘하리라. 그러나 지금까지 아크가 '비스트패스트'를 사용한 것은 딱 두 번.

이유는 감당할 수 없어서였다.

너무 빠른 나머지 아크조차 제대로 반응하지 못해서 그냥 적과 충돌하거나, 지금처럼 벽을 들이받아 버리는 것이다.

아무리 좋은 스킬도 제대로 사용하지 못하면 의미가 없는 법. 하물며 '블러디 로어'보다는 적지만 '비스트패스트' 역시 비스트의 마나를 잡아먹는다.

때문에 그냥 봉인해 두고 있었던 것이다.

'하지만 균열을 넘을 방법은 이것밖에 없다! 비스트패스트

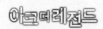

는 일단 발동시키면 발이 땅에 닿지도 않는 상태로 날아 간다. 이동 거리는 대략 50여 미터. 그래도 균열을 넘을 수는 없지만 양쪽 벽의 간격은 30미터도 되지 않아. 만약 비스트 패스트의 속도에 적응해 양쪽 벽을 밟으며 연이어 비스트패스트를 발동시킬 수 있다면?'

서너 번만 성공해도 균열을 넘어갈 수 있는 것이다.

아크가 벽을 들이받는 이유가 그것이다. '비스트패스트'로 날아가 벽을 밟고 방향을 돌리며 다시 '비스트패스트'를 발동시킬 수 있는 타이밍을 몸에 익히기 위해서!

그러나 말처럼 쉬운 일은 아니다.

쉬운 일이었다면 아크도 한두 번 써 보고 봉인하지는 않았으리라.

'하지만 여기서는 기갑 스킬을 무한대로 사용할 수 있다. 계속 사용하면 이 속도에도 익숙해질 거다. 아니, 속도에 익숙해질 필요도 없다. 중요한 것은 타이밍! 벽과 충돌하기 직전의 타이밍만 잡아내면 된다!'

쾅-!

할 때마다 면상이 뭉개지는 고통에 절로 비명이 터져 나왔지만!

쾅-!

이러다가 죽겠다 싶었지만!

'이 방법밖에 없어!'

일단 방향을 정한 아크는 뒤도 돌아보지 않고 달려갔다.

그로부터 수십 번! 면상은 물론 온몸이 산산이 부서지는 듯한 통증에 정신이 아득해질 때였다.

"비스트패스트! 비스트패스트!"

콰직, 텅! 쾅─!

번뜩이는 속도로 날아간 아크가 벽과 충돌하는 순간, 반대 방향으로 날아갔다. 그러나 곧바로 반대편 벽을 들이받으며 머리가 뽀개지는 통증이 느껴졌지만!

"돼, 됐다! 성공했어!"

아크가 코피가 철철 쏟아지는 얼굴을 들어 올리며 소리쳤다. 한 번이지만, 머릿속에 그린 이미지대로 벽을 밟고 반대 방향으로 날아가는 데 성공한 것이다.

물론 반대편 벽에 처박혔지만, 그건 아크도 성공할 거라는 기대를 하고 있지 않은 상태라 대응하지 못해서였다.

"하지만 이제 타이밍은 알겠어. 거의 동시! 비스트패스트를 발동시키자마자 바로 다음 스킬을 발동시켜야 벽과 충돌하기 직전에 스킬을 발동시킬 수 있다!"

이 타이밍을 잡기 위해 안면은 이미 붕괴 직전이지만!

아크의 눈에는 희망이 샘솟았다.

쾅! 쾅! 쾅! 쾅!

뭐 그래도 여전히 벽을 들이받았지만, 일단 타이밍을 잡으니 세 번에 한 번, 두 번에 한 번, 그리고 곧 서너 번에 한 번

밖에 실패하지 않고 벽을 밟고 반대 방향으로 몸을 날릴 수 있게 되었다.

쾅! 쾅! 쾅! 쾅!

그래도 아크의 안면은 여전히 뭉개졌다.

한 번 벽을 밟고 뛰는 타이밍은 익숙해졌지만 그다음, 연이어 벽을 밟고 뛰는 타이밍은 또 다른 문제였기 때문이다.

그러나 끈기하면 아크!

그 역시 수십, 수백 번을 들이받는 사이에 익숙해졌다.

그렇게 한참의 시간이 지난 뒤!

"좋아! 이제 실전이다!"

마침내 아크가 균열 앞으로 다가갔다.

얼굴은 이미 함몰되어 형체조차 알아보기 힘들 정도였다. 그러나 그 덕분에 이제 '벽 밟고 뛰기'를 최대 여섯 번까지 성공시킬 수 있는 타이밍을 몸에 익힌 것이다!

이제 남은 문제는 실전에서 실수 없이 성공시킬 수 있는가. 연습에서 성공한 것과 실전에서 성공시키는 것은 또 다른 차원의 문제인 것이다. 여기에 필요한 것은 두 가지!

'할 수 있다는 자신감! 그리고…….'

아크가 균열 너머를 노려보며 주먹을 꽉 움켜쥐었다.

'집중력이다!'

마음이 급할수록 서두르면 안 된다.

아크는 조급함을 억누르며 눈을 감았다.

그리고 머리를 비우고 머릿속으로 수없이 균열을 뛰어넘는 이미지를 새겨 넣었다. 그리고 어느 순간!

"자, 간다! 비스트패스……."

마침내 균열을 향해 몸을 날릴 때였다.

"어? 뭐, 뭐야?"

아크가 당혹성을 터뜨리며 움직임을 멈췄다.

아니, 멈춘 것이 아니라 몸이 움직이지 않았다. 그리고 갑자기 주위의 풍경이 일그러지더니 눈앞에 전혀 다른 풍경이 펼쳐졌다.

붉은 크리스털로 이루어진, 아크가 들어온 금마의 탑과 비슷하지만 조금 다른 동굴. 그리고 역시 아크가 상대한 마움과 비슷하지만 좀 더 작은 마움이 눈에 들어왔다. 그리고 그 마움이 송곳니를 드러내며 확 달려드는 순간!

–YOU DIE!

"무, 무슨……!"

아크가 벌떡 일어나며 주위를 둘러보았다.

……금마의 탑 앞이었다.

대체 이게 뭔가? 멀쩡하던 자신이 왜 갑자기 죽어 버린 건가? 아크가 황망한 눈으로 금마의 탑에서 잡담을 나누는 토트―실버스타―와 제라두를 돌아보았을 때였다.

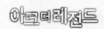

위이이잉! 파지지지!

페어리가 섬광을 터뜨리자 아크의 옆에 크리스털 골렘이 나타났다. 등이 이끼에 뒤덮인―다시 자랐다!― 크리스털 골렘, 바사크였다.

―흠, 이번에는 저 녀석인가?

그때 제라두가 아크와 바사크를 돌아보며 혀를 찼다.

"저 녀석? 가만? 그럼⋯⋯."

―뭐냐? 그 표정은? 말하지 않았나? 금마의 탑은 엘림만을 시험하기 위한 수련관이 아니다. 맹약에 따라 엘림의 동반자로서 조력하는 명예로운 바이우스. 금마의 탑은 엘림의 수련관임과 동시에 그런 바이우스 골렘을 위한 수련관이기도 하다. 아니, 되레 그쪽이 본목적이지. 엘림은 후대로 이어져도 선대의 가르침을 받을 수 있다. 하지만 엘림과 함께 새로 태어난 바이우스 골렘에게 선대의 지식을 전해 줄 수 있는 곳은 여기, 펜저모니엄밖에 없으니까.

그건 이미 들어서 알고 있다.

금마의 탑에서 바사크를 소환하지 못한 이유가 그것.

아크가 금마의 탑으로 들어설 때 바사크는 그와 다른 입구, 그러니까 바이우스 골렘을 위해 준비된 별도의 수련관으로 들어선 것이다.

그러나 아크는 신경 쓰지 않았다.

아니, 바사크의 일보다 당장 자신의 코가 석 자였다.

그리고 바사크야 어찌 됐든 일단 금마의 탑에 들어온 목적은 신기를 찾기 위해서. 그러니 먼저 금마의 탑을 돌파해 신기를 받는 것—당연히 1위로!—이 먼저라고 생각했다.

그러나…….

―누누이 말하지만 바이우스 골렘은 엘림의 거울. 외형만이 아니라 바이우스 골렘의 힘 역시 엘림과 함께한다. 금마의 탑은 그런 너희 둘 모두를 시험하는 수련관. 둘 중 어느 한쪽이라도 죽으면 다른 하나도 당연히 불합격. 함께 죽음을 맞이하게 되어 있다.

"그, 그럼 제가 죽은 건…….”

―형님, 죄송합니다!

바사크가 털썩 엎드리며 소리쳤다.

그러나 아크는 차마 바사크에게 뭐라 할 수가 없었다.

일전에 아크는 금마의 탑 앞에서 부활하자마자 뛰어 들어가느라 제대로 보지 못했지만 그때 바사크도 죽었다는 말이니까. 그리고 그건, 처음에는 적어도 아크보다는 바사크가 더 오래 버티고 있었다는 말도 된다.

'바사크가 들어간 곳은 내가 들어간 곳보다 난이도가 낮았다는 말이다. 아니, 뭐 그야 당연하겠지만 어쨌든 이번에는 바사크가 먼저 죽었다.'

이제 바사크 역시 아크가 헤맸던 균열만큼 어려운 난관에 봉착했다는 뜻. 그리고 그건 앞으로 몇 번이나 같은 상황이 반복될 수도 있다는 의미였다. 그러나 지금 중요한 건 그게 아니다. 그보다 심각한 문제는…….

'이건 내가 노력해서 될 일이 아니잖아!'

지금까지 아크는 착각하고 있었다.

금마의 탑, 여기는 기갑 스킬이 문제가 아니었다.

그리고 아마도 그게 역대 최강의 엘림이었다는 자낙스조차 클리어 점수가 80점밖에 되지 않았던 이유이리라.

그리고 이미 아크는 −10!

SPACE 9. 탄생

어느 날 갑자기.
그렇게 말할 수밖에 없었다.

ㅡ 소문 들었어?

ㅡ페미온 성좌 방면의 항로가 막혔대.

ㅡ무슨 소리야? 내가 며칠 전에도 이용한 항로인데.

ㅡ나도 자세히는 모르지만 그쪽 항로로 워프했던 우주선이 모두 조난당했다던데?

ㅡ난 해적들에게 습격당했다고 들었어.

ㅡ페미온 성좌를 해적이 봉쇄했다고? 그럴 리가. 가니안 성좌 방면 항로가 한두 군데도 아니잖아. 군대도 아닌 고작 해적 따위가

그 많은 항로를 무슨 수로 막아?

　─어쩌다가 몇 명이 우연히 해적에게 당한 거겠지.

　─뭐 그야 그렇겠지만⋯⋯.

갤럭시안의 커뮤니티에서 이런 대화가 오가기 시작했다.

처음에는 그저 '그런 소문이 있다'는 수준의 얘기였다. 그러나 불과 하루 만에 직접 그런 일을 경험했다는 유저의 증언이 수백 건을 넘어가기 시작했다.

그들이 경험했다는 내용은 대부분 비슷했다.

　─워프 항해 도중 이면세계에서 튕겨 나갔습니다.

　─그때 전함 몇 척이 둘러싸고 앞으로 페미온 성좌 방면의 항로는 이용하지 못한다고 하더군요. 꼭 이용하려면 자신들의 허가를 받으라고 하네요.

　─말하자면 통행료를 내라는 거죠.

　─다시 무단으로 그 항로를 이용하면 경고 없이 격침시키겠다고 협박했습니다.

　─전 진짜 공격까지 받았습니다.

　─이게 말이 됩니까?

이런 증언에 유저들은 분개했다.

이들이 분개한 가장 큰 이유는, 그게 남의 얘기가 아니었

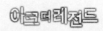

기 때문이다.

페미온 은하연방과 라마, 아슐라트, 은하 3국의 국경과 인접한 지역에 위치한 성좌였다.

그리고 한때 은하 3국이 정치적으로 가장 치열한 주도권 싸움을 벌였던 지역이기도 하다.

이 지역의 특수성 때문이다.

은하 3국에서 우주 개척지로 향하는 워프 항로의 절반 가까이가 이 페미온 성좌를 지나게 되어 있는 것이다.

당연히 이 성좌를 차지하면 우주 개척에 유리하다. 그러나 은하계를 삼분하는 거대 세력의 이해관계가 이렇게까지 얽히면 되레 다툼이 생기기 힘들어지는 법이다.

뜨거운 감자.

괜히 나서서 욕심을 부리면 뜨거운 맛을 보는 것이다.

그리하여 페미온 성좌는 암묵적으로 은하 3국, 그리고 평의회마저 관여하지 않는 지역이 되었다.

뭐 이런 내용까지 알고 있는 유저는 그리 많지 않았지만.

어쨌든 며칠 전까지 자유롭게 이동할 수 있는 지역이 갑자기 폐쇄되었다. 물론 개척지로 이어지는 항로가 페미온 성좌밖에 없는 것은 아니다. 그러나 페미온 성좌를 관통하면 6~7시간이면 갈 수 있는 곳도 돌아가면 10시간, 지역에 따라서는 그 이상도 걸린다.

그런 교통의 요충지를 정체도 알 수 없는 놈들이 멋대로 봉쇄하고 있는 것이다.

당연히 분통을 터뜨릴 수밖에 없었다.

그러나 이때까지만 해도 유저들은 큰 문제가 아니라고 생각했다.

─저는 그리온 컴퍼니의 마론입니다. 갤럭시안의 모든 유저가 이용하는 항로를 봉쇄하다니! 놈들이 유저든 NPC든 이런 폭거, 용납할 수 없습니다. 이에 저희 그리온 컴퍼니는 대의를 위해 내일 오후, 페미온 성좌를 봉쇄한 놈들을 공격할 생각입니다. 동참하실 유저나 컴퍼니는 메시지 남겨 주십시오. 국적 불문입니다.

─드레이크 컴퍼니의 아라치입니다. 동참하겠습니다!

─옥시풋 컴퍼니의 베리얼입니다. 저희 컴퍼니도 동참하겠습니다!

─저는 상업 전문 컴퍼니 덤핑의 치프입니다. 페미온 성좌의 봉쇄가 길어지면 저희 컴퍼니는 피해가 이만저만이 아닙니다. 다른 분들이 나서 주신다면 보급품 지원을 맡겠습니다.

은하계는 넓고 정의에 불타는 유저는 많은 것이다.

물론 정의라고는 해도 그 나름의 이해관계가 있어 나서는 것이지만 어쨌든, 커뮤니티에 공론이 조성되자 처음 의견을 제시한 그리온 컴퍼니를 중심으로 순식간에 20여 컴퍼니의 동맹이 결성되었다. 전함만 30여 척, 참가 인원은 1,000명이 넘는 규모였다.

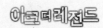

이로써 유저들은 생각했다.

이번 사건은 그냥 작은 헤프닝 정도로 끝나리라고.

그리고 그냥 강 건너 불구경하는 기분으로 결과를 기다리고 있을 때였다. 같은 날 저녁, 유저들은 경악할 만한 소식을 듣게 되었다.

- 그리온 컴퍼니 동맹 대패!

- 전함 12척 격침! 5척 나포! 400여 명 전사!

충격적인 패전 소식!

그러나 더 충격적인 것은 동맹에 참가했던 유저들의 증언이었다.

- 페미온 성좌를 봉쇄하고 있는 것은 해적들이 아니었어!

- 군대! 그건 군대였어! 엄청난 규모의…….

- 수백 척의 전함이 우리를 기다리고 있었어. 놈들의 주포에 우리는 제대로 싸워 보지도 못하고 괴멸 상태에 빠졌어. 그 뒤에 벌어진 건 그냥 살육이었다고!

- 나…… 난 봤어. 함대만이 아니었어. 페미온 성좌의 혹성은 이미 모두 요새화되어 있었어. 다크스타! 다크스타만도 몇 개나 되는 것 같았어.

유저들은 그제야 사태의 심각성을 깨달았다.

그리고 페미온 성좌를 봉쇄. 아니, 장악한 세력의 정체에 대해 갖은 추측이 난무하는 가운데, 갑자기 한 유저가 긴급 공지를 띄웠다.

- 모두 갤럭시안에 접속해 봐! 지금 페미온 성좌를 장악하고 있는 무리의 대장이라는 놈이 은하게 공용 채널을 통해 성명 발표를 하고 있어!

그리고…….

"후작님!"
한 사내가 방문을 열고 뛰어 들어왔다.
회색 머리의 사내는 볼티미어, 연방군의 정보부장이었다.
"후작님, 긴급 사안입니다!"
"조용히……."
마틴 후작이 손을 들어 제지하며 낮은 목소리로 말했다.
볼티미어가 움찔하며 입을 다물었다.
마틴 후작의 제지 때문이 아니었다. 그가 바라보고 있는 입체 모니터에 떠 있는 사람의 얼굴을 확인했기 때문이다.

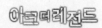

―……이에 우리는 페미온 성좌를 포함한, 일명 너브라고 칭해지는 지역의 30여 혹성은 우리 '신의 군대'가 모든 자치권을 행사하는 독립국임을 선포한다. 따라서 너브를 지나는 모든 우주선은 민간은 물론, 은하 3국과 평의회 소속도 정식 절차를 밟아 허가를 받아야 한다. 이에 불응하거나 혹은 이번처럼 전함을 앞세우고 무단으로 침입하는 사태가 발생한다면 독립국에 대한 침략 행위로 간주, 단호한 자세로 제재를 가할 것을 천명하는 바이다. 다시 한 번 전한다. 이는 전 은하계에 알리는 너브의 새로운 통치자…….

"……쥬벨."

볼티미어가 잘근잘근 씹는 목소리로 중얼거렸다.

그 말대로 마틴 후작이 지켜보는 모니터 위에 대가리만 둥둥 떠서 떠들어 대는 사람은 쥬벨. 은하연방의 전 내무부 장관이었다, 쿠테타에 실패하고 행방이 묘연하던.

"어떻게 생각하나?"

그때 마틴 후작이 몸을 돌리며 물었다.

볼티미어는 참담한 표정으로 고개를 떨구며 대답했다.

"죄송합니다. 저 역시 은밀히 쥬벨이나 호크의 행방을 추적하고 있었지만 설마 이렇게까지 가까운 곳에서 저런 일을 벌이고 있을 줄은…… 입이 10개라도 할 말이 없습니다."

"그런 것을 묻는 게 아니야."

마틴 후작의 표정은 의외로 담담했다.

"쥬벨은 타투인의 패전 직후 바로 몸을 숨겼다. 그리고 이후, 쥬벨의 재산은 하나도 남김없이 몰수되었지. 아닌가?"

"맞습니다."

볼티미어가 고개를 끄덕였다.

"그 처리는 제가 맡아서 누구보다 자신 있게 말할 수 있습니다. 공개된 쥬벨의 재산은 물론, 그와 관련된 모든 계좌와 사업체는 하나도 남김없이 몰수했습니다. 상상했던 것 이상으로 많은 재산을 긁어모아 두고 있었지요."

"덕분에 황제 폐하와 나도 끼니를 거르지 않을 수 있었지."

타투인, 아니, 이스타나 전역에 막대한 피해를 입고도 빠르게 복구 작업을 진행할 수 있는 이유가 이 때문이었다.

쥬벨이 다람쥐 도토리 모으듯이 각종 비리를 일삼으며 긁어모은 막대한 재산. 그게 쥬벨이 벌여 놓고 튀어 버린 뒤처리에 쓰이고 있는 것이다.

다시 말해 쥬벨은 빈털터리.

마틴 후작이 던진 질문이 바로 그것이었다.

"나도 어제 너브에서 있었던 사건은 전해 들었다. 일부 컴퍼니들이 동맹을 맺고 너브에 진입하다가 괴멸당했다는. 그들의 증언에 따르면 너브에 주둔하고 있는 것은 군대 규모의 함대였다더군. 뿐만 아니라 너브에 속해 있는 혹성이 요새화되어 있었다고 한다. 하지만 아마도 그게 전부는 아닐 테지."

마틴 후작이 손가락으로 주름이 깊게 팬 이마를 만지작거리며 말을 이었다.

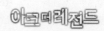

"쥬벨은 멍청하지만 무모한 놈은 아니야. 은하계 전역을 상대로 저런 말을 떠들어 댄다면 그만한 준비가 갖췄다고밖에 볼 수 없다. 궁금한 것은 그 돈이 어디서 나왔느냐는 거지."

"다른 은닉 재산이 있었다고 생각하시는 겁니까?"

"그건 아니다. 설사 그런 것이 있었다고 해도 고작 어딘가 숨어서 통조림이나 먹을 수 있는 수준이겠지. 하물며 호크라면 말할 것도 없지. 다시 말해……."

"제3자가 개입됐다는 말이군요."

"그렇게 생각하는 것이 타당하겠지. 누구인지 짐작 가는 바도 있고."

"짐작이라면?"

"몇 시간 전에 이 방송을 보고 몇 가지 조사해 봤지."

마틴 후작이 책상에 놓여 있는 서류에 눈길을 주었다.

"현재 페미온 성좌는 개척지로 분류되어 있다. 독립국 따위는 아니지만 납득할 만한 이유가 있다면 평의회로부터 혹성 자치권 정도는 인정받을 수 있지. 그리고 페미온 성좌를 포함한 너브 지역의 혹성 중 10여 개는 이미 몇몇 상단이 자치권을 인정받은 상태였다."

"그 상단들이 쥬벨을 후원하고 있다는……."

"정확히 말하면 1명이지, 우리 입장에서는 가장 상대하기 껄끄러운."

마틴 후작이 눈살을 찌푸렸다.

"상단은 10여 개지만 뒤를 추적하면 모두 한 컴퍼니와 관련되어 있지. 헬리온이다. 그리고 헬리온의 실질적인 주인은……."

"벨테란 공작!"

볼티미어가 이를 갈아붙이며 소리쳤다.

"거기까지 파악됐다면……."

"거기까지 파악했기 때문이다."

마틴 후작이 피곤한 표정으로 관자놀이를 문지르며 말을 이었다.

"벨테란 공작은 만만한 인물이 아니다. 쥬벨과…… 나 역시 청년 시절에는 그에게 정치를 배웠다고 할 수 있지. 그래서 알고 있다. 만약 벨테란 공작이 숨길 생각이었다면 이처럼 너브 지역의 자치권을 가진 컴퍼니로 자신을 추측할 수 있게 하는 실수 따위, 결코 하지 않았을 것이다. 무슨 말인지 알겠나? 그는 숨길 생각이 없는 것이다, 쥬벨의 배후에 자신이 있다는 것을. 내가 피곤한 이유지."

쥬벨이 단순히 해적단이라면 차라리 편하다.

쥬벨은 물론, 해적과 공모한 벨테란 공작에게도 죄를 물을 수 있으니까.

그러나 쥬벨은 독립국을 선언했다. 당연히 은하 3국과 평의회가 받아들일 리가 없지만, 너브 지역은 개척지. 그 자체는 은하연방의 법으로 처벌할 수가 없었다.

아니, 대응책을 마련하기도 쉽지 않다.

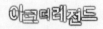

"벨테란 공작이 자신을 드러나게 한 데는 이유가 있다. 그는 자신을 드러냄으로써 내게 이렇게 말하고 있는 것이다. 은하연방은 나서지 말라고. 만약 섣불리 나서면⋯⋯."

벨테란 공작은 오래전에 정계를 은퇴했지만 아직 내정파 귀족들에게 쥬벨 따위보다 몇 배나 큰 영향력을 행사하고 있었다. 아마 벨테란 공작이 움직이면 내정파 귀족들은 쥬벨이 쿠테타를 일으켰을 때보다 더 과격한 움직임을 보이리라.

당연히 그건 이제 막 쿠테타를 저지하고 복구 작업에 여념이 없는 연방군에는 상당한 부담이 된다.

아니, 내정파 귀족들이 작정하고 쥬벨을 지지하고 나서면 최악의 경우 은하연방이 둘로 쪼개지는 사태가 벌어지게 될지도 모른다. 벨테란 공작은 자신을 드러냄으로써도 마틴 후작에게 그런 말을 하고 있는 것이다.

"알겠나? 벨테란 공작은 지금 협, 박, 하, 고, 있, 는, 거, 다."

"그런⋯⋯."

"그런 인물이다, 그는."

마틴 후작이 한숨 섞인 목소리로 말했다.

"하지만 난감한 것은 은하연방만이 아니겠지."

다른 문제도 아니고 독립국 선포다. 그것도 은하 3국의 국경이 모여 있는 너브 지역에서.

당장 위프 항로가 차단된 개척자나 상단도 불편하겠지만 라마나 아슐라트, 평의회의 입장은 불편한 정도가 아니리라.

그러나 이들 역시 움직이기는 쉽지 않다.

너브 지역은 개척지. 뿐만 아니라 정치적으로 미묘한 문제가 있어 은하 3국도 직접적인 개입을 꺼리는 장소였다.

해당 지역 혹성의 자치권을 인정해 준 평의회는 물론 은하 3국도 자국의 법으로는 군대를 동원해 너브를 공격할 명분이 없는 것이다.

뿐만 아니라 현재 은하연방은 쿠테타의 뒤처리로, 라마는 황위 계승권 전쟁, 아슐라트는 정체불명의 무장 집단에 점령됐던 이젠트 혹성에서 유출된 기밀 자료의 회수에 국력을 쏟아붓는 중이다.

"장소도 그렇지만 시기적으로도 너무 공교로워. 마치 모든 것이 이를 위한 것처럼."

"그럼 혹시 모든 것이 벨테란 공작의……."

"아니, 벨테란 공작이라도 그 정도의 힘은 없을 거다. 아슐라트도 그렇지만 적대국인 라마에까지 손이 닿아 있다고는 생각하기 힘들어. 지금으로서는 그런 상황을 만들었다기보다는, 그런 상황이니까 일을 벌였다고 생각하는 편이 맞겠지."

물론 그래도 의혹은 남는다.

그런 것치고는 준비가 너무 잘되어 있는 것이다.

그러나 아무런 정보도 없이 추측만으로 판단할 수 있는 일은 아니었다. 그리고 이런 곳에 앉아 있는지 없는지도 모를 또 다른 배후나 캐고 있을 때도 아니었다..

사태는 심각하다.

아무것도 할 수 없지만, 때문에 아무것도 하지 않을 수는 없다.

"뭔가 생각해 두신 바는 있습니까?"

"없다. 하지만 없을 때는 없는 대로 쓸 수 있는 방법도 있지. 은하 3국과 평의회가 나서기 힘들다면 이번 일을 맡길 수 있는 것은 '그들'밖에 없지."

"그들이라면……."

"라마와 아슐라트, 평의회의 대사관에 연락하라. 이 마틴이 의논할 일이 있다고."

마틴 후작이 지시하고 하루 뒤.

페미온 성좌 함락 작전!

얼마 전 은하계에 충격적인 소식이 전해졌습니다.
쥬벨이라는 사내가 페미온 성좌를 중심으로 30여 혹성이 포함된 너브 지역을 무장 점거하고 독립국을 선포한 것입니다. 그로부터 하루 뒤, 은하 3국과 평의회는 너브 지역을 독립국으로 인정하지 않는다는 공동성명을 발표했습니다. 또한 수많은 개척자가 이용하는 항로를 봉쇄한 행동을 강력하게 규탄하며 이들을 불법 무장 단체로 규정지었습니다.
그러나 개척지에 군대를 동원하는 것은 설사 불법 무장 단체를 괴멸시킨다 해도 이후 정치적으로 심각한 문제가 야기될 수 있다는 위험이 있습니다.
이에 은하 3국과 평의회는 은하계 전역의 개척자들에게 힘을 모아 너브 지역을 탈환해 달라는 공문을 발송했습니다. 은하 3국과 평의회는 요청을 받아들인 개척자를 적극 지원할 것이며, 뛰어난 공적을 세운 개척자에게는 성과에 상응하는 공훈치를 약속했습니다.
정의를 위해서!
난이도 : ???

은하 3국과 평의회가 관리하는 모든 도시의 유저들에게
이런 퀘스트가 떠올랐다.

　이에 대한 유저들의 반응은 폭발적이었다.

　"너브 지역의 소문이 사실이었어?"

　"빌어먹을, 그 항로를 사용하지 못하면 개척지로 갈 때
마다 7~8시간은 더 걸린다고!"

　"내가 있는 곳에서는 너브 지역을 우회하면 12시간도 더
걸려."

　"이따위 짓, 용서할 수 없어!"

　이렇게 불편함에 분노하는 유저들도 있었지만.

　"공훈 포인트를 얻을 기회다!"

　"일전에 에피소드Ⅲ가 시작되고 공훈 포인트 상점에 들러
봤는데 장난이 아니었어. 일반 상점에서는 구경도 못 해 본
레어급 장비품이 엄청나게 많더라고. 게다가 기존보다 성능
이 2배 이상 좋은 우주선 파츠도 있었어."

　"은하 3국의 공훈 포인트를 받을 수 있다면?"

　"대박이지!"

　역시 퀘스트의 백미는 보상!

　그것도 은하 3국과 평의회의 공훈 포인트를 한꺼번에 받
을 수 있는 퀘스트다. 이에 은하계 각지에서 유저들이 탐욕
에 물든 눈을 빛내며 너브 지역으로 날아가는 가운데.

　"이럴 때 대체 아크 녀석은……."

마틴 후작이 짜증 나는 표정으로 중얼거렸다.

"어디서 뭘 하고 자빠져 있기에 코빼기도 보이지 않는 거냐?"

그때 아크는……

"빌어먹을!"

욕을 하고 있었다.

왜냐하면, 욕이 나오는 상황이기 때문이다.

앞서 설명하자면, 그건 문제의 균열 때문이 아니다.

처음 균열에 떨어져 죽은 이후 아크는 얼굴이 뭉개질 정도로 벽을 들이받은 덕분에 '비스트패스트'의 타이밍을 몸으로 익혀 마침내 균열을 넘을 수 있었다.

물론 그 균열이 끝은 아니었다.

균열을 넘어가자 다시 마음이 쏟아져 나왔다.

그러나 이미 공략법을 마스터한 아크의 상대는 아니었다.

그리하여 거침없이 진격! 진격! 진격! 일단 균열 공략법을 찾은 아크는 무수히 쏟아지는 마음을 헤치우며 진격하고 있었지만 얼굴에는 불안의 빛이 가득했다.

"아……!"

그리고 불안은 곧 현실이 되었다.

갑자기 몸이 경직되며 눈앞에 전혀 다른 영상이 펼쳐지기 시작한 것이다.

축구공만 한 크기의 붉은 크리스틸 덩어리가 주위를 날아다니며 레이저를 뿜어내고, 몇몇 크리스틸은 송곳 같은 작은 크리스틸로 분해되어 날아오는 영상이었다.

1인칭 시점으로 보이는 '그'는 방패처럼 변형된 손으로 레이저를 튕겨 내고 크리스틸을 막으며 돌진하고 있었다.

그러나 전진할수록 상황은 더 악화되었다.

처음에는 전방에서만 날아오던 공격이 앞으로 나가자 좌우, 뒤에서도 날아들기 시작한 것이다.

당연히 점점 막아 내기 힘들어졌다. 그리고 결국 사방에서 뻗어 오는 레이저에 관통당하는 순간!

－YOU DIE!

유다희 양이 방긋 웃으며 아크를 맞이해 주었다.

그리고…….

－크흑! 죄송합니다!

금마의 탑 앞에서 바사크가 OTL 자세로 소리쳤다.

이거다. 아크가 균열을 뛰어넘고 무수한 마움을 해치우면서도 불안감을 떨치지 못했던 이유도! 난데없이 유다희 양의 손을 잡고 다시 금마의 탑 앞으로 날아온 이유도!

─제가! 제가 못나서 형님까지……!

비통한 표정으로 소리치는 바사크 때문이었다.

금마의 탑에서 시험받는 것은 아크만이 아니다. 엘림의 동반자로서 그만한 역량을 갖춰야 한다는 이유로 바사크까지 덩달아 시험을 받는 중이었다. 그리고 이 둘은 생사를 함께하는, 아니, 생사를 함께해야 한단다, 제라두가.

그러니 아크가 단내를 풍기며 수백 마리의 마움을 해치워도! 얼굴이 뭉개지는 피나는 연습 끝에 균열을 넘어도! 그대로 금마의 탑 종착지에 도착해도! 운명 공동체로 묶여 버린 바사크도 같이 도착하지 않으면 OUT.

아크도 덩달아 DIE가 돼 버리는 것이다.

'처음에는 내가 할 수 있는 일이 없다고 생각했지만……'

없지는 않았다.

그 방법이 죽기 전에 본 영상이었다.

'그건 바사크가 죽기 전에 겪은 상황이다. 그런 영상을 군이 내게 보여 주는 이유는, 내게 그 관문을 돌파할 방법을 찾으라는 말이겠지.'

그래서 아크는 생각했다.

'바사크는 나와 진행 방법이 다르다.'

당연하다. 아무리 해저 유적에서 빡 세게 키웠다고 해도 바사크의 레벨은 아직 128. 거기에 아크처럼 무한대로 사용할 수 있는 배틀슈트도 없다. 그런 바사크 앞에 레벨 300+짜리 마움이 나타나면 1마리라도 바로 순살!

치킨 얘기가 아니다.

순살瞬殺! 순식간에 죽는다는 말이다.

아크가 들어간 던전이 공격적인 진행 방식이었다면 바스크는 방어적.

바사크의 던전에서도 마움이 나오기는 했지만 레벨은 그리 높지 않았다. 그리고 바사크에게 주어진 과제는 마움을 해치우는 것도 아니었다.

바사크가 상대한 마움은 레벨은 낮아도 꽤 다채로운 공격을 해 왔는데, 바사크는 이를 피하든 막든 일정 시간만 버티면 마움이 사라졌다. 이건 바사크가 기본적으로 방패. 몸빵용 소환수이기 때문이리라. 뭐 어쨌든…….

'꼭 싸워서 이겨야 하는 것이 아니라면 하기에 따라 레벨이 낮은 바사크도 과제를 클리어할 여지는 충분해. 그래, 하기에 따라서. 바사크에게 필요한 것은 힘보다는 전략. 보다 효과적으로 적의 공격을 피하고 막아 내기 위한 전략이다.'

불가능한 과제는 아닌 것이다.

그러나 그게 말처럼 쉬운 일이 아니었다.

그저 죽을 때의 상황만 보고 대응책을 생각해 내는 것도 그렇지만 설사 생각해 낸다 해도 실행하는 것은 바사크. 코치가 '100미터를 5초에 뛰어라.'라는 말한다고 선수가 갑자기 치타가 될 리가 없는 것처럼, 적절한 지시가 꼭 성공으로 이

어지지는 않는 것이다.

그 증거가 방금 전의 메시지다.

당연히 평소의 아크라면 부활하자마자!

"이 자식아! 그것도 못해? 넌 머리부터 발끝까지 돌이냐? 그냥 돌이야?"

……라며 울분을 토했겠지만!

아크는 훌쩍거리는 바사크를 바라보며 한숨을 불었다. 그리고 실버스타—토트—와 제라두를 째리며 말했다.

"됐다. 그게 어디 네 잘못이냐? 치매인 주제에 되도 않게 끼어들어서 난장을 피운 위대한 엘림의 스승님 덕분이지. 뭐 그런 치매에 걸린 영감탱이의 난장을 넙죽 물고 금마의 탑인지 뭔지로 갈아 치운 줏대 없는 위대한 의지의 돌 님도 문제지만."

-뭐야? 치매? 난장?

-넙죽 물어? 내가 개냐? 물긴 뭘 물어?

두 영감탱이가 울컥한 표정으로 소리쳤지만 아크는 콧방귀도 뀌지 않았다. 말이 나왔으니 말이지만 한 번 준 퀘스트를 갈아 치우는 법이 어디 있단 말인가?

이건 횡포!

NPC의 월권행위다.

그러나 아크가 이제 살짝 무서워지기까지 하는 유다희 양과 빈번히 만나면서도 이리 너그러운 태도를 보이는 이유는 따로 있었다.

유다희 양은 일단 나타나면 금마의 탑에서 얻은 경험치와 스킬 숙련도까지 몽땅 챙기고 튀어 버린다.

그러나 여기에는 예외가 있었다.

바로 기갑, 비스트의 스킬 숙련도다.

아크는 바사크가 죽으면 덩달아 죽는다. 그러나 비스트는 죽는 것이 아니다. 기갑무장이 해제될 때처럼 이공간으로 돌아가는 것뿐.

'그러니 당연히…….'

기갑 스킬 숙련도는 100% 보존되는 것이다.

유저에게 기갑무장은 문자 그대로 비장의 카드. 반면 일단 사용하면 대기 시간이 24시간이나 돼 함부로 사용할 수 없었다. 무턱대고 사용하면 정작 필요할 때 사용하지 못하게 되는 경우가 있는 것이다.

뭐 아끼다 똥 된다는 말도 있지만!

그리고 실제로 아끼다가 써 보지도 못하고 상황이 끝나 버리는 경우도 비일비재하지만!

바로 그 부분 때문에 기갑 스킬의 등급을 올리기가 힘들었다. 무턱대고 사용해도 하루에 30여 분. 그나마 아끼다 보면 며칠에 30여 분이다. 뿐만 아니라 기갑 스킬은 그런 배틀슈트의 사용 시간을 줄이는 것이라 좀처럼 사용하기 힘들다.

그러니 숙련도가 제대로 올라갈 리가 없었다.

그러나 금마의 탑에서는 기갑도! 기갑 스킬도 무한대로 사용할 수 있다. 당연히 숙련도는 미친 듯한 속도로 올라갔다. 그리고 죽어도 이건 100% 보존!

'여기야말로 기갑 스킬을 위한 장소!'

이런 기회! 둘도 없을 기회! 쉽게 생길 리가 없는 것이다.

그때부터 아크는 마음과 싸울 때 아예 평타는 봉인, 오직 '블러디 로어'와 '비스트패스트'만 사용했다. 그리하여 이 두 가지 모두 Lv.2로 상승!

그것만이 아니었다.

-배틀슈트가 진화했습니다!

하이퍼 드론 Lv.2→하이퍼 드론 Lv.3

※비스트의 마나 회복 속도가 20%로 상향됐습니다!

※비스트로 강화되는 모든 신체 능력이 각각 5%씩 상향됐습니다!

※비스트의 전용 기술 '블러디 로어'의 공격력이 10% 증가했습니다!

※비스트가 장착되어 있던 추가 코어의 기억을 흡수해 새로운 기술을 습득했습니다!

-하이퍼 드론 전용 스킬-

짐승의 시선(유저, 액티브) : 새로 흡수한 배틀슈트의 코어는 난타전 전용 배틀슈트로 사용되던 것입니다. 이에 하이퍼 드론은 새 드론의 힘을 받아들여 비스트에 봉인되어 있던 기술이 해제되었습니다. '짐승의 시선'은 강력한 살기를 품은 시선으로 적을 위협해 최대 5분 동안 전투력을 20% 감소시키는 능력입니다. 단, 이 스킬은 적이 당신의 시야에 있을 때만 적용됩니다. 또한 '무한한 용기' 같은 스킬을 가지고 있는 상대에게는 효과가 반감됩니다.

※기체 마나 소모 : 10%

비스트의 레벨 업!

'까, 까맣게 잊고 있었어!'

처음 정보창을 봤을 때는 어리둥절했다.

그러나 아크는 잊어도 비스트는 기억(?)하고 있었다. 바로 지저세계에서 발견한 무라트의 시체에서 얻은 코어. 그것도 (1*), 그러니까 기갑 스킬까지 등록되어 있던 코어! 그러나 그때는 비스트—당시는 하이퍼드론—에 축적된 경험치가 부족해 대기 상태였다가 금마의 탑 덕분에 레벨 업!

'그렇구나!'

아크는 그제야 깨달았다.

쭉쭉 올라가는 것은 기갑 스킬 숙련도만이 아니라는 것을!

사실 배틀슈트의 경험치를 올리는 것은 기갑 스킬보다 쉽다. 그냥 입고만 있어도 경험치가 오르는 것이다. 그러나 돌려 말하면 빨리 올릴 방법이 없다는 말도 되었다.

사용 시간=경험치!

이건 비스트 사용에 좀 더 신중해진 아크에게는 꽤 골치 아픈 문제였다. 그런데 금마의 탑은 10년 묵은 숙변을 해결해 주듯이 그런 문제도 단숨에 해결해 준 것이다.

'이곳에서 1시간!'

대기 시간이 끝나자마자 사용해도 다른 곳에서는 이틀이나 걸리는 경험치를 얻을 수 있다는 말이다.

그리고 아크가 금마의 탑에서 보낸 시간이 못해도 7시간,

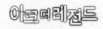

이미 일주일에 해당하는—그것도 계속 배틀슈트를 사용했을 때— 경험치를 확보한 것이다.

'하지만……'

그게 위안은 되더라도 해결책은 못 되었다.

비스트의 경험치를 모을 수 있다지만 어차피 그건 시간만 충분하면 될 일.

그러나 신기는 아니다.

여기서 한번 옵션이 정해지면 그것으로 끝. TOP 5에 들지 못하면 널널한—아마도— 파사의 탑을 통과한 것보다 못한 신기를 받게 되는 것이다.

아니, 1위! 최상급 옵션을 붙이지 못하면 두고두고 후회하게 되리라는 것은 불 보듯 뻔한 일.

'하지만 마음만 앞세워서 될 일은 아니다.'

아크도 바보는 아니다.

이런 상황에서 무턱대고 재도전했을 리가 없다.

'이런 식의 채점 방식이라면 서두르는 것은 의미가 없어. 시간이 걸리더라도 확실하게 통과할 수 있는 준비를 갖추고 도전해야 해.'

이에 아크는 이번 도전하기 전에 바사크를 이틀이나 붙잡아 두고 나름의 방식으로 특훈을 시켰다.

그리고 효과도 있었다. 바사크는 이전에 죽었던 관문을 통과한 것이다. 그러나 아크가 그렇듯이 바사크에게 주어진 시련도 그게 끝이 아니었다. 그다음에는 더 힘든 과제가 나왔고, 결국 다시 죽임을 당하고 만 것이다.

그리하여 다시 -5점.

'이전의 -10과 이번까지, 이제 -15점이다. 한 번 더 죽으면 -20점. 그래도 자낙스와 공동 1위다. 하지만 만약 거기서 한 번이라도 더 실패하면…….'

일단 최상급 옵션의 신기는 포기해야 한다는 말이다.

당연히 속이 바짝바짝 타들어 가는 기분이었다.

'하지만…….'

다시 바사크를 돌아본 아크의 입에서 한숨을 흘러나왔다.

바사크는 이번에도 실패했지만 이전에 죽은 관문은 통과했다. 특훈의 효과는 둘째 치고, 바사크도 나름 아크의 기대에 부응하기 위해 최선을 다하고 있다는 말이다.

채찍질도 상황을 봐 가며 해야 하는 법.

이미 최선을 다하고 있는 바사크에게 무턱대고 채찍질을 하면 역효과만 날 뿐이었다.

"괜찮다, 바사크. 말했듯이 이건 네 잘못이 아니야. 나는 네가 죽을 때의 장면을 모두 보고 있다. 때문에 네가 얼마나 노력하고 있는지도 잘 알아. 내 사정이 아무리 급하다지만, 나는 이미 충분히 노력하고 있는 사람, 아니, 골렘에게 채찍질을 할 정도로 무정한 사람이 아니야. 그보다 네가 걱정이다. 아무리 골렘의 몸이라도 정신은 내 벗인 바사크. 그런

네가 몇 번이나 죽임을 당하면서 무리하는 것이 못내 마음이
아프다."

아크는 뉴월드에서 소환수를 키워 봐서 잘 알고 있었다.

충성심이 높은 소환수에게는 채찍보다 이런 격려가 더 효
과적이라는 것을. 아니나 다를까.

-흑! 혀, 형님! 부족한 저 때문에 어려움에 처하시고도 저를 먼
저 걱정해 주시는 형님의 은혜! 그 은혜에 보답하기 위해서라도 저
바사크, 설사 여기서 산산이 부서져 사라지는 한이 있어도 다음에
는 기필코 금마의 탑을 통과하고 말겠습니다!

바사크는 의지를 활활 태우며 소리쳤다.

-음, 아무래도 내가 좀 잘못 생각하고 있었던 모양이군. 확실히
저 녀석은 양심에 털 난 심성을 가지고 있을지는 모르겠지만 적어
도 바이우스 골렘을 생각하는 마음만은 역대 엘림만큼, 아니, 과거
어떤 엘림보다 깊군. 그토록 많은 죽음을 겪으면서도 자신보다 골
렘을 먼저 생각하는 배려심이라니. 저 사내와 비교될 만한 엘림은
자낙스 정도일까?

덩달아 제라두도 아크를 바라보는 눈빛이 달라졌지만.

-아니야! 저 자식은 그런 놈이 아니라고!

진실(?)은 토트만 알고 있었다.

그러나 토트가 뭐라 하든 보이는 게 그렇다.

-토트, 많은 기억을 잃었다고 하더니 사람 보는 눈마저 흐려진
건가? 자네는 저 사내가 자만심에 차 있다고 했다. 하지만 저 모습

어디에 그런 자만심이 있는가? 하아, 덥석 물었느니 줏대 없느니 하는 말은 불쾌하지만 솔직히 부정할 수는 없군.

제라두가 토트를 꾸짖으며 한숨을 불었다.

─일면만 보고 사람을 판단하면 안 되는 것을. 나도 너무 오랫동안 사람을 보지 못해 눈이 흐려진 모양이야. 아크, 말했듯이 원래 금마의 탑은 정식 서훈을 받은 엘림이 바이우스 골렘과 신기를 성장시키기 위해 도전하는 수련관. 지금이라도 자네가 원한다면 금마의 탑을 취소하고 본래 자네가 받아야 하는 시험인 파사의 탑을 소환해 주겠네.

이건 뜻밖의 제안이었다.

그리고 살짝 솔깃해지는 것도 부정할 수 없었지만 이미 알아 버렸다. 파사의 탑을 클리어해 봤자 금마의 탑을 6위로 클리어했을 때 받는 수준의 신기밖에 얻지 못한다는 사실을.

분명 불안하기는 하지만!

이제 와서 그 정도로 만족할 수 있을 리가 없지 않은가?

'몇 번을 더 실패해도 6위 이상. 아니, 아직 −15다. 1위를 차지할 기회는 남아 있어. 그래, 아직 포기할 때는 아니야. 그리고 방법이 없는 것도 아니다. 비록 이번에도 실패했지만 바사크는 가능성을 보여 주었다. 바사크가 금마의 탑에서 경험한 것을 토대로 철저하게 준비시키면 다음에는 성공할 수 있을지도 몰라. 1%. 아니 0.1%라도 가능성이 남아 있다면 포기할 이유가 없어! 아니, 한다! 1위!'

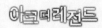

뭣보다 아크는 아직 포기할 생각이 없는 것이다.

이에 아크는 의지가 활활 타오르는 눈으로 제라두를 바라보며 대답했다.

"아니요! 어찌 됐든 제게 주어진 과제. 비록 아직 정식 서훈은 받지 못했지만 저 역시 엘림. 과제가 힘들다고 도망치고 싶지는 않습니다! 한번 시작한 이상 며칠! 아니, 몇 달이더 걸리더라도 기필코 우리 힘으로 금마의 탑을 정복해 보이겠습니다!"

-오오, 갸륵하군.

제라두가 한층 더 호감 어린 눈빛을 보내왔다.

아크가 이렇게 나오니 다급해진 것은 되레 토트였다.

-며, 몇 달이라니? 무슨 소리를 하는 거냐? 지금 이 은하계는 언제 악이 준동할지도 모르는 상황! 그런데 엘림이라는 놈이 이따위 곳에서 몇 달이나 처박혀 있겠다고?

-이따위?

제라두가 슬쩍 째리자 토트가 얼른 말을 바꾸었다.

-아, 아니! 펜저모니엄! 위대한 바이우스의 고향! 분명 이곳은 네게 좋은 수련장임은 분명한 사실이다! 음, 그래서! 그래서다! 때문에 나 역시 아직은 네게 무거운 과제인 줄 알면서도 사자가 새끼를 절벽에서 떨어뜨리는 심정으로 제라두 님께 금마의 탑을 부탁드린 거다!

전혀 그런 분위기가 아니었다.

그리고 알고 있기는 한 건가? 사자가 절벽으로 떨어뜨리는 것은 남의 새끼라는 걸. 사자도 제 자식한테는 그런 짓을 하지 않는다고!

그러나 이제 와서 그런 걸 따져 봐야 입만 아프다.

그럴 시간이 있으면 바사크나 훈련시키는 것이 훨씬 생산적이다. 그게 토트가 입만 열면 칭송하는 자낙스를 누르고 당당하게 1위를 차지할 수 있는 방법! 동시에 최상급 옵션이 붙은 신기를 챙길 수 있는 유일한 방법이다.

"좋아, 바사크! 특훈이다! 이제 기회는 오직 한 번! 한 번 더 실패하면 끝이라는 각오로 임해야 한다! 그러니 확실하게 해낼 수 있다는 자신이 생길 때까지 훈련을 하는 수밖에 없어! 각오는 돼 있겠지?"

-넵! 물론입니다!

아크의 말에 바사크가 다부진 표정으로 일어나며 대답했다. 그러나…….

"내일부터다!"

-네?

이어지는 아크의 말에 바사크가 눈을 동그랗게 만들며 되물었다.

뭐 바사크 입장에서는 좀 당혹스럽기도 하겠지.

그러나 사실 지금 아크는 설사 당장 최상급 옵션이 붙은 신기를 준다고 해도 챙길 시간조차 없었다.

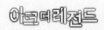

이제 몇 시간 남지 않았기 때문이다.

아크 일생일대의 이벤트가 벌어지기까지.

'젠장, 시간을 너무 지체했어. 뭐 그것도 그만큼 바사크의 대처 능력이 좋아져서 그런 거지만…… 아! 벌써 시간이 이렇게…….'

"바사크, 내일부터는 진짜 빡 세게 훈련을 해야 하니까 그 전에 충분히 휴식을 취해 둬라. 난 급한 용무가 있어 잠시 나갔다 와야겠다."

-뭐? 뭔 소리야, 그게? 뭔 볼일?

"그런 게 있어요. 접속 종료!"

아크가 씨익 웃는 표정으로 빛에 휩싸였다.

-야! 인마! 돌아와! 은하계보다 중요한 일이 어디 있어? 그러니까 신기! 신기를 찾으라고!

펜저모니엄에 토트의 목소리가 메아리쳤다.

"손님, 잔돈……."

"넣어 두세요!"

현우가 버럭 소리치며 택시에서 뛰어나갔다.

그리고 그야말로 '비스트패스트' 못지않은 속도로 질주!

병원 현관을 지나 간호사들의 눈총을 받으며 복도를 뛰어가며 소리쳤다.

"헉헉! 느, 늦지 않았죠?"

"이 자식아! 뭐 하느라 이제 와?"

발끈한 표정으로 소리치는 사람은 권화랑이었다.

"왜 보자마자 성질이에요? 제가 놀아요? 제가 놉니까?"

"노는지 안 노는지가 뭐가 중요해? 아니, 설사 당장 북한이 쳐들어와도 그렇지! 엄마보다 중요한 일이 세상에 어디 있어? 네 엄마는 지금…… 지금…… 하악! 여, 여보! 소미 씨!"

권화랑이 헐떡거리며 눈물까지 글썽였다.

"아버님, 진정하세요."

보다 못해 끼어든 사람은 조민선이었다.

"어머님도 걱정하지 말라고 말씀하시면서 들어갔잖아요. 생각해 보세요. 저런 건장한 아들도 거뜬히 낳으신 어머님이잖아요. 작고 예쁜 공주님 정도는 아무 탈 없이 낳으실 거예요."

"그, 그렇지? 당연히 그렇겠지? 나, 난 말이다……."

"괜찮아요. 네, 네, 당연히 괜찮죠."

"그, 그래, 당연히! 음, 당연히 괜찮을 거야. 저런 무지막지한 놈도 낳은 강한 여자니까. 그, 그런데 왜 안 나오지? 벌써 들어간 지 2시간이나 됐잖아. 무, 무슨 일이라도……."

"의사 선생님이 원래 그 정도 시간은 걸린다고 했어요."

"그래, 원래. 음, 원래 그런 거지. 그러고 보니 나도 들은

거 같아. 그런데 어디 아프기라도 하면 어떡하지? 나…… 나
는…….”

“의사 선생님이 산모도 아기도 건강하다고 했잖아요. 그
리고 다른 사람도 아니고 어머님과 아버님의 딸이에요. 아플
리가 없죠.”

“그래, 당연히 그럴 거야. 당연히…… 오, 주여!”

권화랑이 잔뜩 쪼그린 자세로 의자에 앉아 덜덜 떨며 웅얼
거렸다. 평소라면 현우의 놀림감이 되기에 충분했지만 지금
은 현우도 그럴 기분이 아니었다.

사실 권화랑만큼은 아니지만 그 역시 심장이 터질 만큼 불
안하고 또 기대되기 때문이다.

그렇지 않겠는가?

동생이다! 지금 권화랑이 덜덜 떨어 대며 지켜보는 분만실
에서 어머니가 현우의 여동생을 낳기 위해 문자 그대로 출산
의 고통과 싸우고 있는 것이다.

현우가 조민선을 돌아보며 물었다.

“어머니는…….”

“분만실에 들어가신 지 2시간 됐어요.”

“의사 선생님은…….”

“들었던 얘기 또 해 줘요?”

“아니요.”

현우가 고개를 저으며 권화랑 옆에 앉았다. 그리고 권화랑

과 함께 덜덜 떨며 하염없이 분만실을 바라보았다.

　이럴 때, 남자들이 할 수 있는 일은 그것밖에 없는 것이다. 그러나 여자인 조민선도 딱히 다를 것은 없었다.

　권화랑과 현우 앞에서는 짐짓 대범한 태도를 보였지만 불안한 표정으로 분만실 앞을 오가며 몇 번이나 안쪽을 기웃거렸다. 그렇게 실로 며칠, 아니, 몇 달 같은 시간이 무한하게 흘러가던 어느 순간!

　"으아아아앙!"

　힘차게 터져 나오는 울음소리!

　순간 퍼뜩 고개를 들어 올린 두 남자의 눈에서 왈칵 눈물이 쏟아졌다.

　"딸이다!"

　"동생이다!"

to be continued

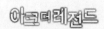

**초능력? 훗, 그따위!
나에겐 몬스터 능력이 있다!**

몬스터 가공 공장의 비정규직 유진성
몬스터를 흡수해 최종 진화를 꿈꾸는
괴생명체 에볼루션의 숙주가 되다!

에볼루션의 힘으로 해체 기술자가 되어
던전에서 몬스터 능력을 흡수한 진성
그동안 당해 왔던 갑의 횡포를
힘으로 깨부숴 나가는데……

**『진화력 100% 완성!』
자, 그럼 다시 한 번 붙어 볼까?**

꿈의 도약, 로크에서 하십시오
(주)로크미디어에서 신인 작가를 모십니다

즐거운 세상, (주)로크미디어는 꿈을 사랑하고 도전을 두려워하지 않는 작가분들의 참신한 작품을 기다리고 있습니다. 21세기 장르 문학계를 이끌어 갈 차세대 선두 주자 (주)로크미디어에서 여러분의 나래를 활짝 펴 보시길 바랍니다.

모집 분야 판타지와 무협을 포함한 장르 문학
모집 대상 아마추어 작가, 인터넷 작가
모집 기한 수시 모집
    작품 접수 시 유의 사항
      1. 파일명은 작가명_작품명.hwp 형식을 갖춰 주십시오.
      1. 파일에 들어갈 내용은 다음과 같습니다.
          ― 성명(필명인 경우 실명을 밝혀 주세요), 연락처, 이메일 주소.
          ― 제목, 기획 의도.
          ― A4용지 1장 분량의 등장인물 소개.
          ― A4용지 2장 분량의 전체 줄거리.
          ― 본문.
      1. 작품이 인터넷에 연재되고 있다면, 게시판명과 사이트의 구체적이고 정확한 주소를 기재해 주십시오.

선택된 작품은 정식 계약 후 출판물로 간행되어 전국 서점에 유통됩니다.
작가분은 (주)로크미디어의 전폭적인 지원하에 전속 작가로 활동하시게 됩니다.
※ 자세한 내용은 로크미디어 홈페이지(rokmedia.com)를 참조하세요.

(03920)서울시 마포구 성암로 330 DMC첨단산업센터 3층 314호
(주)로크미디어 편집부 신간 기획 담당자 앞
전화 : 02)3273-5135
www.rokmedia.com   이메일 : rokmedia@empas.com

No.5

이해날 장편소설
스트라이커

IT'S SHOW TIME!
'미친 전차' 오철영이 펼치는 기상천외한 역전 스토리!

언제나 막말로 트러블을 일으켜
안티를 급증시키던 축구 천재 오철영
계획적인 린치로 선수로서의 생명을 잃고 좌절하던 중,
선행할수록 부상을 회복하는 능력이 생긴다!

복수를 꿈꾸며 팔자에도 없는 선행을 하는 한편
최하위 구단인 수원 타이거즈에 들어가
도박 중독인 구단주와 목숨을 건 내기를 하는데……

복수를 위해서라면 스포츠 도박도 불사한다!
세계를 배경으로 벌어지는 초대형 복수극, START!

ROK
MEDIA

강철
마왕

흑신마 퓨전 판타지 장편소설

ROK
MEDIA

『백염의 심판자』, 『타격왕 강현수』
흑신마표 강력 판타지!

불우한 사고로 식물인간이 된 소년 강철
영혼 차원 이동 프로젝트에 선발되어
외계 프로그램 베타의 도움으로
강력한 힘의 열쇠를 가지고 소생하다

뱀파이어의 권능 불사. 지배!

몬스터들의 힘을 흡수하며
막강한 힘을 부리게 된 그의 목표는 단 하나
강해지고 싶다. 끊임없이 강해지고 싶다!

드래곤조차 그의 발판일 뿐!
강함의 한계를 초월한다!
순수 강為 주인공 등장!